吸血鬼学院 VAMPIRE ACADEMY

II 血月哀歌

[美] 蕾切尔·米德◎著　吕永娣◎译

吉林出版集团有限责任公司

吉林省版权局著作权合同登记 图字：07-2010-2551号

图书在版编目(CIP)数据

吉林省版权局著作权合同登记

吸血鬼学院.2 /（美）米德著；吕永娣译.—长春：吉林出版集团有限责任公司，2010.8

书名原文:Frostbite

ISBN 978-7-5463-3388-5

I. ①吸… Ⅱ. ①米…②吕… Ⅲ. ①长篇小说–美国–现代 Ⅳ. ①I712.45

中国版本图书馆CIP数据核字（2010）第135062号

书　　名：吸血鬼学院Ⅱ
作　　者：[美]蕾切尔·米德
译　　者：吕永娣
策划编辑：李　强
特约监制：刘杰辉　李　强
特约编辑：马丁晓琳
责任编辑：赵　锋　周海莉
装帧设计：怡风轩·雷雨
出　　版：吉林出版集团有限责任公司
地　　址：长春市人民大街4646号(130021)
印　　刷：廊坊市兰新雅彩印有限公司
开　　本：880mm × 1230mm　1/32
印　　张：8.5
版　　次：2010年8月第1版
印　　次：2010年8月第1次印刷
书　　号：ISBN 978-7-5463-3388-5
定　　价：26.80元

（如有缺页或倒装，发行部负责退换）

献给聪明睿智的卡特·理查德森

序 言

万物都会死亡。但是，我知道它们不会一直处于死亡状态，相信我。

地球上有一种吸血鬼，是真正的不死亡灵，他们被称为血族。如果你的噩梦里出现过他们，那你应该会经常梦到。他们很强大，移动速度非常快，而且杀人不眨眼。还有一点，他们是不死之身，这使得他们很难被消灭。世界上只有三种方法可以消灭他们，那就是用银棒穿心，砍掉脑袋或者放火烧。三种方法都不容易做到，但是，这总比没有任何选择好多了。

当然，世界上还有善良的吸血鬼，他们是莫里族。他们是活着的吸血鬼，拥有不可思议的强大力量，可以对泥土、空气、水和火四大元素使用魔法（当然，大多数莫里族都有这种能力，但是后面我会详细介绍一些例外）。如今，他们已经不经常使用魔法了。这让人有点难过。他们的魔法可以作为强大的武器，但是，莫里族始终坚信只能通过和平的途径使用魔法。这是莫里族社会最大的规则之一。通常来说，莫里族又高又苗条，他们不能很好地掌控阳光，但是，他们有视觉、嗅觉和听觉方面的超人感知，这弥补了那方面的不足。

这两种吸血鬼都需要血液。我想，这正是他们之所以是吸血鬼的原因吧。然而，莫里族不会为了吸血而去杀人，相反，他们供养一些人在身边，让他们自愿地献出一小部分血液。人们之所以愿意献出血液，是因为吸血鬼的唾液里含有的安多芬使人类感觉非常非常棒，而且还会使人类对这种感觉上瘾。我亲身体验过，所以知道这些。这些人被称为给血员，实际上，他们是嗜好被吸血鬼咬吸血液的“瘾君子”。

尽管如此，供养一些人并使他们自愿地提供鲜血总比血族所使用的方法好得多，因为血族会为了吸血杀死人类，正如你所想象的那样。如果一个莫里族在吸血的时候杀死给血员，这个莫里族就会变成一个血族。一些莫里族为了得到永生的不死身，会选择放弃他们的魔法和道德，成为血族。所以血族也可以被强行制造出来。还有一种方法就是一个血族吸食受害者的鲜血后，再让受害者喝下血族的血，那么，一个新的血族就诞生了。所以无论是莫里族、人类或者拜尔族，任何一个身上都有可能发生这样的事。

拜尔族

我就是拜尔族。拜尔族是半人半莫里血统的一族。我相信，拜尔族拥有人类和莫里族最好的品质。因为我就像人类一样强健，可以站在大太阳下，想站多久就站多久。而且，我也和莫里族一样，拥有很强的感知能力和敏捷的反应能力。最终，拜尔族都会成为守护莫里族的人。就像我们大多数人一样。我们被称为护卫。

为了保护莫里族免遭血族的迫害，我的一生都用在了训练上。在圣弗拉米尔学院——一所专为莫里族和拜尔族设立的私立学校——有一整套专门的课程和训练。通过学习，我知道了怎样使用各种各样的武器，也会踢一些比较低劣的腿法。在课堂内外，我曾经两次踢伤过一些身材和我差不多的男生。事实上，我唯一踢打过的也只有男生，因为我参加的那些课程中几乎没有女生。

虽然拜尔族继承了所有的优秀品质，但是有一样东西是拜尔族无法做到的，那就是拜尔族之间不能有孩子。不要问我为什么，我不是遗传学家。然而，人类与莫里族结合常常可以造出更多的拜尔族。这就是我们最初的来源。现在，这种情况已经不经常出现了，莫里族渐渐与人类保持了距离。但通过另一个奇异的遗传，莫里族和拜尔族的基因杂合会产生拜尔族小孩。我知道这很疯狂。你一定以为你会有一个拥有四分之三吸血鬼血统的孩子，对吧？不，是半人半莫里族。

大多数这类拜尔族是由男性莫里族和女性拜尔族结合所生的。因为女性莫里族坚持生纯血统孩子，所以通常情况下，男性莫里族对女性拜尔族抱着一时放纵和玩玩的态度，玩完了，然后离开，所以留下很多单身拜尔族母亲。因此，单身母亲很少成为护卫，因为她们宁愿专心养育孩子。

结果，只有男性和少数女性留下来当护卫。他们一旦选择了去保护莫里族，就会非常认真地对待自己的工作。拜尔族需要莫里族来延续后代，我们必须保护他们，并且，只是……好吧，这也许是一件很光荣的事。

血族不仅邪恶而且诡异,他们不该捕食无辜的人。血族很邪恶，这一点，立志通过训练成为护卫的拜尔族从会走路时起就铭记在心里。所有的护卫都认为，莫里族需要保护。我也不例外。

在这个世界上，我只有一个最想保护的莫里族，就是我最好的朋友，莉萨，她是一位莫里族公主。莫里族一共有 12 个贵族家族，而莉萨是唯一一个活着的多格米尔家族成员。除了她是我的好友外，还有一些东西使得她很特别。

还记得我曾说过每个莫里族都可以对四大元素的任何一种使用魔法吗？事实上，莉萨还可以支配灵魂。一直以来都没有人知道这件事，直到最近才有人发现。多年以来，我们以为她只是不

打算提高魔法能力，直到她身边开始出现一些奇怪的事。比如，所有的吸血鬼都有一种强迫能力，可以把自己的意志强加到别人身上。血族的这种能力非常强大。莫里族在此方面相对比较弱，并且这种强迫能力是被禁止使用的。然而，莉萨拥有的强迫能力几乎与血族一样强大。她只要眨眨眼睛，就能够控制人们来做她想要做的事情。

但是，这甚至还不算是她可以做的最酷的事情。

我在前面说过，死去的东西不会一直处于死亡状态，我就是其中一个。别担心，我不像血族一样，但是我确实死过一次（我都不想说了）。当时我把车开出公路，然后发生了车祸，莉萨的父母亲、哥哥和我都死于那场事故。然而，在混乱中，莉萨使用灵术把我召唤回来，而她自己却未察觉。很长一段时间里，我们都不知道这回事。事实上，我们甚至都不知道灵术的存在。

不幸的是，在我们察觉到这件事之前，有一个人早就知道了灵术的存在。这个人就是维克托·大什科夫，他是一位垂死的莫里族王子。发现了莉萨的力量之后，他企图把莉萨一辈子锁起来，作为自己的私人治疗者。

在发觉有人跟踪莉萨的时候，我决定采取行动，带着莉萨逃离学校，生活在人类社会中。一直逃命让我们觉得很好玩，但同时也让我们神经紧绷。我们逃离了两年，直到几个月前，圣弗拉米尔学院的护卫找到了我们，把我们拖了回去。

然后不久，维克托就采取了行动。他绑架了莉萨，折磨她，直到莉萨满足了他的要求方肯罢休。在此过程中，他使用了一些相当极端的手段，比如用欲望诅咒控制我和我的导师迪米特里（稍后会提到他）。维克托还设计了一个又一个陷阱，致使莉萨精神状况接近崩溃。但是，相对于他对他的女儿纳特丽所做的事情，这些都不是最可怕的。最骇人听闻的就是他竟然怂恿纳特丽变成血

族来掩护他逃跑，但最后她被刺死了。即使事后被捕，维克托对于他对自己女儿所做的一切并没有表现出太多的内疚。这让我觉得，即使成长过程中没有父亲，我也没有错失什么。

现在，我依旧要保护莉萨免受血族和莫里族的袭击。虽然只有几个领导者知道莉萨拥有特殊能力，但是我相信还存在着其他像维克托那样的人，他们想要利用她。幸好，我还有一件特别的武器来帮助我保护莉萨。在那场车祸中，当我渐渐恢复意识的时候，莉萨控制着的灵术在我俩之间建立了心灵感应。她所经历过的任何事情，我都能看见，都能感觉到（心灵感应只单方面起作用，莉萨并不能感觉我）。有时候，你的脑袋里有另一个人在活动会让你感到很怪异，但是心灵感应却能帮我关注她的一举一动，当她遇到麻烦的时候，我可以在第一时间知道。我们十分确定灵术还可以做很多事情，只是现在我们还不知道它可以具体做哪些。

与此同时，我在努力成为最好的护卫。因为之前的逃离，我的训练已经落下了很多，为了弥补失去的时间，我不得不参加额外的课程。在这个世界上，我最想做的事情就是保护莉萨的安全。糟糕的是，有两件事不时地使我的训练复杂化了：一件事是有时候我会未经思考就采取行动。我现在渐渐可以避免这类事情，可是如果有什么惹到我了，我还是会先出手，然后再查看我到底打到谁了。如果我打到的正好是我在乎的人……那么，规则似乎就要变了。

我人生里的另一个难题是迪米特里，是他杀死了纳特丽，他简直就是一个大英雄。他长得很英俊，而且不只是很英俊，还魅力超凡，足以让走着走着的人突然停止在马路中央，被车撞倒。正如我之前说过的，他是我的导师，并且他才24岁。就冲着这两点，我就不应该喜欢上他。坦白地说，最重要的原因还是莉萨，她毕业后，迪米特里和我都会成为她的护卫。如果迪米特里和我都对

彼此有好感的话，那就意味着我们不能专心地保护好莉萨了。

但我心里还不能完全忘记他，我确信他对我也有一样的感觉。所以，在我们被欲望诅咒攻击的时候，我们两人几乎把持不住。维克托绑架莉萨的时候，就是利用这个分散我们注意力的，并且起作用了。当时，我已经准备放弃自己的处子之身，而迪米特里也已经准备好接受了。但是就在最后一分钟，我们破除了欲望诅咒。然而，这些记忆一直伴随着我，有时候，我会因此不能集中精神作战。

噢，自我介绍一下，我叫露丝·哈瑟微，17岁，努力训练自己成为一名优秀护卫的拜尔族，爱上一个完全不合适的人，还有一个快被自己的魔法力量弄得精神分裂的好朋友。

嘿，谁说上学容易！

第一章

CHAPTER 1

当我最好的朋友莉萨再次告诉我她快要疯了的时候，我觉得我现在的日子简直是糟糕透顶了。

“我……你刚才说什么来着？”

我站在她宿舍的大厅里，弯着腰整理脚上的一只靴子。我猛一抬头，透过遮住我半边脸的一团乱糟糟的黑发，不禁盯着她看。其实我并不想这样不修边幅的出门，可刚睡醒的我为了准时出门，实在没有时间梳头。当然，莉萨的一头浅银灰色秀发很柔顺很完美，她笑着看我的时候，披散在肩上的秀发就像一层薄纱。

“我说，我觉得那些药不再那么有效了。”

我站直身子，甩开遮住脸的头发，然后问道：“什么意思？”这时，周围有很多莫里族匆匆走过，他们或是去见朋友，或是去吃晚餐。

“你已经开始……”我压低了声音，“你已经开始恢复力量了吗？”

她摇了摇头，我看见她的眼里闪过了一丝遗憾。她看着我，语气里有些慌忙地说：“没有……只是感觉更靠近那股魔力了，但

是我还不能使用它。最近，我感觉到的主要是一些别的东西，你知道的……我现在越来越沮丧了。所有的事情都不一样了。”在继续服药之前，莉萨的情绪总会很低落，以至于她曾经割伤自己。

“只是，现在更加沮丧了。”

“那你以前感觉到的其他东西呢？那些焦虑，还有幻想呢？”

莉萨笑了，她并不像我一样那么严肃地看待那些问题。

“听起来你好像已经看过精神病学课本了。”

事实上，我确实看过那些书。“我只是担心你。既然你觉得那些药不再起作用了，我们就必须告诉其他人。”

“不，不要！”她急忙说，“我很好，真的。药还在起作用，只是不那么有效了。我觉得我们现在不应该慌张，尤其是你，至少今天不能。”

她成功地转移了话题。

一个小时前，我才得知今天要参加资格评定。这是一次考试，或者说，是一次面试。圣弗拉米尔学院要求所有的护卫学员都要在十一年级的时候通过这次考试。因为去年为了保护莉萨，我离开了学校，错过了考试。所以今天，我会被带到一个护卫那里——在校园外的某一个地方——由他负责对我进行测试。真要感谢大家的通知啊！

“别担心我，事情变得更糟糕的时候，我会告诉你的。”莉萨微笑着说。

“好吧。”我勉强说道。

然而，为了安全起见，我开启了心灵感应，以便真实地感受她。她没有骗我，今天早上她很平静，很快乐，没有为什么事担忧。但是，我在她心灵深处感到了一团黑暗而又不安的情绪。那种不安并没有吞噬她，但是却和她以前间歇性的阴郁和愤怒的感觉一样。虽然那种感觉很微弱，可我一点也不喜欢它的存在。我想更好地感

受她的情绪，于是试着进入她心灵的更深处。突然，一种很奇怪的情绪涌上心头，继而，一种令人厌恶的感觉向我袭来。我从她的大脑里撤出来，身体开始微微地发抖。

“你还好吧？”莉萨皱着眉头，“你怎么突然看起来像快要吐的样子？”

“只是……为考试紧张而已，我没事。”我没有说真话。我犹豫了一下，再一次通过心灵感应进入她的心灵深处。那团黑暗完全消失了，没有任何痕迹。或许，她的药真的什么问题也没有。

“如果你不赶快去的话，你就要迟到了。”她指着钟说。

“该死的！”我咒骂了一声。她说对了，我确实要迟到了。于是我很快地抱了她一下，说：“回头见！”

“祝你好运！”她喊着。

我急急忙忙地穿过校园，找到我的导师迪米特里·巴利科夫，他在一辆本田汽车旁等着我，这是多么无聊啊！尽管我从没期待过我们会驾着一辆保时捷穿过蒙大拿州的山路，但是，一辆比保时捷更酷的车感觉也不错吧。

“非常抱歉，”我看着他说，“我迟到了，对不起。”

那时，我只记得我人生中最重要的考试之一就要来了。突然间，我忘记了莉萨，还有关于她的药有可能不再有效的事情。我想保护她，但是，如果我不能从圣弗拉米尔学院毕业，不能成为她真正的护卫的话，那么一切都没有意义了。

迪米特里站在那儿，还是和以往一样帅。巨大的砖房投下的长长地影子笼罩着我们，隐隐约约地，好像黎明前暗淡的光里出现了几只大怪兽。周围，雪刚刚开始飘落。我望着轻盈透明的雪花缓缓落下，几片雪花落在他乌黑的头发上，立即融化了。

“还有谁要去？”我问他。

他耸耸肩，说：“就你和我。”

我的心情立马暴涨，越过“开心”直接奔“狂喜”去了。我和迪米特里，就我们两个，单独待在车里。就算是突击考试，也值得了。

“多远？”我悄悄地乞求会是很远的路途，就像可以开上一个星期的车那样远，还有，我们可以在豪华的酒店过夜。也许，我们会被困在积雪里，只有相互依偎才能活下来。

“五个小时。”

“哦。”

比我希望的路程短了许多。但是，五个小时总比什么都没有好。而且，遭遇积雪的可能性并没被排除。

人类要通过昏暗的雪路是很困难的，但是对我们来说就不成问题了，因为我们有着拜尔族的双眼。

我直直地盯着前方，努力不去想迪米特里刮胡水的味道是怎样溢满整部车子的，那干净浓烈的味道好像要把我融化掉。为了不再想这些，我努力重新集中精神在资格评定这件事情上。

这不是可以好好学习就能通过的考试。你要么通过，要么通不过。地位高的护卫会在学员十一年级的时候访问他们，然后单独会见学生，与他们一起讨论成为护卫的承诺。我不清楚他们会具体问些什么，但是这些年来，一直流传着一些传闻，年长的护卫会从性格和奉献精神两方面进行评估，有些学员被认为不适合继续走护卫这条路。

“他们不是经常去学院的吗？”我问迪米特里，“我的意思是，我支持校外教学，但是，为什么要我们去见他们呢？”

“事实上，你只是去见他，不是他们。”迪米特里的声音里带有一点点俄罗斯口音，这是唯一能显示他是哪里人的标志。否则，我非常肯定他的英语讲的比我好。“因为这是特殊情况，他在帮我们，所以我们要去见他。”

“他是谁？”

“亚瑟·舍恩伯格。”

我顿时把视线从窗外的风景拉回到迪米特里的身上。

“什么？”我尖叫道。

亚瑟·舍恩伯格是一个传奇。在护卫的历史上，他是伟大的血族杀手之一，曾经还是护卫委员会的领导者。护卫委员会是为莫里族分配护卫，并为我们做决定的组织。后来，他退休了，回去保护一个叫巴蒂卡的贵族家庭。我知道，即使退休了，他依旧具有强大的影响力。他的功绩是我课程的一部分。

“没……没有其他人了吗？”我低声问道。

我看见迪米特里在偷笑。“你不会有事的。而且，如果亚瑟认可你的话，那将会是你的档案上非常棒的推荐。”

迪米特里竟然直呼最厉害的护卫之一亚瑟的名字。当然，迪米特里也很厉害，所以我不应该这样惊讶。

车里又安静了下来。我咬着嘴唇，突然怀疑自己能不能达到亚瑟·舍恩伯格的标准。我的成绩固然很好，但是，两年前的突然离开和在学校打架这些事情，一定在我如何认真对待将来事业的评定上造成了阴影。

“你一定没问题的，”迪米特里重复道，“你的那些良好记录比那些坏的有价值多了。”

有时候，他好像能看透我的心思。我笑了笑，鼓着勇气偷偷地看他。但我发现那真是一个错误。他的身材瘦而修长，坐着的时候尤其明显。深邃无底的黑眼睛，一头齐肩的头发束在脖后。我知道他的头发摸起来就像丝绸一样顺滑，因为我曾经用手指轻轻地拂过那头秀发，就是在维克托·大什科夫利用欲望诅咒引诱我们进入他的陷阱的时候。我极力克制着，强迫自己重新开始呼吸，然后看向别处。

“谢谢你，导师！”我戏谑地说道，往后倚靠着座位。

“我会在这儿帮你。”他回答道。他的声音轻轻的，语气很轻松，很少见他这样。通常，他都像上了发条一样紧绷着，警惕着随时可能发生的攻击。或许，他觉得自己在一辆本田汽车里是安全的，或者，至少在我身边是安全的。看来，不是只有我无法忽视游走在我们之间的浪漫而紧张的气氛。

“知道你真正能帮什么忙吗？”我这样问道，故意不去看他的眼睛。

“嗯？”

“如果你关掉这糟糕的音乐，然后放一些柏林墙倒塌后出现的音乐，那就帮大忙了。”

迪米特里笑了出来：“你学得最烂的课程就是历史，可不知道怎么的，你却知道关于东欧的每一件事。”

“嘿，同志，为了找笑料呗。”

他依旧微笑着，把收音机调到了国家电台。

“喂，这不是我想要的！”我大声叫嚷着。

我可以看出，他又快要大笑出来了。“二选一，这个，还是刚才那个？”

“调回 20 世纪 80 年代那个吧。”我叹着气说道。

他转动调台旋钮，我双手交叉放在胸前，就像欧洲那些不太出名的冠冕堂皇的乐队在歌唱被电视扼杀掉的电台明星。我真希望有人毁掉电台。

突然发现，五个小时不像我想象中的那么短了。

亚瑟和他保护的贵族家族住在 90 号洲际公路边上的一个小镇里，离比林斯不是很远。莫里族对住在什么地方有着不同的见解。自从吸血鬼被允许隐没在人群中之后，有些吸血鬼开始觉得住在

大城市最好，夜间活动也不会引起太多的注意。其他莫里族，就像这个家族，很显然愿意选择人烟稀少的小镇。他们相信，人口越少的地方，就越不会被注意到。

我说服迪米特里在路边一家 24 小时营业的小饭馆前停下买点吃的，之后我们又停下来加油，当我们到达目的地的时候，时间已经是中午了。房子都是漫步者的风格，一律一层楼，木墙板和大凸窗涂成灰色。显然，这是为了阻挡阳光。即使在这前不着村后不着店的地方，房子看起来还是相当新的，而且很高档，跟我想象中的贵族家族成员住的地方差不多一个样。

我跳下车，鞋子陷进一英寸厚的白雪里，踩到车道上的碎石时嘎吱作响。那一天，除了偶尔吹来一阵微风外，周围很沉寂。我和迪米特里向房子走去，前面是一条穿往前院的人行道，上面铺满了河里的石头。我看到他不知不觉间又恢复了以往的严肃。不过，他整体的态度还是和我一样愉悦。我们对这次愉快的旅程既满足又觉得有些内疚。

我的脚在冰雪覆盖的人行道上滑了一下，迪米特里立即伸出手将我扶住了。那时，有一种似曾相识的感觉，时间似乎一下子回到了我们第一次见面的晚上。当时，他也像现在这样及时地扶住了我，没让我摔下去。不知道温度是否达到了冰点，但他的手却温暖了我的手臂，就连我的派克大衣的最底层都能感到他手掌传来的温度。

“你还好吧？”他松开了手，我有点失望。

“嗯。”我一边说道，一边责备地看着铺满雪的人行道，“难道这些人没有听说过盐吗？”

我只是开玩笑，但是迪米特里突然停了下来，我也马上随他停住了脚步。他的表情变得紧张和警惕起来，眼睛扫视着包围着我们的茫茫的宽阔平原，然后又看向房子。我想问怎么回事，但

他的表情告诉我别出声。他观察着房子，大概一分钟过后，又向下看了看结冰的人行道，最后将目光落在车道上。碎雪地面上，只有我们留下的脚印。

他小心翼翼地走到前门，我跟在他后面。他又停了下来，这次是观察那扇门。门是关着的，却又没有关紧。看上去好像是被匆匆忙忙带上的，仔细查看，发现门的边缘有些磨损的痕迹，像是被强加上去的。只要稍用力一推，就可以把门打开。迪米特里轻轻地摸着门板，他呼出的气在空气中形成一小团白雾。他轻轻地握了一下门把手，发现门把手有些松动，好像被弄坏了。

最后，他轻声说道："露丝，到车上等着。"

"可是，为……"

"去！"

只有一个字，却不容反抗。这个单音节，让我想起曾经见过的一个人，他摔倒一片人，用银棒插死一个血族。我往后退，放弃危险的人行道，改道走在薄雪覆盖着的草地上。迪米特里站在原地，等我匆匆钻进车里，极其轻缓地关上车门之后，他才以最轻柔的动作，推开摇摇欲坠的门，消失在门里。

我心里充满了好奇，我数到10，然后爬出了车子。

我知道最好跟着迪米特里，但是我想弄清楚这座房子到底发生了什么事。从人行道和车道就可以看出，房子已经空置了几天，当然，也有可能是巴蒂卡一家从未离开过房子半步。我猜想，他们有可能被一个破门而入的普通人杀害了，或者，可能被某些东西吓跑了，比如血族。我知道，迪米特里的表情之所以变得冷酷，全是因为这个可能性。可是有亚瑟·舍恩伯格在，这些情景不太可能发生。

我站在车道上，抬头看着天空。太阳周围有一层水汽，天空显得有些暗淡，但还是可以看见亮光。现在，太阳爬到了一天中

的最高点。血族不能暴晒在太阳下，所以我不需要害怕。我只怕迪米特里生气。

我绕到房子的右侧，那边的雪要厚很多，几乎有一英尺。我没有发现房子有什么异样。屋檐上悬着冰挂，油过的窗户也没有任何可疑之处。忽然，我的脚碰到了一个什么东西。我往地上一看，发现那儿有一根被雪花半掩埋的银棒——有人把它扔在了地上。我把它捡起来，拂掉沾在上面的雪，不由得皱起了眉头：为什么银棒会在这儿出现？银棒是非常贵重的东西，是护卫最致命的武器，只需用银棒一次穿过血族的心脏，便可以置血族于死地。当这些银棒被锻造出来的时候，四位莫里族将四大元素的魔力封存在里面。尽管我还没有学会使用银棒，但是由于手里紧握着它，所以在继续调查的时候，我突然感觉安全多了。

庭院的一扇大门通向房子的后面，直达一块木甲板。如果夏天在上面玩的话，一定非常有意思。然而，庭院里的玻璃被打破了一个锯齿状的洞。那个洞很大，人很轻易就可以钻过去。我爬上甲板上的阶梯，格外留心铺在上面的冰雪，因为我知道，如果迪米特里发现我在做什么的话，我就会有很大的麻烦。尽管很冷，汗水还是顺着我的脖子流了下来。

“白天，白天。”我提醒自己。没有什么事好担心的。

我走到了庭院里，查看那块黑色的玻璃。我看不出它是被什么打破的。雪花从破口处飘了进去，落在一张淡蓝色的地毯上。我拉了拉门把手，发现它锁上了。不过不要紧，因为还有一个大的破洞。我把手伸进洞里，小心地不去触碰锋利的碎玻璃，从里面开了门闩。我小心翼翼地缩回手，然后拉开滑门。门慢慢地敞开，发出了轻微的吱嘎声。尽管如此，在这片可怕的沉寂里，哪怕一丝轻微的声音也会显得很大声。

我走进门内，一束光线从开着的门外投射进来，刚好照在我

站着的地方。我的眼睛一下无法适应由太阳底下突然到昏暗的室内的转变。风从露天的院子里吹来，窗帘随风飘舞，飘起的窗帘把我包围住了。我站着的地方是客厅，和平常人的家里一样，这里摆着普通的家具：一张沙发，一台电视机，一张安乐椅。

还有一具尸体。

是一个女人，她平躺在电视机前，黑色的头发披散在地板上。大大的眼睛瞪着上空，眼神空洞。她的脸色苍白，即使是莫里族，也显得太过苍白了。一时间，我以为铺散在她脖子上的是她的长发，后来才发现，她皮肤上的那一大片黑色是血迹，已经干了的血迹。并且，她的喉咙被扯了出来。

那可怕的场景太不真实了，最初我还没反应过来自己看到了什么。那女人的姿势，好像正在安然地睡觉。接着，我看见了另一具尸体。这是一个男人，就在离那个女人几步远的地方，黑色的血染透了他身下的地毯，还有一具小小的孩子的尸体倒在沙发旁。客厅的另一头，一具，两具……到处都是尸体，到处都沾满了血迹。

突然，我注意到了这场死亡的规模，心脏开始怦怦直跳。不，不，不可能！现在是白天，白天不可能发生这样恐怖的事！我想打开喉咙尖叫，突然，一只带着手套的手从后面捂住了我的嘴，阻止了我的叫喊。我开始挣扎，然后，我闻到了迪米特里刮胡水的味道。

“你为什么就不听我的话？”他低声吼道，“如果他们还在，你早就死了。”

我说不出话，因为他的手还捂着我的嘴，也因为自己的震惊。我曾经见过人死去，但是从来没有见过那么多人死掉。大概一分钟后，迪米特里才移开他的手，依然紧紧地站在我身后。我不想再看了，可是我不能把眼光从眼前的场景中移开。满地的尸体，满地的血……

终于，我看向他，喃喃地说道：“现在是白天，白天不会发生这种事的。”我听到了从自己的声音里传出来的绝望，像一个小女孩一样，恳求别人告诉她，这只是一个噩梦。

“坏事随时都会发生，”他对我说，“并且，这不是在白天发生的，很可能发生在几天前的晚上。”

我壮着胆子匆匆瞥了一眼那些尸体，觉得我的胃开始绞痛。两天，死去两天，而世界上竟然没有人知道他们已经不存在了。我的目光落在一个男人的尸体上，他躺在靠近走廊的入口处。他很高，身材高大得不像莫里族。迪米特里一定注意到了我的视线。

“亚瑟·舍恩伯格。”他说道。

我盯着亚瑟血迹斑斑的喉咙，说道：“他死了？”好像看起来不那么明显。“他怎么可能会死？血族怎么可能杀得了他？”那似乎是绝对不可能的事情，一个传奇怎么可能被杀死？

迪米特里没有回答，反而挽起我拿着银棒的手。我往后缩了一下。

“你是在哪儿弄到这东西的？”他问道。我松开手，让他拿走银棒。

“外面，在地上。”

他举起银棒，研究着它的表面。在阳光下，银棒闪着光。“它破坏了防护结界。”

我还处于震惊状态，片刻过后，才明白过来他说的是什么。防护结界是莫里族铸造的魔环。就像银棒一样，他们在四大元素中汲取魔力铸造了这些防护结界。他们需要强大的莫里族的魔法使用者控制这四种元素，一般由两个莫里族控制一种元素。防护结界可以阻挡血族，因为魔法里充满了生命，而这正是血族没有的。然而，防护结界很快就会消失，维持一个防护结界需要太多的能量。大多数莫里族都不使用防护结界，只有某些地方会撑起一个结界。

圣弗拉米尔学院就被包围在几层防护结界中。

这里也有过一层防护结界，但是有人曾驱动银棒穿过它，将它粉碎了。防护结界的魔力与银棒的魔力是相互冲突的。显然，银棒赢了。

“血族不能碰银棒。”我对他说。我突然意识到自己用了很多的“不能”、“不会”。挑战一个人的核心信念不是一件容易的事。“并且，不可能是莫里族或者拜尔族做的。”

“人类可以。”

我望着他的眼睛。“人类不会帮助血族……”我停了下来。我又用了一个“不会”，可是我没有办法。在对抗血族时，我们依靠的就是他们的极限，比如阳光、防护结界、银棒，等等。我们利用他们的弱点对抗他们。如果他们有人类帮忙，或者他们不再受这些限制的影响，那么……

迪米特里一脸的严峻，依旧时刻防备着。可当他发现我内心正在挣扎的时候，他黑色的眼睛里闪过了一丝怜悯。

“这改变了一切，是吗？”我问道。

“嗯，一切都被改变了。”他说。

第二章
CHAPTER 2

迪米特里打了一个电话，接着，一队真正的特警来了。

尽管只花了几个小时，但我却觉得每一分钟的等待都像一年那么漫长。最后，我实在无法再忍受，就回到了车上。迪米特里进一步检查了那栋房子，然后也回到了车上。我们等待着，谁也不说话。房子里面那恐怖的场景像幻灯片一样不断地在我脑海里播放。我感到孤单和害怕，我突然希望迪米特里能抱我一下，给我一点安慰。

我马上责备自己怎么能有这样的想法。我第一千次提醒自己，他是我的导师，不管发生什么事，他都没有理由抱我。况且，我需要自己变得坚强，只有这样，当每次事情变得糟糕的时候，我才能不再需要依靠别人。

当第一组护卫出现的时候，迪米特里打开了车门，看着我说："你应该看看这个是怎样进行的。"

说实话，我一点也不想再看一眼那栋房子，可是最后，我还是跟着去了。我没有见过这些护卫，但迪米特里认识他们。他好像认识所有人。他们看到一个学员出现在现场，感到很惊讶，但是没有人反对我的存在。

他们在检查房子的时候，我跟在后面。他们没有触碰任何东西，只是跪在尸体旁，研究血迹和被打破的窗户。很显然，血族不只是从前门和后院进到房子里的。

护卫说话的语气很直白，没有人像我一样表现出恶心和害怕的感觉，他们好像机器一样。他们中唯一的女性护卫蹲在亚瑟•舍恩伯格的尸体旁边。我的好奇心被撩起了，因为很少见到女性护卫。我听见迪米特里叫她塔玛拉，她看起来25岁的样子。她黑色的头发刚刚齐肩，这在女性护卫中很常见。

她在检查亚瑟・舍恩伯格的脸时，灰色的眼睛里闪着忧伤。“哦，亚瑟。”她叹息道。她也像迪米特里一样，设法用几个字表达很多事情。“从来没想过我会看到这一天。他曾经是我的导师。”她又叹了一口气，然后站了起来。

她的脸上重新恢复了严肃的公式化的表情，仿佛曾经训练过她的那个人并没有躺在她面前。我简直不敢相信。亚瑟曾经是她的导师，她怎么能做到如此地自控？我的心突然跳了半拍，我想象自己看见地板上躺着的是迪米特里……不，即使我处于她的位置，也绝对做不到那样冷静。我一定会疯狂地乱冲，尖叫，到处踢东西。如果有人试图告诉我“一切都会好起来”，那我一定会把他踢倒。

幸好，我相信没有人能真的打倒迪米特里。我看到过他不费吹灰之力地杀死一个血族。他是不可战胜的。他是大英雄，是神。

当然，亚瑟・舍恩伯格曾经也是。

“他们是怎么做到的？”我脱口而出。六双眼睛齐刷刷地看向我。我以为会看到迪米特里责备的表情，可是他的脸上只有好奇。“怎么杀了他们吗？”

塔玛拉稍稍耸了一下肩，依旧一脸镇静。“和被杀死的所有的人一样，他和我们终究都会死去。”

“我知道，可是他是……你们知道，他是亚瑟·舍恩伯格。”

“那你告诉我们，露丝，”迪米特里说，“你已经看过房子，你告诉我们他们是怎么做到的。”

他们所有的人都在看着我，我突然意识到，我今天终究还是要进行一场考试。我回想所看到的和所听到的，吞了吞口水，想弄清楚这件不可能发生的事情是怎么变为可能的。

“有 4 个入口，意味着至少有 4 个血族。而房间里有 7 个莫里族和 3 个护卫。”这家人当时在招待客人，所以才会有那么多人被杀，而其中的 3 个受害者还是孩子。“那么多人是可以抵抗血族的，4 个血族不可能杀死他们。如果他们先攻击护卫，出其不意地先制服护卫，那么起码要有 6 个血族才有可能。这家人一定太惊慌了，所以不能还击。”

“那他们是怎样出其不意地制服护卫的呢？”迪米特里立即问道。

我犹豫了一下，一般情况下，护卫是不可能毫无意识地被制服的。“因为防护结界被破坏了。一栋房子如果没有防护结界，晚上肯定会有护卫在院子里巡夜的。但是，这里却没有人巡夜。”

我在等着下一个问题，一个很明显会关于防护结界是怎么被破坏的问题。然而，迪米特里没有问。这个答案太过明显，因为我们都看到了那一根银棒。再一次，一股寒意顺着我的脊梁蔓延而下。人类和血族在一起——一大群血族。

迪米特里只是点了点头，表示赞同，其他人则继续调查。我们来到一间浴室，我极力转移目光。我之前已经和迪米特里看过这间浴室，实在不希望再重复一遍刚才的经历。一个男人躺在那里，他的血已经变干变硬了，沾在白色的瓷砖上，显得很刺眼。由于浴室在比较靠里面的位置，没有在露天庭院时那么冷。所以虽然没有受到任何保护，但尸体还没发臭，不过已经开始散发出异味了。

我转开目光时，瞥见镜子上有一些暗红色的东西——确切地说，是棕色的。之前，我的全部注意力都在那可怕的场景上，以至于没有发现它。镜子上面有字，是用血写的：

可怜的，可怜的巴蒂卡家族，几乎所剩无几了。一个贵族家族就要灭亡了，接下来将轮到其他的家族。

塔玛拉厌恶地哼了一下，不再看镜子，继续查看浴室里的其他地方。然而，我们走出来的时候，那些字一直萦绕在我的脑海里。一个贵族家族就要灭亡了，接下来将轮到其他的家族。

巴蒂卡确实是比较小的贵族家族之一。但是，这些被杀死的巴蒂卡成员，不可能是最后剩下的几个。可能还有将近 200 个巴蒂卡成员活着。虽然不像伊瓦什科夫家族那么多人——伊瓦什科夫家族非常庞大而且分布很广——但是，巴蒂卡家族的成员还是比其他贵族家族的成员多很多。

像多格米尔家族的成员就很少，莉萨是唯一活着的多格米尔家族成员。

如果血族想要消灭整个贵族，最好的机会就是追杀莉萨。莫里族的血可以增强血族的力量，所以我明白他们对那些血液的渴望。我想，锁定贵族为目标，只是他们残酷而暴虐的本质使然。曾经，很多血族都是莫里族，现在他们却想要摧毁莫里族社会，这还真讽刺。

接下来待在房子里的那段时间里，那面镜子和上面的警告一直萦绕在我的心中，而我发现自己心里的恐惧和惊慌正在转变成愤怒。他们怎么可以这样做？世界上怎么会有如此扭曲如此邪恶的生物，竟然想要消灭一个家族，竟然想要彻底消灭整个血脉？他们曾经是像我和莉萨一样的吸血鬼，怎么会做出这种事情？

然而，一想到莉萨，一想到血族也想消灭她的家族，就激起了深藏在我心底的愤怒。那股怒气越来越强烈，我差点儿控制不

住自己，它就像某些黑色的有毒的东西，不断膨胀，不断翻腾。一场风暴蓄势待发。我真想用双手撕碎每个血族。

最后，当我坐进车里，准备和迪米特里开车回圣弗拉米尔学院的时候，我狠狠地摔上车门，而神奇的是它竟然没有掉下来。

迪米特里奇怪地看着我，问道："你怎么了？"

"你不是吧？"我不可置信地大声叫道，"你竟然问怎么了？你也在那里，你也看到了所发生的事。"

"我是看到了，"他承认道，"但是我不会拿车子出气。"

我扣紧安全带，生气地瞪着他。"我恨他们，我恨所有的血族。真希望我当时在场，这样我就可以扯断他们的喉咙了。"

我近乎咆哮，迪米特里盯着我看，一脸平静。但是，他明显地被我的爆发震惊了。

"你真的认为那是可能的吗？"他质问我道，"在看到血族所做的一切，在看到纳特丽对你所做的一切之后，你还认为你能做得比亚瑟·舍恩伯格更好吗？"

我无话可说。我曾经和莉萨的表妹纳特丽有过一次短暂的交手，就是在她变成血族的时候，后来迪米特里出现了，才扭转了局面，救了我和莉萨。甚至，作为一个力量很弱、协调能力很差的新血族，纳特丽也能在房间里将我摔得晕头转向。

我闭上眼睛，深深地吸了一口气。突然间，我觉得自己真愚蠢。我见识过血族的能力，如果我冲动地跑去试图扭转局面，那么唯一的结果可能就是我被秒杀掉。我正在努力变成一个强大的护卫，但是我还有很多东西需要学习。一个 17 岁的女孩不可能抵挡住 6 个血族。

我睁开眼睛。"对不起。"我说。我已经控制住了自己，心里爆发的愤怒渐渐消散了。我不知道它是从哪里来的。我是烈性脾气，通常做事很冲动。可是这一次，感觉那么强烈，那么令人不快。

这真的很怪异。

“没关系。”迪米特里说。他握住了我的手，过了一会儿，他缩回手，开始启动车子，并且说道：“对我们所有人来说，今天都是漫长的一天。”

我们回到圣弗拉米尔学院的时候，差不多是午夜时分了，而每个人都知道了这次大屠杀。吸血鬼一天的上学时间才刚结束，而我已经超过 24 小时没有合眼了。我困得连眼睛都快睁不开了，脑袋开始变得迷迷糊糊的。迪米特里命令我马上回宿舍睡觉。当然，他看起来还是一脸的警觉，准备好承担任何事情。有时候，我真怀疑他到底有没有睡过觉。他前去与其他护卫商讨这次袭击，我答应他会直接上床睡觉，可是，他一走出我的视线，我就转身直奔图书馆去了。我必须见到莉萨，而我感应到她就在图书馆。周围一片漆黑，我走在宿舍与中级学院主楼之间的四方院子的石道上，大雪完全覆盖了草地，但是人行道上的冰雪被铲得干干净净的。这让我想起了可怜的巴蒂卡家那被忽视的房子。

图书馆大楼很高大，哥特式风格，看起来更像是中世纪电影里的背景，而不是一所学校。大楼里面弥漫着神秘的气息和古老历史的味道：精致的石墙、古代的绘画与电脑、日光灯相互交错地同处一室。现代技术已经在这儿占有一席之地了，但是永远不可能占主导地位。

悄悄溜过图书馆的电子门，我朝着后面的一个角落走去，那里摆放的是地理和旅行方面的书籍。果然，我看见莉萨正坐在地板上，背靠着一个书架。

“嗨。”她从摊开在一个膝盖上的书中抬起头向我打了一声招呼，随手拂开了脸上的几缕灰发。她的男朋友克里斯蒂就在她的旁边躺着，头靠在她的另一个膝盖上。我和克里斯蒂之间有时候

会突然爆发敌对情绪，有时候却又会很友好地熊抱在一起。尽管莉萨在微笑，但我还是能感觉到她的紧张和恐惧。那股紧张和恐惧由心灵感应传来。

“你听说了吧？”我说着，盘腿坐了下来。

她的笑容消失了，心里的恐惧和不安在增强。我喜欢我们之间的心灵感应，这让我更好地保护她，但是我真的不需要自己不安的感觉被放大。

“真可怕！”她颤抖着说道。克里斯蒂向她伸出双手，手指穿过她的十指，握紧她的手，她也反握住他。这两个人如此相爱，幸福甜蜜，每次在他们身边我都想咬牙。然而，刚才他们有点忧郁，毫无疑问，因为大屠杀的消息。“他们说……他们说当时有六七个血族。是人类帮助他们破坏掉防护结界的。”

我把头靠在书架上。消息传得可真够快的。忽然间，我感到晕眩。“没错。”

“真的吗？”克里斯蒂问，“我觉得那只不过是一群兴奋的偏执狂。”

“不……”我想起他们不知道我今天去了哪儿，“我……我在现场。”

莉萨睁大眼睛，我感觉到从她那里传来的震惊。即使是克里斯蒂这个号称万事通的典型代表也一脸严肃。如果不是因为那件事太恐怖了，我一定会因为他的不以为然而感到幸灾乐祸。

“你开玩笑吧？”他不太确定地说。

“我以为你那时正在参加资格评定考试……”莉萨的声音渐渐低了下去。

“我原本是要参加的，只是，在不对的地方，不对的时间，发生了那样的事。负责对我进行测试的那位护卫就住在那儿。迪米特里和我走进去，然后……”

我说不下去了。巴蒂卡房子里面血淋淋、到处都是尸体的画面再一次从我的脑中闪过。莉萨的脸上，还有心里，爬满了担忧。

“露丝，你还好吧？”她温柔地问道。

莉萨是我最好的朋友，我不想让她知道那整件事令我多么地害怕和沮丧。我想要变得强悍一些。

“我没事。”我咬着牙说。

“到底是怎么回事？”克里斯蒂问道。他的声音里充满了好奇，但也有一点内疚。他知道不应该追问这样一件恐怖的事。然而，他只是控制不住，所以才想要问。对我们来说，不能控制冲动是很平常的事。

“就是……”我摇摇头，“我不想说了。”

克里斯蒂开始抗议，然后，莉萨用手捋着他柔顺的黑发。这一温柔的警告让他安静了下来。一时间，一股尴尬的气氛笼罩着我们。我猜测着莉萨的想法，感到她正在拼命地寻找新话题。

“他们说，因为这件事，所有的假期拜访都被取消了。”几分钟后，她这样对我说，“克里斯蒂的姑妈本来是要来的，但是大部分人都不想长途行走，而且他们希望他们的孩子待在学校，毕竟学校里比较安全。他们害怕这群血族在旅途中采取行动。”

我从来没有想到过一次袭击会带来这样的后果。离圣诞节只剩大概一个星期的时间了，每年的这个时候，莫里族世界里通常会有一股巨大的旅行浪潮，学生们回家看望父母，或是父母来学校看望他们的孩子。

“这样的话，很多家庭都不能团聚了。”我低声说着。

“而且，也破坏了很多贵族的宴会。”克里斯蒂说。他短暂的严肃已经消失了，又恢复到了一副讥讽的模样。“你知道每年的这

个时候他们是怎么过的吗？他们总是相互攀比谁家举办的晚会最盛大。他们也拿自己没办法。”

我真不敢相信！我的生活里充满了争斗。当然，莫里族世界里也存在着内部矛盾，尤其是贵族和贵族之间。他们都是靠语言和政治联盟来进行斗争的，说实话，我还是比较喜欢踢踢打打这些比较直接的方式。特别是莉萨和克里斯蒂，他们都经历过这样的混乱场面。他们两人都来自贵族家庭，不管在学院里面还是外面，都会受到极大的关注。

他们的情况比大多数莫里族贵族成员要糟糕得多。克里斯蒂的整个家族都活在他父母造成的阴影下。他的父母自愿成为血族，用魔法和道德换取永生不灭，为了生存不惜杀害别人。即使现在他的父母死了，人们还是不相信他。人们似乎认为他随时都有可能变成血族，并且把其他人都带走。他的耐性和黑色幽默感也没有帮他赢回人们的信任。

莉萨受到关注源于她是家族里仅存的一员。其他的莫里族都没有足够纯粹的多格米尔血统配得起这个头衔。莉萨未来的丈夫在他自己的家族里也必须要有足够的多格米尔血统以便保证她的孩子是纯血统的多格米尔。但是现在，成为唯一活着的多格米尔让她出名了。

想到这儿的时候，我脑海中又突然闪现出写在镜子上的警告，于是心里涌出一股恶心的感觉，隐藏着的愤怒和绝望又冒了出来。为了甩掉那种感觉，我开了一个玩笑。

“你们应该尝试一下像我们那样解决问题，偶尔使用拳头对于你们这些贵族会有好处的。”

听到这个，莉萨和克里斯蒂都笑了。他看着她，笑得很狡猾，然后露出他的尖牙。“你觉得怎样，我打赌，如果一对一单挑的话，

我能把你撂倒。”

“你休想！”她嘲笑道，她不安的情绪不再那么强烈了。

“我当然想！”他说着，久久地注视着她的眼睛。

他的声音透着一股强烈的温暖和性感，总能让她心跳加速。我很妒忌他。我和莉萨一辈子都是最好的朋友，我可以猜测她的想法。然而，事实上，克里斯蒂现在占据了她世界的绝大部分，而我永远不能代替他的角色，就像他永远不可能拥有存在于我和莉萨之间的心灵感应一样。我们已经开始接受对方了，但是，这和我们必须分散莉萨的注意力时而表现出来的样子不太一样。有时候，我们为了莉萨而休战的几率几乎微乎其微。

莉萨双手抚摸着他的脸颊，说道："礼貌点。"

"我有时候是礼貌的，"他对她说，声音依旧有些沙哑，"但是，你有时候不想让我……"

我站起来，哼了一声道："老天，我看我还是让你们单独在一块吧。"

莉萨眨了眨眼睛，好不容易把目光从克里斯蒂身上移开，一脸尴尬地望着我。

“对不起！”她低声说道。她的双颊变成了好看的粉红色。她和所有的莫里族一样苍白，因此这样看起来就更加漂亮了。倒不是说她需要额外的装扮才会更漂亮。"你不用离开的……"

"不，没事，我现在筋疲力尽了。"我向她保证。知道我要离开，克里斯蒂看起来并没有很沮丧。"我明天去找你"。我说。

我正要转身离开，莉萨突然对我喊道："露丝，你……你确定你还好吗？经历了那些事情之后？"

我看着她翡翠色的眼睛，她的忧虑那么浓厚、那么强烈，我的胸口都痛了。世界上可能没有谁比我更亲近她了，但是我不想让她为我担心。我的职责就是保护她的安全，她不应该为了我的安全而烦恼，尤其在不清楚血族是否会突然决定对所有的贵族进行攻击的时候。

我向她露出一个愉快的笑容。“我没事。没什么好担心的，我要在你们俩把对方的衣服撕烂之前找机会离开。”

“那你最好现在走。”克里斯蒂讽刺地说。

莉萨用胳膊肘捅了他一下。我翻着白眼，然后对他们说：“晚安。”

我一转过身背对着他们，就再也笑不出来了。我心情沉重地走回宿舍，希望今晚不会梦见巴蒂卡一家。

第三章

CHAPTER 3

我跑下楼进行课前训练的时候，宿舍前厅开始热闹起来。我对这些喧闹并不感到奇怪。虽然昨晚的一夜好眠把所有的影像都赶得远远的了，但不管是我，还是我的同学，都不会那么容易忘记比林斯外面发生的一切。

然而，我在观察成群结队的学员们的表情时，注意到了一些奇怪的东西。显然，昨天恐惧和紧张的气氛还在，但是还有一些新的东西，一股兴奋的情绪蕴含其中。一些九年级的学员在悄悄地说话，说到兴奋的地方几乎尖叫出来。旁边一群和我年龄差不多的男生在疯狂地手舞足蹈，脸上洋溢着热情的笑容。

我肯定错过了什么，除非昨天是一个梦。我极力地控制住自己，没有走过去问别人到底发生了什么事。因为我知道如果我再耽搁一会儿，训练就会迟到。可是，我心里好奇极了。难道是找到了那些血族和帮助他们的人类并且将他们杀死了？如果是那样，那当然是好消息。可是我知道不是这件事。我懊恼着，只有等到早餐时间再去弄清楚了。

“哈瑟微，等等我！”我听到一个悦耳的声音在叫我。

我往后看了一下，笑了。是曼森•阿什弗德，另一个护卫学员，我的好朋友。他慢步跑到了我的跟前。

“你多大了，20 岁吗？”我问道，继续向体育馆走去。

“差不多，”他说，“昨天我没有见到你微笑的脸，你去哪儿了？”

很显然，仍然没有多少人知道我昨天在巴蒂卡的房子里。这不是什么秘密，但是我不想讨论任何血淋淋的细节。“和迪米特里有个训练。”

“上帝呀，”曼森低声抱怨道，“那家伙老是把你训练得那么累。难道他没有意识到他已经从我们这儿剥夺了你的美丽与魅力吗？”

“微笑的脸？美丽与魅力？你今天早上夸张了点，不是吗？”我笑开了。

“嘿，我只是实话实说。真的，你很幸运，有我这么一个温文尔雅而又才华横溢的人关心你。”

我一直在笑着，曼森是个十足的调情高手，他尤其喜欢挑逗我。有一部分原因是我也很善于并且喜欢挑逗别人。然而，我知道他对我的感觉不仅仅是友情，可我还不清楚自己对此到底有什么感觉。他和我有一样的幽默感，无论是在课堂上还是在朋友间，我们都经常会成为关注的焦点。他有一双美丽的蓝眼睛和一头凌乱的红头发，似乎永远拉不直。不过，这看起来很可爱。

可是，现在和别人约会对我来说还是有点困难，因为我还是会想起那次半裸着身体和迪米特里躺在床上的场景。

“哈，温文尔雅而又才华横溢？”我摇摇头，“我觉得你关心自己的自尊心比关心我多一点吧！你需要有人去打击一下你的自尊心。”

“哦，是吗？那好吧，你可以在滑道上尽你所能看看。”

我停住脚步。“你说在什么上？”

“滑道。”他把头往前倾了一下，“你知道的，滑雪旅行。”

“什么滑雪旅行？”我很显然错过了这里很重要的事情。

“你今天早上到底上哪儿去了？”他看着我，好像我是一个疯女人。

“在床上！我好像5分钟之前才起床的。现在，从开头说起，告诉我你究竟在讲什么。”因为停了下来，我冻得直打哆嗦，于是说道：“我们继续走吧。”然后，我们继续前行。

“那么，你知道所有人都害怕他们的孩子回家过圣诞吧？嗯，在爱达荷州有一个巨型的滑雪旅馆，是专供贵族成员和有钱的莫里族使用的。现在，那家滑雪旅馆的主人向学院的学生和他们的家人开放，实际上，其他的莫里族想去也可以去。每个人都可以独自拥有一个空间，他们派了大量的护卫保护整个滑雪旅馆，所以那里会非常安全。”

“你不是开玩笑吧？”

我们到了体育馆，走进里面，远离了寒冷。

曼森急切地点头道：“千真万确。那里应该很棒。”他抛给我一个常常令我发笑的笑容。“露丝，我们就要过上贵族生活了，至少一个星期左右。圣诞节过后，第二天我们就要出发了。”

我站在那儿，既兴奋又震惊。我从来没有想过会有这种事发生。这真是一个绝妙的主意，可以让很多家庭安全地团聚在一起。多么好的一个团圆之地啊！贵族滑雪旅馆！我还想着假期大部分的时间都要在校园里闲逛，和莉萨、克里斯蒂待在房间里看电视呢。现在，我就要在五星级的旅馆里度过我的假期了。龙虾大餐、按摩、帅气的滑雪教练……

曼森热情四溢，我感觉到自己也被感染了。可是忽然间，我的热情猛然冷却了下来。

他审视着我，马上看出了变化。“怎么了？这是很棒的事啊。”

“的确是，我现在明白为什么每个人都那么兴奋了。可是，我

们可以去这么好的地方是因为有人死了。我的意思是，这件事从头到尾不是都很奇怪吗？”

曼森从兴奋中稍稍清醒了一些。“是的，没错，但是露丝，我们还活着，我们不可能因为别人死了就不继续生活。我们需要确定的是，更多的人还活着。这就是为什么到滑雪旅馆去是一个绝妙的主意。不会有危险的。”突然间，他的眼神里充满了暴躁。“老天，我简直等不及要离开这里到外面去了。听到所发生的一切后，我只想把血族撕碎。你知道吗？我真希望现在就可以走了，没有理由。虽然他们有外援，可我们很清楚我们需要做什么。”

他的声音里透出的凶狠让我想起了昨天自己的爆发，不过他并没有我那么激动。他急于采取行动，看起来却那么鲁莽和幼稚。然而，我会爆发是因为某些奇异的、隐藏在内心深处的不理智，我至今仍不能完全明白。

我没有任何反应，曼森困惑地看着我。“难道你不想吗？”

“我不知道，曼森。”我避开他的眼睛，盯着地板，研究着我的鞋头。“我的意思是，我不想看到血族出现在那里，也不希望人们受到袭击。理论上，我想阻止他们……但是，我们甚至一点都没有准备好。我看到过他们能够做什么……我不知道。他们是闯进来的，这不是答案。”我摇摇头，回想起那些问题。天呐！我的话听起来那么谨慎而又合乎逻辑，就像迪米特里那样。“都不重要了，因为不管怎样，这些都不会发生。我想我们应该只为这次旅行而感到兴奋，是吧？”

曼森的情绪变得很快，他重新变得随和了。“是啊。你最好记得怎么滑雪，因为我到时会叫你出来，看你怎么打击我的自尊心。可那并不一定会发生哦。”

我又笑了。“小伙子，到时候我把你弄哭了，那一定很伤心吧？我已经开始感到内疚了。”

他张开嘴，刚想逞能地反击，然后，他看到了我身后的某些东西，或者某个人。我顺着他的目光看去，只见迪米特里高大的身躯正从另一边靠近体育馆。

他优雅地向我一鞠躬。“你的主人来了。待会见，哈瑟微。开始计划你的滑雪策略吧。”他开门走了出去，消失在了寒冷的晨曦里。我转身走向了迪米特里。

像其他拜尔族学员一样，我一半的上学时间都用在参加各种各样的护卫训练上，无论是实际的肉体战斗、了解血族、还是学习怎样抵御他们的训练，统统都要参加。有时候，学员放学后还有练习。然而，我属于更特殊的情况。

我仍旧坚信当初决定逃离圣弗拉米尔学院是对的，因为维克托·大什科夫对莉萨造成了太大的威胁。但是我们的“长假”产生了一些负面影响。离开两年，我落下了很多护卫课程，所以学校要求我必须补回来，课前和课后都要进行额外的训练。

和迪米特里一起训练。

他们不知道，与此同时也给我增加了抵制诱惑的课程。但是抛开他对我的吸引力不谈，在他的帮助下，我学得很快，几乎赶上了高年级的水平。

看到他没有穿大衣，我就知道今天在室内练习。那真是好消息！外面冷死了。然而，这点快乐不算什么，当我看到他在一间训练室架起的到底是什么东西的时候，我简直乐翻天了。

远处的墙上排列着供人练习的假人，看起来十分逼真。这儿没有填满稻草的麻布袋，只有穿着平常衣服的男人和女人，用橡胶制成的皮肤，不一样的头发和眼睛的颜色。他们的表情有开心的，有害怕的，也有生气的。以前在别的训练中，我曾经用这些假人练习过踢腿和拳击。可是，我从来没有拿着迪米特里手里的银棒对着他们练习的经历。

“太棒了！”我吸了口气说道。

迪米特里手里的那根银棒和我在巴蒂卡的房子里发现的那一根完全相同。底端有个把手，就像边上没有任何装饰的刀把，这就是它和匕首顶端相同的地方。银棒不是一把平刃刀，而是一根厚厚的圆锥体，一头是尖的，有点像冰锥。那整根东西只比我的前臂短一点点。

迪米特里以一个舒适的姿势悠闲地靠在墙边，尽管他有六尺七的身高，但他的姿势和动作总是能够很完美。他一只手将银棒抛掷到空中，那银棒好像旋转的车轮一样在空中转了几圈，然后掉落下来。他首先抓住了它的把手。

“今天，请告诉我如何学习才能做到那样。”我说。

他深邃的黑眼睛里闪烁着快乐。我想，一直对我板着脸，对他来说有时候也会很辛苦吧。

“我今天如果让你拿到它，你就会走运的。”他说。他再一次将银棒抛到上空。我渴望地盯着腾空的银棒。我想要对他说我已经碰过银棒了，但是，我知道那样的逻辑不能帮我达到目的。

于是，我把背包扔到地板上，脱掉大衣，期待地将双手交叉。我穿着一件宽松的裤子，腰间绑紧，上身是一件带有帽子的无袖背心。我“粗鲁地”把头发扯到后面扎成马尾辫。我做好了一切准备。

“你是想让我告诉你它们是怎样使用的，还有为什么我要特别小心它们。”我向他宣布。

迪米特里停止抛掷银棒，吃惊地看着我。

“拜托，”我大笑，“难道你现在还认为我不了解你那一套吗？我们在一起训练已经快三个月了。你总是在我可以做任何有趣的事情之前，让我谈谈安全和责任。”

“我明白了。”他说。“那么，我猜，你一定把一切都弄清楚了。既然这样，你就自己继续练习吧。我就在这边等着，直到你再次需要我。”

他把银棒放进挂在他皮带上的皮套里，然后舒服地靠在墙上，

双手插在口袋里。我等待着，以为他在开玩笑。但是，当他不再说什么的时候，我知道他是认真的。我耸耸肩，只好开始向他阐述自己所熟悉的知识。

“银棒对任何有魔法的生物都会产生强大的作用。如果你注入了足够的力量，那么，它可能帮助你，同时也有可能伤害你。这些风险实际上也是银棒力量的核心，因为铸造银棒需要四位不同的莫里族共同完成，铸造的过程中，一位莫里族使用一种元素。”我皱起眉头，突然想起了一些事情。“当然，除了灵术。所以，这些东西都是具有超强力量的，大概是不用砍掉脑袋就可以伤害一个血族的唯一武器。可是，要想真正地杀死血族，还必须穿过他们的心脏。”

“它们会伤害你吗？”

我摇摇头。“不会，我的意思说，嗯，如果你将它穿过我的心脏，那当然会伤害我，但是除此之外，它不会像伤害莫里族那样对我造成重创。无论用这个武器刮伤血族还是莫里族，他们都会被伤得很惨，不过相比而言，对血族的伤害会更严重。而且，它们不会伤害人类。”

我停下来一会儿，茫然地盯着迪米特里身后的窗户。覆盖在草地上的冰霜晶莹剔透，闪闪发亮，而我却几乎没有注意到。提起人类和银棒，我的思绪又被带回到了巴蒂卡的房子里，鲜血和死亡又从我的脑海里闪过。

发现迪米特里在看着我，我赶紧抛开脑中的想法，继续阐述。迪米特里偶尔会点一点头，或者问一个明确的问题。时间一分一秒地过去，我一直期待着他告诉我可以结束了，然后开始踢打假人。可是，直到大概离我们的训练结束还有十分钟的时候，他才让我站到一个假人面前。那个假人留着金发和山羊胡子。迪米特里从皮套中取出银棒，但是他并没有给我。

“你准备把它插在什么位置上？”他问。

“插在心脏的位置！”我烦躁地回答他，“我都已经告诉过你一百次了。现在可以给我了吗？”

他笑了笑。“心脏的位置在哪儿？”

我给了他一个“你不是在开玩笑吧”的表情，可他只是耸耸肩。

为了着重强调，我指着假人胸部的左边。迪米特里却直摇头。

“那里不是心脏。”他对我说。

“肯定是。人们在宣誓效忠或者唱国歌的时候，都是把手放在心脏的位置上的。”

他继续看着我，眼里满是期待。

我又转向假人，重新研究它。在我的记忆里，我记得曾经学过心肺复苏，学过应该把手放在什么位置。我轻轻地敲了一下假人胸部的中心。

“是在这里吗？”

他的眉毛往上一扬。通常，我觉得他那样很帅，可是今天看起来有点令人讨厌。“我不知道，”他说，“是那里吗？”

“那是我在问你！”

“你不需要问我。你们不是都要学生理学课程吗？”

“嗯，十年级的时候。可那时候我在‘休假’，你不记得了吗？”我指着闪闪发光的银棒，说，“现在能请你给我摸一下它了吗？”

他又将银棒抛到空中，银棒在亮光中一闪而过，然后消失在皮套里了。“下次我们见面的时候，我希望你能告诉我心脏的位置在哪里——正确的位置。还有，我还想知道它的外面有什么挡着。”

我恶狠狠地瞪着他，不过，他的表情告诉我，其实我没有那么凶狠。十次中有九次我都觉得迪米特里是地球上行走着的生物中最性感的。不过，也有很多次像这样……

我心情很不好地去上第一节搏斗课。我不喜欢在迪米特里面前表现出看起来很无能的样子，而且，我确实非常想使用一下银棒。因此，我把烦恼都发泄在每个和我对打或者对踢的人身上。结果，

到下课之前，都没有谁想和我打了。我不小心踢到了玛丽迪丝，她是班上为数不多的女生之一。我下手太重了，让她感觉自己的小腿沉甸甸的。过一会儿，就会有一块丑陋的瘀青。她一直看着我，好像我是故意的。我向她道歉，但是完全于事无补。

后来，曼森来找我。“噢，天啊！”他看着我的脸说，“谁把你惹火了？”

我马上一五一十地对他说出早上我想要使用银棒和指不出心脏在哪儿的糗事。

令我恼火的是，他竟然笑了。“你怎么可能不知道心脏在哪儿？想想，你曾经伤了多少颗心呀？”

我就像看着迪米特里一样恶狠狠地瞪着他。这一次，起作用了。曼森的脸刷的一下变苍白了。

“巴利科夫这个神经病，就冲着他今天早上那样严重地冒犯你，就应该被扔进患狂犬病的毒蛇窝里。”

“谢谢你。”我一本正经地说。然后，我想了一下，问道：“毒蛇可能患狂犬病吗？”

“有什么不可能的？我觉得任何事物都有可能。”他为我打开走廊的门。“不过，加拿大的鹅比毒蛇更恐怖。”

我斜视着他。“加拿大的鹅比毒蛇还致命？”

“你试过喂养那些小混蛋吗？”他问道。他想假装严肃，不过失败了。“它们是很恶毒的。如果你被扔进毒蛇窝里，很快就会死掉。可是，那些鹅呢，会折磨你好几天，更痛苦。”

“哇，对于你的这些想法，我不知道是应该觉得印象深刻，还是觉得害怕。”我评价道。

“只要找出具有创造性的方式报复我就好。”

“曼森，你从来就没有什么具有创造性的东西让我印象深刻。”

我们站在第二节课的教室外，曼森一副轻松戏谑的表情。当他再开口说话的时候，声音里透着一种暗示。“露丝，在你身边我总是想方设法做各种各样有创意的事。”

我还在为毒蛇的事不停地笑，他的话却一下子让我止住了笑意，我惊讶地盯着他。我的印象中一直觉得曼森很可爱，但是，这次认真看着他那漆黑的眼睛，突然间，我觉得他其实很性感。

“噢，看呀，”意识到他的话使我感到多么的不知所措，于是他笑了起来。“露丝无话可说了。阿什弗德得1分，哈瑟微得0分。”

“喂，我可不想在旅行之前就把你弄哭了。如果在我们到达滑坡之前我就打碎你的自尊心的话，那就一点都不好玩了。”

他笑了，和我一起走进了教室。这一节是护卫理论课，在真正的教室里上，而不是在训练场上。相对于所有的体力活动来说，在教室上课可是很好的休息。今天，前面站着三个护卫，他们并不属于学校。后来我才明白过来，他们是假期拜访者。家长和他们的护卫们已经开始到学校来，陪他们的孩子去滑雪胜地了。我的兴趣立即被激起了。

三位客人中有一位很高，看起来好像有100岁了，但是仍然能够踢别人的大屁股。另一位看起来和迪米特里年龄相仿。他皮肤黝黑，身材好得让班上的几个女孩看起来快要晕倒了。

最后一位是个女人。她的头发剪得很短，卷卷的，她正眯缝着眼睛思考着什么。正如我之前说过的，很多拜尔族女性都选择生孩子，而不是走护卫这条路。因为我也是为数不多的女性护卫之一，所以我遇到其他的女性护卫的时候总是很兴奋，就像之前遇到塔玛拉一样。

只是，这一次遇见的不是塔玛拉。这一位，我已经认识了很多年，她是一个会让所有人都为之感到骄傲和兴奋的护卫，但除了我。对她，我只有怨恨、愤怒，强烈的耻辱感。

站在教室前面的那个女人就是我的母亲珍妮·哈瑟微。

第四章

CHAPTER 4

我简直不相信。

尽管我那无比著名的、长久消失了的母亲不是亚瑟·舍恩伯格，但是，她在护卫的世界里拥有很高的声誉。我已经很多年没有见过她了，因为她总是离开我去执行一些疯狂的任务。然而……现在，她就在圣弗拉米尔学院，就在我面前，她甚至都没有通知我她要来。她的母爱仅仅就这么多。

她到底来这里干什么？答案很快就出来了。所有的莫里族到学校来都会带上他们的护卫。我的母亲在保护塞茨尔斯基部落的一个贵族，为了度假，那个家族有好几个成员都来了。她当然和他们在一起。

我坐到我的位子上，感到心里的某些东西在枯萎。我知道她已经看到我进来了，只是她的注意力在别的地方。她穿着牛仔裤，米黄色T恤，外面还套着一件我见过的最单调的牛仔夹克。她只有五英尺高，站在别的护卫旁边，她显得很矮，但是，她的存在和姿态又显得她很高。

我们的讲师斯坦向我们介绍了这些客人，并告诉我们，他们

将会和我们分享一些真实的生活经历。

他走到教室的前面，讲话的时候，浓密的眉毛凑到一块。“我知道这不寻常，”他解释道，“来拜访的护卫通常不会有时间来给我们上课的。但是，今天，我们这三位客人专门腾出时间来和你们聊聊。鉴于最近发生的事……”他停顿了一会儿，不需要任何人来告诉我们，我们都知道他指的是哪一件事——巴蒂卡一家人被杀害这件事。他清了清嗓子，继续说道：“鉴于最近发生的事，我们认为，最好让你们准备向面前这些经验丰富的人士学习。”

教室里充满了兴奋。听故事，尤其是充满血腥和暴力的故事，要比分析课本上的理论有意思多了。显然，学校里的其他护卫也这样认为。以前，他们经常跑到我们班来，但是，今天出席的人数比平时多了很多。迪米特里和他们一起站在教室后面。

那位老的护卫先开始。他开始讲他的故事，而我发现自己沉迷于其中。他讲道，当时他守护的那家人最小的儿子在公共场所走丢了，然而四周潜伏着血族。

“太阳快要下山了，”他对我们说，声音有些沙哑。他的手向下划过一条弧线，显然，他想表达太阳是怎样下山的。“当时我们只有两个人，我们必须快速决定怎么办。”

我往前靠了靠，手肘撑在桌子上。护卫通常两人一组进行工作：一个是近距离守卫，通常待在受保护的人的身边；另一个是远距离守卫，一般负责侦查地理环境，但是大多数情况下，远距离守卫还是处于视线范围内。我注意到了他们的艰难处境。想想看，假定是我遇到这种情况，我会让近距离守卫把其余的家人转移到安全的地方，然后让远距离守卫去寻找那个男孩。

“我们让那一家人待在一间餐馆里，我的伙伴留下保护他们，我则去其他地方搜寻。”老护卫继续说道，伸出手在空中挥了一下。我为自己刚才的正确推断而感到洋洋得意。最后，故事有一个美好的结局：找到了那个男孩，没有遇到血族。

第二个人的奇闻是关于他对一个跟踪莫里族的血族怎样先发制人的。

“当时，我不是专门值班的。”他说。他真的很风趣，坐在我旁边的一个女孩一直盯着他看，眼睛瞪得大大的，满脸崇拜的表情。“我去拜访一位朋友和他守护的一家人。我离开他们房子的时候，看见一个血族潜伏在一片阴影下。我想他怎么也不会料到会有护卫出现在那里。我绕过街区，悄悄走到他身后，然后……”他一边说着，一边做了一个插刺的动作，比老护卫的手势生动得多了。他甚至还示范了怎样把银棒扭转进血族的心脏里。

最后，轮到了我的母亲。她开口前，脸上一副阴沉沉的样子，实际上，她开始讲她的经历的时候，脸色变得更加阴郁了。我发誓，如果我不是早就知道她一点想象力也没有，我一定以为她在说谎。她那平淡乏味的着装选择就证明了这一点。她所讲的内容已不仅仅是一个故事了，而是一部史诗，甚至可以拍成电影，没准还能获得奥斯卡奖。

她讲了在塞茨尔斯基勋爵和他的妻子参加的另一个著名的贵族家族举办的舞会上，她是怎样负责他们的安全的。当时，几个血族在一边静静地守候着。我的母亲发现了其中的一个，并迅速用银棒将他刺死了，然后警告在场的其他护卫。在他们的帮助下，她抓到了潜伏在周围的其他血族，大部分的血族都是她杀死的。

“这可不是一件容易的事。”她解释道。在其他人看来，那句话听起来就像在吹嘘，可是她不会这么认为。她说话的方式很轻快，简单快速地陈述事实，没有任何多余的修饰语。她是在格拉斯哥长大的，她有一些话里还带着苏格兰口音。“还有三个藏在房子里。在那个时候，一起行动的血族的数量那么大，是很不寻常的。现在并不是那样了，想想巴蒂卡家的大屠杀。”她谈论那次屠杀的态

度漠然得令几个人害怕得往后缩了一下。再一次，我又看到那些尸体了。“我们必须尽快和尽可能悄悄地杀掉剩余的血族，以免惊动其他人。现在，如果你想出其不意，最好的杀死血族的方法就是绕到他们的后面，扭断他们的脖子，然后用银棒穿过他们的心脏。虽然扭断他们的脖子并不能杀死他们，但是，这可以震住他们，你就可以在他们发出任何声响之前将他们插死。实际上，最困难的部分还是偷偷接近他们，因为他们的听觉很敏锐。由于我比大多数护卫矮小，所以我移动的时候几乎没有声响。因此，在最后的三个血族中，我自己就杀了两个。”

她在描述她自己的隐秘技能时，语气中依旧不带任何感情。这比她直截了当地吹嘘自己是多么了不起还要令人心烦。我的同学们个个一脸惊奇，显然，他们比较感兴趣的是怎样扭断血族的脖子，而不是分析我母亲的叙述技巧。

她继续讲她的故事。当她和其他护卫杀掉了剩余的血族后，她发现舞会上有两个莫里族被带走了。这种做法不符合血族的行动习惯。有时候，他们会留着莫里族当作晚一点的餐点；有时候，能力比较强大的血族会派遣低级别的血族去给他们带回猎物。不管怎样，事实是有两位莫里族在舞会上失踪了，而且他们的护卫受伤了。

“当然，我们不会让血族抓走莫里族，”她说，“我们追踪血族至他们的藏身之处，发现有几个血族住在一起。我肯定你们一定发现了这是一件多么罕见的事。”

的确是这样。邪恶、自私的本性使得血族很轻易自相残杀，就像他们很轻易就杀死受害者一样。当他们脑中有一个直接而血腥的目标的时候，他们就会组织一系列袭击，这是他们能在一起做的最明智的事情。但是，住在一起？不可能，这几乎无法想象。

“我们设法解救出被掳获的两名莫里族，却发现还有其他莫里族被囚禁起来。”我母亲说，“显然，我们不能让被解救出来的两

个人自己回去，因此，和我一块儿来的护卫负责把他们护送出去，我一个人留下去解救其他人。”

那是当然了，我想着。我母亲一个人勇敢地走进去，一路上，她被抓住但是又设法逃脱了，还救出了其他被囚禁的人。在这种情况下，她表演了一场世纪“帽子戏法”，用了三种方式杀死血族：用银棒穿过心脏，砍掉脑袋，还有放火烧。

“当两个血族一起袭击我的时候，我只插死了一个。”她说道，“然后，其他血族向我扑来，但我还没来得及抽出银棒。幸好，不远处有一个燃烧着的壁炉，我把其中一个血族推了进去。剩下的那一个追着我到了外面，进了一间破旧的小棚屋。里面有一把斧头，我抄起斧头砍掉了她的头，然后，我提着一罐汽油回到那间屋子。被我扔到壁炉里的那个血族还没有被完全烧掉，但是，我一把汽油浇在他上面，他很快就被烧成灰烬了。”

她在讲的时候，整个教室里的人都对她充满了敬畏。他们嘴巴张得大大的，眼睛瞪得圆圆的，一点声音都没有。我环顾整个教室，发现对每个人来说，时间好像冻结了一样，当然，我除外。看来，只有我没有被她悲壮的故事所打动，但每个人脸上露出的敬畏却激怒了我。她结束整个故事的时候，十几只手举了起来，整个教室的人不断向她发问：问她的技术，问她是否害怕，等等。

问了10个问题后，我再也忍受不了了，于是举起了手。过了一会儿，她才发现我，然后允许我发问。发现我在教室里，她看起来有点惊讶。我觉得自己真幸运，她竟然认得出我。

“那么，哈瑟微护卫，”我开始问道，“为什么你们不是只保护那个地方呢？”

她皱起了眉头。我想，她叫我的那一刻就已经防备起来了。“你是什么意思？”

我耸耸肩，坐回我的座位上，试图表现出若无其事、随便问

问的样子。“我不知道。在我看来，好像你们把事情弄糟了。为什么一开始你们没有在一定的范围内确保没有血族呢？这样好像可以为你省下不少麻烦。”

教室里所有的目光都集中在我身上。我母亲瞬间无语了。“如果我们没有经历这些麻烦，那七个血族就还会活在地球上，那么，此刻那些被抓去的莫里族就只有死路一条，或者被改造成血族。”

“是，是，我知道那天你们是怎样营救的等等这样的细节。但是，我想让我们回到这里，我的意思是，这是一堂理论课，对吧？”我瞥了一眼斯坦，他正一脸阴郁地看着我。长期以来，在课堂上我和他之间一直有矛盾，经常闹得不愉快。我怀疑，现在我们都站在另一场矛盾的边缘上。“所以，我只是想弄清楚在开始的环节上出了什么问题。”

我是故意对她这样说的。我的母亲拥有很强的自制力，比我强多了。如果我们两个人的角色换过来，此刻我一定会走过来甩她一巴掌。然而，她依旧镇定自若，只是稍稍抿紧双唇，这是唯一可以看出我已经激怒她的地方。

“没那么简单，”她回答说，“那个地方的布局极其复杂，最初，我们都检查遍了，什么都没有发现。大家都认为血族是在宴会开始后才潜进来的，或者是，还可能存在其他我们不知道的通道和密室。”

听到可能有秘密通道，大家都发出“哦”、“啊”的惊叹。然而，我还是不为所动。

“所以，你的意思是，如果你们没能在第一次检查的时候发现他们，他们就会在舞会期间突破你们的安全防线。但好像不管哪一样，有些人都没做好。”

她的双唇抿得更紧了，声音变得冷若冰霜。“在那个不寻常的情况下，我们已经倾尽所能做到最好了。我能明白，一些和你程度差不多的人可能明白不了我所说的复杂性，但是，你一旦真正掌握足够多的超越理论的知识，真正地处在那种情况下，手上并握着无数人的生命的时候，你就会发现情况有多么不同。”

“毫无疑问，”我同意她说，“我质疑你的方法了吗？我是说，不管怎样，你只要得到了闪电徽章就行了，不是吗？”

“哈瑟微小姐，”斯坦深沉的声音在教室里回荡，“请收好你的东西，到外面待着，直到下课。”

我困惑地盯着他看。“你是说真的吗？打什么时候开始提问也变得不对了？”

“是你的态度不对。”他指着门说，“出去。”

所有的人都沉默下来了，比我母亲在讲故事的时候还要安静。我尽全力不让自己在护卫和学员的注视下退缩。我甚至不是第一次在迪米特里的注视下被斯坦赶出他的课堂。我挎上背包，走过通往门口的那一小段距离，那一小段距离看起来好像有几英里长。经过我母亲旁边的时候，我拒绝看她。

距离下课还有五分钟的时候，她悄悄地溜出教室，向走廊这边我坐着的地方走来。她低下头看着我，双手放在腰际，还是以那个令人讨厌的姿势站着，好让她看起来高一点。这很不公平，比我矮半英尺的人竟然让我感觉自己如此渺小。

“这么多年了，你的行为举止还是没有变。”

我站起来，感觉到了她的怒视。“很高兴再见到你。我很惊讶你竟然能认出我。事实上，我甚至认为你不记得我了，我看，你根本不想让我知道你在学校里。”

她的手从腰间移开，交叉在胸前，变得更加冷漠了（如果有可能的话）。“我不能忽视了要疼爱你的责任。”

“疼爱？”我反问道。这个女人一生中从来没有疼爱过我，我简直不相信她竟然知道这个词。

“我不期待你会明白。据我所听到的，你根本不知道‘责任’是什么。”

“我很清楚责任是什么，”我反驳道，故意用高傲的声音说，“而且比大多数人都清楚得多。”

她睁大眼睛，眼神里的惊讶有些讽刺的意味。我曾用那种讽刺的表情看过很多人，所以一点也不想它被用在我身上。“哦，是吗？那前两年你在哪里？”

“那前五年你去了哪里？”我质问她，“如果别人没有告诉你，你会知道我已经离开了吗？”

“不要把问题转向我。我离开是因为我必须这样。你离开，是因此你就可以去购物，可以熬夜。”

顿时，我的痛苦和难堪变成了纯粹的愤怒。很显然，我和莉萨逃走造成的后果还没被遗忘。

“你根本不知道我为什么离开，”我提高音量说道，“你完全不了解我的生活，所以你没有权力对此做任何设想。”

“我看过报告，知道发生了什么事。你有担心的理由，但是你的行为不正确。”她的用词正式而简短，她本来是教我选的一门课的。“你应该向其他人寻求帮助。”

“我找不到任何可以依靠的人。况且，我们一直以来都被要求学习独立思考。”

“没错，”她回答，“注重学习。两年来你错失了一些事，你还没有资格来教我守护礼仪。”

我总是在争论中感到兴奋，这是我的本性使然。所以，我习惯了捍卫自己和被狠狠地羞辱。我脸皮很厚，然而，不知怎么地，在她身边，即使我待在她身边的时间那么短，我也总是觉得自己像一个三岁的小孩子。她的态度侮辱了我，她提到了我错过训练这个棘手的问题，这只会让我感觉更糟。于是，我模仿她的姿势，双手交叉在胸前，设法露出一个自以为是的表情。

“是吗？可是，我的老师们可不这么认为。即使错过了那整段时间，我依旧能跟上班上的其他任何一个同学。”

她没有马上回答。好一会儿，她才平静地说:“如果我没有离开，你应该已经超越他们了。”

她像一个军人一样转身离开了，向大厅走去。一分钟后，下课铃响了，斯坦课堂上的其他人全都涌到了走廊。

那之后，即使是曼森也不能让我高兴起来。在那天余下的时间里，我还是很生气、很烦闷，肯定所有人都在悄悄谈论我和我的母亲。我没去吃午饭，直接去图书馆找心理学和解剖学的书看。

当迪米特里的课后训练时间到了的时候，我几乎是跑向供练习的假人的。我握着拳头，击打它的胸部，轻轻擦过左边，重力集中在中心。

“这里，”我对他说，“心脏在这里，外面有胸骨和肋骨挡着。现在可以把银棒给我了吗？”

我双手交叉在胸前，得意洋洋地看着他，等着他称赞我的聪明。可是，他只是点点头表示认同，好像我早就应该知道这些似的。的确，我是早就应该知道的。

“那你怎样穿过胸骨和肋骨呢？”他问。

我叹了口气。我弄清楚第一个问题的答案后，接着就会有第二个问题出现。这是老样子了。

我们练习的大部分时间都花在了重复做这样的事情上，他示范了几种可以在最短的时间里导致死亡的技巧。他的每一个动作总是既优雅又致命。他使每个动作看起来都毫不费力，但是我比他还清楚并不是那样。

突然，他伸出手来，把银棒给我。开始的时候，我不明白他要做什么。“你把它给我吗？”

他的眼睛发亮了。“我不敢相信你竟然退缩了。我以为你现在应该已经拿着它跑了。”

“你不是一直都在教我要退缩的吗？”我问。

“不是所有的事情都要退缩。”

“但是某些事情要。”

我意识到自己的话语里有两层意思，但却不知道为何会有这种想法。不久前，我才承认，有太多的理由使我再也不能不切实际地想着他了。我时常会控制不住想他，也有点希望他会想我。如果能知道他仍然想要我，我依旧令他着迷，那该多好。现在看着他，我才发现他可能永远也不会在乎我了，因为我再也不会令他着迷了。想到这里，真令人沮丧。

“当然，”他说着，完全没有表现出我们是在讨论课堂以外的事情，“就像一切事情一样。平衡。知道哪些事情要去做，哪些不要去管。”他特别强调后面那句话。

我们的目光短暂相遇，我感到一股电流通遍全身。他知道我在讲什么，可却像平常一样不去在意，然后继续当我的老师。这本是他应该做的。我叹了口气，把对他的感觉从脑中摒除，并试着记住我就要使用从小就梦寐以求的武器。再一次，我又想起了巴蒂卡家。血族就在那里，我需要集中精神。

我犹豫着，然后几乎是虔诚地伸出手，握住把手。那金属是冰冷的，刺痛了我的皮肤。把手上有蚀刻，那是为了方便握持才刻上去的，但是在尾部我的手指正握着的地方，它的表面却和玻璃一样光滑。我从他的手中拿起银棒，花了很长的时间来研究它，适应它的重量。我急切地想要转身刺穿所有的假人，然而，我只是看着迪米特里，问他：“我首先应该做什么？”

依然是他一惯的教学的方式。开始的时候，他只涉及基本步骤，训练我如何握持银棒，如何移动银棒。稍后，他终于让我攻击其中一个假人。此时此刻，我确确实实地发现这不是轻而易举就能做到的事情。进化做了一件明智的事，那就是用胸骨和肋骨保护心脏。自始至终，迪米特里都恪尽职守，耐心十足，指导我的每一个步骤，纠正每一个细节。

“快速划过肋骨，”他一边解释，一边看着我试着用银棒的尖

头插进骨头的缝隙，“因为你比很多攻击者都矮小，所以会比较容易做到。另外，你可以沿着较低的那根肋骨边缘划过。”

训练结束了，他拿回银棒，点头表示认可。

“好，很好。”

我惊讶地看着他，通常他不会说出这么多的赞扬之词。

“真的吗？”

“你使用银棒的样子就好像你已经用过很多年了。”

我们准备离开训练室的时候，我感到自己已是满脸笑容。我们走到门边时，我注意到一个红色卷发的假人。顿时，斯坦课上所发生的一切全都回到了我的脑海里，于是我沉下了脸。

“下次我可以刺那个假人吗？”

他拿起外套穿上。他的外套是棕色的，很长，面料是仿古的皮革，看起来很像牛仔的防尘罩衫，可是他死不承认。私底下，他非常迷恋古代的西部。我不明白为什么，不过，我也弄不明白他奇怪的音乐爱好。

“我认为那样做不益于健康。”他说。

“那比我直接对她动手好得多。”我一边发着牢骚，一边背上背包，和他一起走出体育馆。

“暴力不能解决你的问题。”他一本正经地说道。

“她才有问题。我认为，‘暴力能解决一切’就是我受教育的全部意义。”

“那只适用于那些先对你实施暴力的人。你母亲没有袭击你，只是，你们两个太像了，仅此而已。”

我停了下来。“我一点也不像她！我是说……我们的眼睛是有点相同，但是，我比她高多了，我的头发和她的完全不一样。”我指着我的马尾辫，以防他没有发现我浓密的头发是棕黑色的，不同于我母亲赤褐色的卷发。

他的表情依然有些愉快，但是，他的眼神含着严厉。“我不是

指你们的外貌，你知道我在讲什么。”

我避开他那心照不宣的眼神。几乎是在我们第一次见面的时候，我就迷恋上他了，并不只是因为他很性感。我觉得，我不了解自己的地方，他却了解，而有时候我很确信，他不了解自己的地方，我能明白他。

唯一的问题是，他总是很讨厌地指出关于我自己的事情，而那却是我不想听到的。

“你认为我在妒忌？”

“你有吗？”他问。我讨厌他用疑问来回答我的问题。“如果是这样，那你到底在妒忌什么？”

我回头看了一眼迪米特里。“我不知道。或许，我在妒忌她的声望。或许，我妒忌是因为她花在她名声上的时间比花在我身上的还要多，我不知道。”

“你不觉得她所做的一切都很伟大吗？”

“是。不，我不知道。只是听起来像……我不知道……像她在吹嘘。好像她是为了荣耀才去做那些事的。”我表情痛苦地说道，“为了那些徽章。”闪电徽章是奖励杀死血族的护卫的刺青，每一个刺青看起来就像一个小小的X型闪电符号。它们被印在脖子后面，表示一个护卫的经验是如何丰富。

“你认为降服血族就值几个印记？我还以为你从巴蒂卡的房子里学到了点东西呢。”

我觉得自己愚蠢到家了。“这不是我……”

“跟我走吧。”

我停了下来。“什么？”

我们正朝着我的宿舍走去，然而，他朝校园对面的方向点点头。“我想给你看点东西。”

“什么东西？”

“能告诉你不是所有的印记都是荣耀徽章的东西。”

第五章
CHAPTER 5

我完全不知道迪米特里在说什么，但还是顺从地跟着他走过去了。

令我惊讶的是，他把我带出了校园的边界，走进了周围的森林里。学院拥有很多土地，但没有全部用在教学上。我们处于蒙大拿州的偏远地区，有时候，学校看起来几乎隐藏在荒野里。

我们安静地走了一会儿，脚踩过厚厚的、没人涉足过的积雪。几只小鸟飞过，唱着歌儿向冉冉升起的太阳致以问候。但是，看到最多的是参差不齐的、被冰雪覆盖的常青树。我必须很努力才能跟上迪米特里的大步伐，尤其是积雪使得我不得不放慢脚步。不久，我看到前面有一个大的黑影，像是建筑之类的东西。

“那是什么？”我问。在他回答之前，我已经看到了那是一座小木屋，是用木头和其他材料建成的。走近一看，有些地方的木头已经残旧腐烂了，屋顶有些凹陷。

“以前的哨所，”他说，“护卫过去经常住在校园的周边，提防血族。”

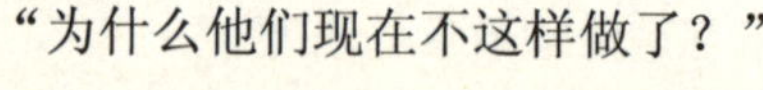
“为什么他们现在不这样做了？”

“因为我们没有足够的护卫。况且，在校园里，莫里族拥有相当强大的防护魔法，因此，大多数人都认为没有必要专门派人站岗。”我想，若是没有人类穿破防护结界，就没有必要。

瞬间，我心里冒出了一些希望，希望迪米特里会带着我开始一段浪漫之旅。接着，我听见小木屋的另一边传来了声音，感觉一声熟悉的哼声撞进了我的心里。莉萨在那里。

迪米特里和我绕到木屋的一角，我们看到了令人惊讶的一幕。那里有一个小池塘，已经结冰了，克里斯蒂和莉萨正在上面滑冰。一个我不认识的女人和他们在一起。她是背对着我的，我能看到的只有一头波浪形的乌黑亮发。当她优雅地停下来的时候，头发散落在了身上。

莉萨看见我时，咧嘴笑了。“露丝！”她叫我，同时，克里斯蒂也看向我。一瞬间，我仿佛看到他说，我打扰了他们的浪漫时光。

莉萨笨拙地滑到池塘的边沿。她对滑冰不是那么熟练。

我只能迷惑地看着，还有一些妒忌。“谢谢你邀请我参加派对。”

“我以为你很忙，”她说，“不管怎样，这是秘密。我们是不应该来这儿的。”这本应该是我对他们说的。

克里斯蒂滑到她的身边，接着，那个陌生的女人也跟过来了。“蒂姆卡，你为派对带了不速之客？”她问。

我不知道她在对谁说话，直到我听见迪米特里笑了，才知道她在叫迪米特里为蒂姆卡。他以前是不会这样的，于是我更加惊讶了。迪米特里说：“想要露丝远离她不应该待的地方那是不可能的。最后，她总能找到那些地方。”

那个女人也笑了，她转过身，轻轻地拂了一下肩膀上的长发。因此，我突然间就看到了她的整张脸。我花了很大的力气才控制住自己不去抗拒。她有一张瓜子脸，一双大眼睛的颜色完全和克里斯蒂的一样：淡蓝色。对着我微笑的双唇娇嫩可爱，粉红色的光泽使她的面容显得很好看。

可是，她的左脸颊上有一些凸起的、略带紫色的疤痕，那儿原本是光滑白嫩的皮肤。那些疤痕的形状看起来非常像是有人在她的脸颊上咬了一口，扯下一块肉。我想起来了，那正是曾经所发生过的事。

我咽了一下口水。忽然间，我知道她是谁了：克里斯蒂的姑妈。克里斯蒂的父母变成血族后，回来接他，希望把他藏起来，等到他长大些就将他也变成血族。我不知道所有的细节，但是我知道他的姑妈把他的父母赶走了。然而，正如我以前所说过的，血族具有致命性。她拼命地分散他们的注意力，拖延他们直到护卫赶到，然而，不幸地是她离开前也受伤了。

她向我伸出戴着手套的手。"我是塔莎·欧瑞拉，"她说，"久闻大名，露丝。"

我警惕地看了克里斯蒂一眼，把塔莎惹笑了。

"别担心，"她说，"一切都没问题。"

"不，不是。"他反对。

她懊恼地摇摇头。"坦白地说，我不知道他是从哪儿学来这些可怕的社交技巧的。不是我教他的。"这很明显，我想。

"你们在这里做什么？"我问。

"我想和他们两个待一段时间。"她稍稍皱起眉头，前额上出现了一些皱纹。"但是我不喜欢只在学校里闲逛，他们并非总是那么热情和友好……"

开始我没有明白过来。要知道每当贵族成员来访时，学校官员总是集中注意力在他们身上。但很快我就明白了。

"因为……因为所发生的……"

想到大家由于克里斯蒂父母的原故而那样对他，我根本不应

该惊讶于他的姑妈也面临同样的歧视。

塔莎耸耸肩。“就是这么回事。”她一边搓着双手一边呵气。她呼出来的气在空气中凝结成了一团白雾。“来，我们不要站在外面，进屋去烤火吧。”

我最后留恋地看了一眼结冰的池塘，然后跟着他们进屋去了。小木屋里很空，覆盖着好几层灰尘和污垢。只有一个房间，在角落里，有一张窄床，没有蚊帐之类的东西，还有几个架子，大概是用来放食物的。但好在有一个壁炉。我们很快就生起火，熊熊的火焰使小木屋变得温暖起来。我们五个人围坐在火边，塔莎变魔术似的变出一袋棉花糖来，我们把棉花糖放在火上烤。

我们在享受黏黏的棉花糖的时候，莉萨和克里斯蒂愉快地互相说着话，就像他们常常做的那样。令我惊讶的是，塔莎和迪米特里也轻松熟络地交谈起来。他们显然很久以前就认识了。以前我从没见过他这么活泼，即使和我比较亲近的时候，他也总是很严肃。然而，与塔莎在一起，他却会大笑着开玩笑。

我越听她说话，就越喜欢她。最后，终于忍不住加入了他们的谈话。我开口问道：“那么你是来参加滑雪旅行的？”

她点点头，然后打了个哈欠，像猫一样伸展身体。“我很久没滑过雪了，没时间。积累下所有的休假就为了这一次的滑雪。”

“休假？”我好奇地看着她，“你有……工作？”

“悲哀地说，是的。我是教武术的。”塔莎说。不过她听起来并不是真的感到悲哀。

我惊讶地瞪着眼睛。即使她说她是宇航员或者电话通灵师，我都不会比现在更惊讶了。

很多贵族成员根本不工作，如果他们参加工作，通常选择一些投资领域，或者做做其他赚钱的生意，以扩充他们的家族财产。而那些确实参加工作的，当然也不会去当武术教练或者其他需要体力的工作。莫里族有很多极好的特性：特殊的感官能力（嗅觉、视觉和听觉能力）和使用魔法的能力。但是，在肉体上，他们高而纤细，骨架结构通常比较小，而且，在阳光下他们会变得虚弱。虽然这些东西都不足以妨碍一个莫里族成为战斗者，但它们却成为了一些人的借口。久而久之，在莫里族中形成了一种观念，那就是他们最好的攻击是做一个好的防御，因此，大部分人都避开了武力斗争的念头。他们躲在比较安全的地方，比如学校，通常依靠比他们强壮结实的拜尔族保护他们。

“露丝，你在想什么呢？”看到我惊讶的表情，克里斯蒂似乎很开心，“在想你能打倒她吗？”

“很难说。”我说。

塔莎对我笑了笑。“你谦虚了，我见过你们这些人的实力。武术只是我的一个爱好而已。”

迪米特里窃笑。“现在是你谦虚了。你能教这儿一半的班级。”

“不见得，”她说，“被一群青少年痛打可是很丢脸的。”

“我认为那不会发生，”他说，“我好像记得你对尼尔·塞茨尔斯基造成过伤害。”

塔莎翻着白眼。“把饮料泼到他的脸上不算是伤害，除非你指的是饮料对他的衣服造成的伤害。我们都知道他是多么重视他的衣服。”

他们两人因为一些私密笑话而笑了，我们三个人没有参与进去，但我也只是似听非听。我依然很好奇她在血族眼中的地位。

我努力维持的自我控制最后还是崩溃了，不禁问道：“你是在那件事发生之前，还是之后才开始学习战斗的？”

“露丝！”莉萨倒抽了一口气。

但是塔莎看起来并没有不高兴，克里斯蒂也没有。通常，在提及他父母发起的那次袭击的时候，他都会感到不自在。她以一

种平静而关切的神情看着我。这让我想起，有时候，如果我做了一些令迪米特里吃惊但令他赞赏的事情，他也会用这样的神情看着我。

“之后。”她说。她没有垂下目光，看起来也没有窘迫，但是，我感觉到她的悲伤。“你知道多少？”

我看着克里斯蒂。“基本都知道了。”

她点头。“我知道……我知道卢卡斯和莫伊拉变成了什么，但是那依旧没让我做好准备，不管是精神上，肉体上，还是感情上。我想，即使再让我经历一次，我还是做不好准备。但是，那晚过后，我审视自己，意识到自己是多么的软弱无能，我一生都期待着护卫保护我，照顾我。”

“并不是说护卫没有作战能力。像我说的，在战斗中你完全可能打倒我。但是卢卡斯和莫伊拉在我们明白过来发生了什么事的时候，已经杀掉了我们的两位护卫。我尽力拖延他们，不让他们带走克里斯蒂，但只是勉强地拖着。如果其他人没有及时出现，我可能已经死了，而他……”她停一会儿，皱起眉头，然后继续说道，“我下定决心，我不想就那样死掉，在我还没有真正奋勇抵抗，在我还没有尽我所能保护我自己和我所爱的人之前，我不能死。因此，我开始学习各种各样的自卫术。过了一段时间后，我真的不太适应周围的上流社会。所以，我搬到了明尼阿波利斯市，靠教武术生活。”

我不怀疑在明尼阿波利斯市还住着其他莫里族，尽管只有上帝知道为什么，但是那些我可以从书上了解到。她搬到那里，让自己和人类生活在一起，远离其他的吸血鬼，像莉萨和我两年多的生活一样。我开始怀疑书上是不是还有其他事情没有提到。她说她学习“各种各样的自卫术”，很显然，不只有武术。为了支持他们的“攻击防御”信仰，莫里族认为魔法不应该用作武器。很久以前，魔法是被当作武器使用的，现在也有一些莫里族悄悄使用。我知道，克里斯蒂就是其中一个。我突然间明白他是从哪里学会那种魔法的了。

一阵沉默。听了这样悲伤的故事后，很难再说些什么。但是我知道塔莎是个擅长舒缓紧张气氛的人，这让我更加喜欢她。在接下来的时间里，她给我们讲了很多有趣的故事。她不像很多贵族成员那样装腔作势，所以她知道每个人的流言飞语。迪米特里认识很多她提到的人，偶尔还会补充一些小细节。说实话，如果她真的是一个不被社会所认可的人怎么可能几乎认识莫里族和护卫社会里的每一个人？他们的讲述令我们捧腹大笑，直到塔莎看着她的表。

"这里女孩子的最佳购物场所在哪儿？"她问。

莉萨和我交换了一下眼神，异口同声地说："密苏拉。"

塔莎叹了口气。"那要几个小时的路程，不过，如果我马上走的话，应该可以在商店关门之前赶到。圣诞节购物落后了，真让我抓狂。"

我呻吟道："我真想去购物。"

"我也是。"莉萨说。

"或许我们可以偷偷地……"我满心期待地看着迪米特里。

"不行。"他马上说道。

我独自叹了口气。

塔莎又打了一个哈欠。"我必须去买点咖啡，这样我就不会在方向盘上睡着了。"

"你的护卫没有一个可以为你开车的吗？"

她摇摇头。"我一个也没有。"

"没有……"我皱起眉头，分析她的话，"你一个护卫也没有？"

"是的。"

我跳了起来。“但不可能啊！你是贵族成员，你至少应该有一个，应该两个，事实上。”

莫里族的护卫是由护卫委员会监控和秘密分配的。就护卫与莫里族的比例而论，这个制度不公平。非贵族的莫里族通常是通过一个抽奖制度来获得护卫的。贵族成员一般是拥有他们，上层贵族成员经常拥有不止一位护卫，即使最低下的贵族成员也至少拥有一位。

“分配护卫的时候，欧瑞拉家族并不在第一批名单中。”克里斯蒂苦涩地说，“自从……我的父母死后，他们就变得有点短缺了。”

我的愤怒被激发了。“那不公平。他们不能因为你父母所做的事而惩罚你。”

“露丝，这不是惩罚。那只是……优先权的重新安排。”从塔莎的话中，我觉得她似乎并没有理应的愤怒。

“他们会让你毫无防备。你不可以自己一个人去。”

“露丝，我并没有毫无防备啊。我已经告诉过你了。并且，如果我真的想要一个护卫的话，那我自己将会变成一个讨厌鬼，而且有了护卫，那会是一个很大的麻烦。我目前很好。”

迪米特里看着她。“你想要我和你一起去吗？”

“然后让你整夜无眠吗？”塔莎摇着头，“蒂姆卡，我可不会那样对你。”

“他不介意的。”我连忙说。我对这个提议感到很兴奋。

看到我为他说话，迪米特里似乎很开心，不过他没有否认。“我确实不介意。”

她犹豫了一会儿，说：“好吧，不过我们得快点走。”

我们的非法派对结束了。他们三个莫里族向一边走去，迪米特里和我则从另一边离开。他和塔莎约好半个小时后碰面。

“你觉得她怎样？”我们两个单独在一块儿的时候他这样问我。

“我很喜欢她，她真厉害。”我回想了她片刻，“而且，我好像明白了你所说的关于徽章的意思。”

“哦？”

我点点头。沿着小路走的时候，我一直盯着地面。即使上面洒了盐巴，也被铲过，但还是会积聚一些不易看见的冰块。

“她那样做不是为了荣耀，而是因为她必须那样做。就像……就像我母亲那样。”我讨厌承认这一点，可那是事实。珍妮·哈瑟微可能是最糟糕的母亲，但她却是一位伟大的护卫。“那些都无关紧要了，不管是闪电徽章，还是疤痕。”

“你学得还真快。”他赞同地说。

他的称赞让我膨胀起来。“为什么她叫你蒂姆卡？”

他温柔地笑了。今晚，我已经听到了他很多笑声，而我想要听到更多。

“迪米特里的昵称。”

“这说不通啊。听起来都不像迪米特里。你应该叫做迪米或者其他名字，我也不太清楚。”

“在俄语里不是这样的。”他说。

“俄语很奇怪。”在俄语里，瓦思莉萨的昵称是瓦夏，我对此一点儿也不明白。

“英语也很奇怪。”

我诡秘地看着他。“如果你教我怎样用俄语发誓，我或许对它会有新的认识。”

“你已经发誓得够多了。”

“我只是想表达自己而已。”

“哦，露萨……”他叹气道。我感到一股兴奋涌遍全身。“露萨”是我的俄语名字，他很少这样叫我。“你表达自己已经够多了，比

我认识的任何一个都多。”

我微笑着继续往前走，没有再说什么。我的心怦怦直跳，在他身边我总是那么开心。我们在一起的感觉很温暖很美好。

即使在我心情愉快的时候，我也在琢磨一些一直思考的事情。“你知道吗，塔莎的那些疤痕很有趣。”

“怎么说？”他问。

“那些疤痕……毁了她的脸，”我慢慢地说着，因为我不擅长用语言表达我的想法，“我的意思是，很明显，她以前真的很漂亮。不过，即使现在有了疤痕……我也说不大清楚，是另一种很不一样的美丽，好像那些疤痕是她身体的一部分，使她完整。”听起来很愚蠢，却是事实。

迪米特里没有说话，他瞥了我一眼，我回看他。当我们的目光相遇时，我看到了那匆匆一瞥中熟悉的吸引力。虽然一闪而过，很快便消失了，可我确实看见了。取而代之的是骄傲和赞同，感觉也不错。

他开口了，重复之前的说法：“露萨，你学得真快。”

第六章

CHAPTER 6

第二天，在去课前训练的路上，我感到生活非常美好。昨晚的秘密聚会真的非常有趣，反对他们的制度，鼓励迪米特里和塔莎一起走，都让我感到责任感和自豪。更重要的是昨天我第一次尝试使用银棒，证明自己可以操作。我的心情格外好，迫不及待地想要更多的练习。

我已穿好平时的训练服，直接跑到体育馆。然而，我把头探进昨天的那一间训练室的时候，发现里面又黑暗又安静。我开了灯，凝视着周围，只是预防迪米特里正在进行一些奇怪的秘密训练。但是没有人，里面是空的。今天没有银棒训练。

“见鬼！”我抱怨道。

“他不在这儿。”

我大叫了一声，跳到空中将近十英尺高。我转身，直视我母亲那双眯缝着的眼睛。

“你在这里做什么？”我一说完，就注意到她的打扮：一件短袖弹性纤维衬衫，一条宽松的松紧带训练裤，和我穿着的那件差不多。“见鬼！”我又说了一遍。

“说话注意点，”她苛责道，“你可以没有礼貌，但至少不要像这样粗鲁。”

“迪米特里去哪儿了？”

“巴利科夫护卫生病了，几个小时前他才回来，需要休息。”

我又想咒骂了，可话到嘴边又被我咽回去了。迪米特里当然在睡觉。昨天，他必须在人类的购物时间结束之前开车送塔莎去密苏拉。他昨晚一定通宵熬夜了，而且可能刚刚回来。啊！如果我知道事情会变成这样，我一定不会那么快地怂恿他去帮塔莎的忙。

“好吧，”我急忙说，“我想，那意味着训练取消了……”

“保持安静，把这些戴上。”她递给我一些训练手套，类似于拳击手套，不过没有那么厚、那么大。但是，它们的作用是一样的：保护你的手和防止你的对手用指甲刮伤你。

“我们已经开始练习使用银棒了。”我闷闷不乐地说，同时把手塞进手套里。

“今天我们就做这个，来吧。”

我跟着她朝着体育馆的中央走去，真希望她早上从宿舍出来的时候被公共汽车撞到。她把卷发扎在一边，露出她的脖子，皮肤上有很多刺青，最顶上的一个刺青是一条蛇形线：承诺印记。这个印记是护卫从圣弗拉米尔这样的学院毕业后并同意服务该学院时印上去的。往下，是一个闪电徽章，护卫每杀一个血族，就会获得这样的一个徽章作为奖励。它们的形状仿佛一道闪电，闪电徽章这个名字也由此而来。我无法算出具体有多少个，不过，我们姑且说，如果我母亲的脖子上还有任何地方可以印上一个徽章的话，那真是一个奇迹。在她那个年代，她掌握着大量的死亡。

我们来到了她的目的地。她转向我，摆出一个攻击的姿势。我也迅速进入攻击状态，希望她当场扑向我。

“我们要做什么？”我问。

“基本的攻击防御技能。在那些红线内。”

“就这样？”我问。

她向我跳过来。我勉强地避开，却绊到自己的脚。我迅速地恢复了平稳。

“不错！”她的声音里几乎满是讽刺，“你似乎很热衷提醒我，我已经五年没有见过你了。所以，我不知道你的能力如何。”

她再次向我扑过来，避开她的时候，我还是只能勉强地不让自己冲出线外。这很快就变成了一种模式。她从未真正给我机会发起攻击，抑或是，我根本就没有任何技能发起攻击。我花了所有的时间来保护自己，至少在肉体上。虽然很不情愿，但我必须承认她很厉害——非常厉害。不过，我当然不会向她承认这一点。

“那又怎样？”我问，“这就是你为作为母亲的疏忽而补偿的方式吗？”

“这是我让你摆脱心中所受委屈的方式。自从我来了之后，你只会给我脸色看，你想打架吗？”她伸出拳头，触到我的手臂，“那么，我们就打一场吧。得分！”

“得分。”我承认，然后退回到我这边。“我不想打。我只是试着和你说话。”

“我可不认为在课堂上和我抬杠是在和我说话。得分。”

撞击让我发出哼声。当刚开始和迪米特里训练的时候，我曾抱怨和一个比我高一英尺的人打斗一点都不公平。然后他说，他曾与很多比他高的血族交过手，并且，那句古老的格言说得没错：身材不是问题。有时候，我还以为他给我假希望，但是，从我母亲现在的表现看来，我又开始相信他了。

实际上，我从来没有和比我矮小的人打斗过。作为学员班级里为数不多的女孩子中的一个，我早已接受了几乎一直比我的对

手矮小的事实。但是，我的母亲却比我还矮小，很明显，除了肌肉，没有什么能塞进她娇小的身体里。

“我的沟通风格独特，仅此而已。”我说。

“你有一个小小的青少年的幻想，过去 17 年里，不知道什么原因，你被误导了。”她的脚踢到了我的大腿。“得分。在现实里，人们不会特殊地对待你，你和所有的拜尔族都没有差别。事实上，你比他们好点。我本应该送你到我的表姐那里，让你和她们住在一起。你想变成一个卖血妓女吗？那就是你想要的吗？”

“卖血妓女”这个词总让我畏惧。这个词经常是用来形容那些决定养育孩子，放弃当护卫的单身拜尔族母亲。那些女人都曾与莫里族男人发生过短暂的关系，并因此被瞧不起，她们没有真正做过她们本来可以做的其他事情，而莫里族男人通常都会和莫里族女人结婚。有一些拜尔族女人与男人发生性行为的时候，会让男人吸食她们的鲜血，于是就有了“卖血妓女”这个词。在我们的世界里，只有人类才能提供鲜血。拜尔族认为献出鲜血是下流的、变态的行为，尤其是在发生性行为的时候。我怀疑其实只有少数几个拜尔族女人才会做这种事，然而，不公平的是，这个词经常被用在所有的拜尔族女人身上。我们逃离的时候，我曾经给过莉萨我的血，尽管知道那是必须的，但我的心里还是有阴影。

“不，我当然不想成为卖血妓女。”我的呼吸变得越来越沉重了，“不是所有的人都那样的，事实上只是极少数。”

“她们坏了自己的名声！”她愤怒地吼道。我躲开了她的撞击。“她们应该完成作为护卫的职责，而不是继续浪费时间和莫里族乱搞。”

“她们在养育她们的孩子！”我哼哼地说。我想大叫，但是不能浪费氧气。“这是你根本不了解的事情。况且，你不是也和她们一样吗？我没有看见你手上有戒指。我父亲和你不也是一时的放

纵吗？”

她的表情变得严厉了，那是一种当你已经打了你的女儿后，露出的警告的表情。她生气地说："那也是你根本不了解的事。得分。"

她的这一击痛得我眉头蹙额，但是我很高兴触及了她敏感的话题。我不知道我的父亲是谁，我唯一知道的一丁点信息就是他是土耳其人。我可能遗传了母亲的玲珑身材和漂亮脸蛋，不过现在我可以自大地说我比她漂亮多了，因为我其他部分的外表形象都是遗传我父亲的：浅褐色的皮肤，深色的头发和眼睛。

“你们是怎么认识的？你在土耳其执行任务吗？在当地的集市上遇见他的吗？或者，比那更俗气？你是不是像达尔文那样，挑选最有可能把勇士的基因传给你后代的人？我是说，我知道你只生了我，因为那是你的责任，所以，我想你必须确保你能给护卫最好的样本吧。”

“露丝玛丽亚，”她咬牙切齿地警告我，“仅此一次，闭嘴。”

“为什么？我玷污了你那珍贵的名声吗？正如你告诉过我的，你也和其他任何一个拜尔族没有什么两样。你只是喜欢他……”

有人曾说过一个真理：骄者必败！我沉溺在自以为是的胜利中，没有注意到自己的脚已经踩在红线的边缘了。跨出去就意味着她又可以得一分，所以我得费力地让自己待在线内，同时又避开她的攻击。不幸的是，我只能顾一样。她的拳头挥向我，又快又狠。最重要的是，根据这种练习的规定，她拳头的力度比规定的要大好多。她的拳头以小卡车的冲击力打在我的脸上，我的身体往后倒去，撞在体育馆坚硬的地板上，背部先着地，接着是头部。我出界了，该死的！

我的后脑疼痛欲裂，视线开始模糊，眼光开始发散。只几秒，我母亲就已经伏身靠过来了。

“露丝！露丝！你还好吗？”她的声音有点嘶哑，有点慌乱。我的世界开始旋转。

没过多久，其他人来了，然后不知怎么地，我就躺在了学院的医务室里。有人拿着灯照我的眼睛，开始问一些令人难以置信的白痴问题。

“你叫什么名字？”

“什么？”我问，眯着眼看着灯光。

“你的名字。”我认出是奥兰茨基医生，她在看着我。

“你知道我的名字。”

“我想让你告诉我。”

“露丝，露丝·哈瑟微。”

“你知道你的生日吗？”

“当然知道。你为什么问我这些愚蠢的问题？你把我的档案弄丢了吗？”

奥兰茨基医生恼怒地叹了口气，走开了，带走了那令人讨厌的灯光。“我想她没事了。”我听到她对别人说，“上课的这段时间，我想让她留在这里，只是想确定她没有脑震荡。当然，我可不想看到她出现在任何护卫课程上。”

那天余下的时间里，我陷入了半睡半醒的状态，因为奥兰茨基医生不断地叫醒我做检查。她给我一个冰袋，让我敷在脸上。放学铃声响起的时候，她认为我并无大碍，可以离开了。

“露丝，我觉得你应该办一张长期的病人卡。”她微微一笑，“就像那些患有过敏、哮喘这类慢性疾病的人，我可从来没有在如此短暂的时间内看见哪个学生这么频繁地出现在这里。”

“谢谢！”我说，我不太想要那份荣誉，“没有脑震荡吧？”

她摇摇头。“没有，不过还会有点痛。你走之前，我会开些止痛药给你。”她收起笑容，突然看起来有点紧张。“老实说，露丝，

我认为大部分的损伤在你脸上。”

我立即从病床上坐起来。“你说‘大部分的损伤在你脸上’是什么意思？”

她指着病房另一边水槽上的镜子。我跑过去，看着镜子里面的自己。

“该死的！”

我的左脸上部，尤其是靠近眼睛的地方，有一片紫红的肿块。我转过身，绝望地看着她。

“这很快就会消散了，对吗？如果我坚持用冰块敷在上面的话？”

她再次摇摇头。“冰块是可以帮助……但是，恐怕你会有一个很明显的黑眼圈。最坏的情况可能出现在明天，不过，大概一个星期应该就会消除了。不用多久你就可以恢复正常了。”

我昏昏沉沉地离开了医务室，昏沉却不是因为头部的伤。大概一个星期才能消除？奥兰茨基医生怎么可以说得那么轻松？难道她不知道将要发生什么吗？我就要像一个变种人一样度过圣诞节，还有大部分的滑雪旅行。我有一个黑眼圈，一个怪异的黑眼圈。

拜我母亲所赐。

第七章

CHAPTER 7

我愤怒地推开通向莫里族宿舍的双开门。雪花随着我飘了进来，逗留在主楼层的一些人看着我走了进来。不出所料，其中几个还回头看了两次。我强忍住，强迫自己冷静下来。没关系的，没必要生气，初学者经常会受伤的。事实上，没受伤才显得更奇怪。不得不承认，这一次的伤痕比较引人注目，但是我可以忍受直到它痊愈，不是吗？看上去没有人知道我是怎么被伤成这样的。

“喂，露丝，真的是你的妈妈把你打成这样的吗？”

我呆住了。不论在哪儿，我都认得出那个充满讥笑的女高音。我慢慢地转过头去，看着米亚·瑞诺蒂那双深蓝色的眼睛。她的脸如果不是带着恶毒的假笑，那么在金黄色卷发的衬托下，一定很可爱。

米亚比我们小一年，她把莉萨（当然还有我）扯进了一场斗争，来看看到底谁能最快毁掉对方的生活。我必须说明，是她发起这次斗争的。她不仅抢了莉萨的前男友——尽管事实上是莉萨最后决定不要他——而且还到处散播各种各样的谣言。

无可否认，她的仇恨并不是完全没有道理的。她还是九年级

学生的时候，莉萨的哥哥安德鲁（死于那场车祸）曾经狠狠地利用过她。如果她现在不这么贱，我一定会同情她。那是安德鲁的错，我可以明白她的愤怒，然而，我不知道她这样把愤怒发泄在莉萨身上是否公平。

严格来说，最后莉萨和我在那场斗争中获胜了。不过，不可思议的是米亚迅速恢复了活力。她没有和她以前的那帮优秀分子待在一起，而是重新建立了一个小圈子。不管是否恶毒，强悍的领导总是会吸引追随者。

我发现，百分之九十的时间里，最有效的反应就是无视她。但是，我们恰好撞在了那剩下的百分之十上。我不可能忽视一个向全世界宣布我母亲刚刚把我揍了一顿的人，尽管那是事实。我停了下来，转过身。米亚站在一个自动贩卖机旁，似乎知道她已经把我激怒了。我不用费心去问她是怎样知道我的黑眼圈是我母亲给的，这里几乎没有秘密。

她看见我的整张脸的时候，眼睛睁得大大的，毫不遮掩地表露出她的幸灾乐祸。“哇，说说只有母亲会爱的脸蛋吧。”

哈，真可爱。如果是别人，我一定为这个玩笑鼓掌。

“啊，你是脸伤的专家，”我说，“你的鼻子怎样了？”

米亚挂着冰冷笑容的脸抽搐了一下，但是她没有屈服。一个月前，在一场学校舞会上，我打断了她的鼻梁。她的鼻子是自动痊愈的，现在还有一点点歪。整形手术可以帮她矫正，但是据我所知，她们家眼下的经济情况不允许她进行整形手术。

“好多了，”她不自然地回答，“幸好只是被一个和我没有任何关系的变态婊子打折的。”

我向她露出了一个最灿烂的变态笑容。“真遗憾。被家人打倒是意外，可是，变态婊子往往是会再回来打过的哦。”

用暴力恐吓她通常是最有效的策略，不过，此刻周围有太多

的人，这对她来说正好是一个合情合理的顾虑。而且，米亚很清楚这一点。并不是说我不屑于在这种环境下攻击其他人（见鬼，我已经做过很多次这种事了），但是，最近我一直在努力控制自己的冲动。

“我看不太像是意外吧，”她说，“你们对打脸没有什么规定吗？我的意思是，那看起来真的是远远超出界限了。”

我张开嘴想要反驳她，但是，我什么也没有说出口。她说的有点儿对。我的伤的确远远超出了界限。在那种战斗中，规定不能打脖子以上的部位，而我的伤远远超出了禁戒线。米亚看到了我的犹豫，这对她来说就好像是圣诞节的早晨提前一个星期到来了。在此刻之前，在我们的敌对关系中，我不认为她曾经让我无言以对过。

“女士们，”一个严厉的女人的声音传来。一个莫里族趴在前台，狠狠地看着我们。“这里是走廊，不是休息室。要么上楼，要么出去。”

一时间，我觉得再把米亚的鼻梁打断是世界上最好的主意——让我的迟疑不决见鬼去吧。然而，深深地吸了一口气之后，我觉得此刻撤退才是我最有尊严的行动。然后我趾高气扬地向女生宿舍的楼梯走去。我听见米亚在后面喊：“露丝，别担心，会消掉的。况且，男孩子们感兴趣的不是你的脸。”

30秒钟后，我用力地敲打着莉萨的门。而我的拳头竟然没有把门板敲烂，真是奇迹！她慢慢打开门，环视着周围。

“只有你在这儿吗？我以为有一支军队在……噢，我的天啊。”她注意到我的左脸时，眉毛都竖起来了。“发生了什么事？”

“你还没有听说吗？你有可能是学校里唯一不知道的，”我抱怨地说，“让我进去。”

躺在她的床上，我对她说了所发生的事情。她完全被吓到了。

"我听说你受伤了，但是我还以为和平常一样。"她说。

我盯着刷得白白的天花板，感到很沮丧。"最糟糕的是，米亚说对了，那不是一个意外。"

"什么，你是说你妈妈是故意这样做的？"我没有回答，莉萨的声音变得不再那么坚定。"拜托，她不可能那样做的，不可能。"

"为什么？因为她是完美的珍妮·哈瑟微，所以能够控制她的脾气？问题是，她虽然是完美的珍妮·哈瑟微，但只是精通作战和掌控行动。不管怎样，都是她的错。"

"是，好吧，"莉萨说，"我想她比较有可能是一时失手，而不是故意的。她必定是发火了。"

"嗯，她是在和我说话，这足够让她发火了。而且，我指责她之所以和我父亲上床是因为他是最可靠的进化选择。"

"露丝，"莉萨叹息道，"刚才的描述中你漏掉了这个部分。你为什么要这样对她说？"

"因为那可能是真的。"

"但是你得知道这会伤到她的心。你为什么一直激怒她？为什么就不能跟她和解呢？"

我坐了起来。"跟她和解？她把我的眼睛打黑了，而且很可能是故意的！我怎么可能会跟这种人和解？"

莉萨只是摇了摇头，然后走到镜子前检查她的妆容。挫败和恼怒的感觉由心灵感应传来，后面还徘徊着一点点的期待。既然我已经透过气了，我就耐心仔细地观察她。她穿着一件淡紫色的丝质衬衣，及膝的黑色裙子。她的长发完美而顺滑，只有花一个小时用吹风机和熨斗又吹又烫才会有这种效果。

"你看起来真漂亮。怎么回事？"

她的感觉稍稍变了，对我的怒气也消减了一点。"等会儿要去见克里斯蒂。"

前几分钟，好像回到了过去只有莉萨和我的美好时光，只有我们两个，一起消磨时间，一起说着悄悄话。她提及克里斯蒂的时候，我意识到她很快就要离开我去找他了，顿时，我的胸口涌起一股忧郁的情绪……我不得不勉强承认，那是妒忌。当然，我没有表露出来。

“哇，他做了什么值得你为他如此盛装打扮？从失火的房子里救出孤儿？如果是这样，我想你肯定要首先确定不是他放的火。”克里斯蒂使用的元素是火。很适合他，因为破坏力最强。

她大笑，转过身来，看到我用手指轻轻地抚摸着浮肿的脸。她的笑容变得体贴了。“看起来没那么糟糕。”

“随便。你知道的，你说谎的时候我能看出来。而且，奥兰茨基医生说，明天会更糟糕。”我又躺回床上，“世界上大概没有足够的遮瑕膏能遮住它了，是吗？塔莎和我必须买《歌剧魅影》里的那些面具了。”

她叹着气，在我身边坐下。“真遗憾我不能治愈它。”

我笑了。“如果是那样的话就好了。”

控制灵术所产生的强迫能力和领导能力是很强大的，但是实际上，她最厉害的还是治愈能力。她能够完成的事情的范围大得惊人。

莉萨还在思考灵术还能够做什么。“我希望还有其他方法控制灵魂……一种我依旧可以使用魔法的方法……”

“是啊，”我说。我明白她想要做大事想要帮助人们的强烈欲望。见鬼，我也希望黑眼圈马上消失掉，而不是要等几天。“我也希望有。”

她又叹气。“对我来说还有很多事情想做，不只是希望能够利用灵术治疗和做其他事。我还……嗯，我只是想念魔法了。它还在，只不过被药物封住了。它在我的体内燃烧。它需要我，我也需要它。

然而，我们之间有一堵墙。你是无法想象的。”

“事实上，我可以。”

真的。我在能大体上感受到她的感觉的同时，有时候也能潜入她的身体里。这很难解释清楚，而且更难忍受。一旦出现这种情况，我就真的可以通过她的眼睛，感觉她所经历过的事情。在那些时间里，我就是她。很多次，她渴望魔法的时候我就在她的脑海里，我感觉到她所说的难以抑制的需求。她经常在半夜醒来，想念再也得不到的力量。

“哦，是的，”她沮丧地说，“我有时候会忘记这一点。”

一股怨恨在她心里蔓延。她的怨恨不全是针对我，甚至不是因为她对自身的情况无可奈何。怒火在她心里燃烧，她不喜欢比我还要感到无助。她的愤怒和沮丧变得强烈了，变成了一些更加阴森和丑恶的东西。而我不喜欢那些东西。

“喂，”我说，我摸着她的手臂，“你还好吧？”

她闭上眼睛，然后睁开。“我只是讨厌这样。”

她强烈的情绪让我想起了在我要去巴蒂卡家前和她的一次谈话。

“你觉得药力减弱了吗？”

“我不知道。有一点。”

“越来越糟了吗？”

她摇摇头。“没有。我还是不能使用魔法。我觉得更靠近它了，但是它还是被封住了。”

“可是你还……你的情绪……”

“是啊……闹得慌呢。不过，别担心，”她看着我的脸说，“我没有产生幻觉，也没有想要伤害自己。”

“那就好。”我很高兴听她这么说，不过依然担心她。尽管她还不能触摸到魔法，但是我一点也不喜欢她的精神状态又出现下

滑的趋势。我极度希望这种情况能自行稳定。“还有我呢，”我凝望着她，轻轻地对她说，“如果发生什么奇怪的事情……你要告诉我，好吗？”

就像那样，她心里忧郁的情绪消失了。然而，我却在这时感应到了一丝奇怪的波动。我不清楚那是什么，然而，那股力量却让我颤抖。莉萨并没有注意到，她又振作起来了，朝着我微笑。

“谢谢你，”她说，“我会的。”

我也笑了，很开心看到她回到正常状态。我们陷入了一阵沉默，就在那么短的瞬间，我想向她倾诉我的心情。最近，我的脑海中萦绕了太多的东西：我母亲，迪米特里，还有巴蒂卡家。我一直把这些情绪封锁起来，为此我都快要崩溃了。现在，这么久以来，和莉萨在一起第一次感觉那么舒服，终于，我决定改变一下，让她知道我的感受。

就在我要开口的时候，我突然感觉到她的想法发生了变化，变得渴望而紧张。她有事情想要告诉我，而她一直在专注地思考这件事。我准备的倾诉就到此为止，如果她想谈谈，我不会让我的烦恼加重她的负担，因此，我把自己的烦恼抛到一边，等着她开口。

“和卡尔马克小姐在做研究的时候，我发现了一些事，一些奇怪的事……”

“什么奇怪的事？”我马上好奇地问道。

莫里族通常在青春期的时候开发他们的专攻元素，此后，他们就会被安排进入与他们的专攻元素有关的魔法班级里。但是，莉萨是目前记录在案的唯一的灵魂使用者，因此，没有一个真正的她可以加入的班级。很多人认为她只是还没有被安排进专门的班级，然而，她和圣弗拉米尔学院的魔法老师卡尔马克小姐经常见面，自学研究灵术。她们不仅研究当前的记录，还研究过去的记录，检查有可能存在其他灵魂使用者的线索。现在，她们了解了一些迹象：无法专门化，精神状态不稳定，等等。

“我没有找到任何真正的灵魂使用者，但是我发现了关于无法解释的现象的报告。”

我惊讶地眨着眼睛。“什么样的东西？”我一边问，一边思考着对吸血鬼来说什么会被视为“无法解释的现象”。我们和人类住在一起的时候，一定被视为无法解释的现象。

“这些报告很散乱，但是，像我看的一篇报告，是关于一个男人可以使其他人看见一些并不存在的东西。他能让其他人相信他们看到了怪物，别人或者任何事物。”

“那应该是强迫能力。”

“真正强大的强迫能力。我做不到那样，但我的强迫能力比我们认识的所有人都强，或者曾经是这样。那股力量来自对灵魂的使用……”

“所以，”我继续说完，“你认为这个记录上的人一定也是一个灵魂使用者。”

她点了点头，于是我接着问：“为什么不联系他找出真相？”

“因为没有任何信息记载！这是秘密。还有其他同样奇怪的，比如，有人可以耗尽别人的体力。站在他附近的人会变得虚弱，逐渐失去力气，最后失去知觉。还有的人可以让朝他们扔过来的东西停在半空中。”兴奋的时候，她会容光焕发。

“他一定是使用空气元素的。”我说。

“也许吧！”她说。我能感觉到她满心的好奇和兴奋。她拼命想相信有和她一样能使用灵魂的人存在。

我笑了。“谁知道呢？莫里族有罗斯威尔和51区这些类型的东西。如果他们能解决心灵纽带的问题，但却没有研究我身体的某处，这还真是个奇迹。”

莉萨的好奇心变成了开玩笑。“我希望有时候能看穿你的心思，我想知道你对曼森是什么感觉。”

“他是我朋友，”我坚决地说，惊讶于这个突然转换的话题，“仅此而已。”

她啧啧地说道：“你过去经常和你身边任何一个男生眉来眼去的，或者是做其他事。”

“喂！”我生气地叫道，“我没那么坏。”

“好……或许没有那么坏。但是，你好像不再对任何人感兴趣了。”

我依旧感兴趣，不过只对一个人而已。

“曼森真的很好，”她继续说，“对你很痴迷。”

“他确实是。”我承认。我想到了曼森，想到了在斯坦的课前觉得他很性感的那个短暂的时刻。另外，曼森真的很有趣，我们在一起相处得很愉快。作为男朋友，他是一个不错的选择。

“你们俩有很多相似的地方，你们俩经常做你们不应该做的事情。”

我大笑，那也是真的。我想起了曼森想要挑战世界上每一个血族的急切情绪。我可能还没有准备好（尽管我在车里面情绪爆发过），但是我也和他一样鲁莽。我想，是时候给他一个机会了。和他开玩笑很有趣，而且，我已经很长时间没有亲吻过任何人了。迪米特里让我心痛……但是，这完全是两回事。

莉萨仔细地打量着我，好像她知道我在想什么，当然，除了迪米特里的事情。“我听玛丽迪斯说你是个笨蛋，没有跟曼森出去约会。她说是因为你觉得曼森配不上你。”

“什么？那不是真的。”

“嘿，我可没说过。不管怎样，她说她正在考虑追求曼森。”

“曼森和玛丽迪斯？”我嘲笑道，“他们俩走在一起简直是个

灾难。他们毫无共同之处。”

虽然显得小气，但是我已经习惯了曼森一直宠爱我。突然间，想到别人就要拥有他时，我竟然无法忍受。

“你的占有欲太强了。”她又开始猜测我的想法。难怪我在“读”她的心思的时候感到她那么烦恼。

“只有一点。”

她笑了出来。“露丝，即使不是曼森，你也真的应该重新开始约会了。有很多男孩子渴望和你约会，而且他们其实都很好。”

说到男人，我一直都没有做出最好的选择。再一次，心里又涌起了想要对她倾诉所有烦恼的欲望。长久以来，我一直不敢告诉她关于迪米特里的事，即使那些秘密在心里折磨着我。在这儿，与她坐在一起，这提醒我她是我最好的朋友。我可以对她说任何事情，而她不会对我评头论足。然而，像刚才那样，我又失去了对她说出我的想法的机会。她看了一眼闹钟，突然从床上蹦起来。

“我迟到了！我得去见克里斯蒂了！”

她的心里充满了快乐，还有一点紧张与期待。

爱情，你能有什么办法呢？开始冒出来的妒嫉我又吞了下去。克里斯蒂再次从我身边将她带走了。看来，今晚我不能消除自己的烦恼了。

我们离开她的宿舍，她几乎是冲出去的，向我许诺明天再谈，我只好回到自己的宿舍。

我回到房间里，经过镜子时，看到左边的脸，不禁叹息。黑眼圈变成暗紫色了。或许自大，可我知道自己看起来很美。我穿C罩杯的内衣，曼妙的身材是学校里大多数女孩子梦寐以求的，即使她们已经像超级模特那样苗条了。而且，我在前面提到过，我的脸蛋也很漂亮。一般情况下，在这里我的美貌能得9分，10分是给特别漂亮的人的。

然而，今天几乎是负数了。我已经开始期待精彩的滑雪旅程了。

“我母亲揍了我一顿。”我对着镜子里自己的影像说，然后，它同情地看着我。

叹了口气，决定应该准备上床睡觉了。今晚我什么事也不想做，或许，多睡一会儿就可以康复得快一点儿。我穿过走廊，到盥洗室洗脸梳头。我洗梳后回到宿舍，套上我最喜爱的睡衣，法兰绒面料柔软的感觉让我的心情变好了点。

我为明天收拾背包，突然，一阵激动的情绪由我和莉萨之间的心灵感应传来。它突然袭来，我毫无察觉，根本没有机会反抗，就好像被飓风吹倒一样。突然间，我看着的不是我的背包了。我进入到了莉萨的体内，亲自体验她的世界。

然而，就在那个时候，事情变得尴尬了。

因为莉萨正和克里斯蒂在一起，而事情变得……热起来了。

第八章

CHAPTER 8

克里斯蒂正在吻她，而且，哇，一个吻！他亲吻的技术不错。那是儿童不宜的一个吻。见鬼，那是所有人都不宜看的吻，更不用说通过心灵感应体验了。

我之前说过，莉萨强烈的情绪会导致我进入她的脑海这种现象，但是，常常是因为一些消极的情绪。她沮丧、生气或者压抑的时候，我就会感应到。然而，这一次她没有沮丧。

她很快乐，非常非常快乐。

天呐！我必须离开那里。

他们在学校小教堂的阁楼上，我喜欢称之为“他们的爱巢”。那个地方一直是他们经常聚在一起的场所，以前当他们不想参加社交活动的时候，就经常躲到那里去。最后，他们决定一起不爱交际，然后，他们一起决定的事情就一件接着另一件。自从他们公开约会后，我知道他们不常去那里了。或许，他们回到那里是为了重温旧时的欢乐时光。

而他们确实好像正在进行一场庆祝。铺满灰尘的古老的地方点满了小巧的香薰蜡烛，蜡烛使得空气中飘满了紫丁香的味道。

在这样一个狭窄的、到处都是易燃的小木箱和书籍的地方点蜡烛，我会有点紧张。不过，克里斯蒂可能觉得他可以控制任何意外的大火。

终于，他们结束了那疯狂的长吻，拉开看着对方。他们侧卧在铺着几张毛毯的地板上。

克里斯蒂凝视着莉萨的时候，一脸的坦率和温柔。他淡蓝色的眼睛因为内心的激动而发红。这和曼森看着我的时候不一样。曼森的眼睛里充满了爱慕，然而，曼森对我，就像你走进一个教堂，怀着敬畏与害怕之情，对着你崇拜着的却又不真正理解的事物跪下。显然，克里斯蒂以他特有的方式爱慕着莉萨，但是，他的眼睛里闪着一种心照不宣，他们对彼此的了解如此完美，如此深邃，甚至，只要一个眼神就能明白对方的心思。

“你不觉得我们会因为这个而下地狱吗？”莉萨问。

他伸出手抚摸着她的脸，他的手指沿着她的脸颊滑过她的脖子，最后停在她丝质衬衫的衣领边上。她的呼吸变得急促，他的抚摸轻微而温柔，却在她的体内引起了一股强烈的激情。

“因为这个？”他玩着她衬衫的边缘，手指刚好可以擦过里面。

“不是，”她大笑，指着阁楼的周围说，“因为这个。这是教堂，我们不应该在这上面……嗯……做这种事。”

“才不是，”他争论道。他温柔地将她转过来面对着他，然后靠在她身上。“教堂在楼下，这里只是一个储藏室，上帝不会介意的。”

“你不相信上帝。”她斥责道。她把手移到他的胸前，她的动作和他一样，轻柔而充满挑逗，很明显，这也在他的体内触发了同样强烈的反应。

当她的手探进他的衬衫内滑到他腹部的时候，他愉快地叹了口气。“我迁就你呢。”

“现在你说什么都行了。”她责备地说。她的手抓着他的衣角，

往上拉。他动了一下，好让她顺利地脱下他的衬衣，然后，他赤裸的上身又重新靠到她的身上。

“你说的没错。”他承认。他小心翼翼地解开她衬衣上的一颗扣子，只解开一颗，然后他又俯下身来狠狠地吻她。他离开她的唇，呼吸一下空气，好像什么也没有发生过，然后继续说道：“告诉我你需要听什么，我说给你听。”他又解开了一颗扣子。

“我不需要听什么。”她笑着说。第三颗扣子砰地解开了。“你想说什么就说什么，只要是真相就好。”

“真相，哈？没有人想要听真相。真相从来都不性感。但是你……”最后一颗扣子被解开了，他掀开她的衬衫。“你这该死的性感，都不像真的了。”

他的话展现了他标志性的粗鲁的腔调，然而，他的眼睛传达出的是完全不一样的信息。我通过莉萨的眼睛看到这一幕，但是我可以想象他看到了什么：她白嫩光滑的肌肤，纤细的腰和臀部，白色的蕾丝胸罩。透过她，我能感觉到蕾丝边使她发痒，可是她不介意。

他的脸上充满了宠爱和渴望。我可以从莉萨的身体内感觉到，她的心跳加快，呼吸急促，和克里斯蒂一样的情绪使得她的思想混乱。他向下压在她的身上，两个人的身体紧紧地贴在一起。他再次找到她的唇，当他们的唇舌交缠在一起的时候，我知道我必须离开那里。

因为我现在明白了，明白为什么莉萨盛装打扮，为什么他们的爱巢被装饰得像美国人的蜡烛展览室，就为了这一刻。约会一个月后，他们决定要发生性关系。我知道莉萨以前也和她的前男友发生过性关系。我不了解克里斯蒂的过去，但是，我深深地怀疑曾经有很多女孩子深受他粗鲁的魅力所害。

然而，透过莉萨的感觉，我能感受到在那一刻这些都无关紧

要了。而那一刻，只有他们两个，只有他们对彼此的感觉。在生活中，她比同龄人有更多的忧虑，经历过更多的事情，所以，莉萨非常清楚她正在做什么。那正是她想要的，正是她和他在一起一直想要的。

我没有权利看到这一切。

开什么玩笑？这并不是我想看的。看别人激情一点儿乐趣都没有，而且我绝对不想体验和克里斯蒂发生性关系。那就好像几乎失去了我的处子之身。

但是，天啊，莉萨可没让我那么容易就离开她的身体。她一点也不想摆脱她的感觉和情绪。她的感觉和情绪越强，我就越难离开。我拼命地集中精神，努力摆脱她，集中所有的力量回到自己的身体里。

更多的衣服被扯掉了……

加油，加油，我坚决地对自己说。

避孕套出现了！

你是自己的主人，露丝。回到你的大脑中去。

他们的手脚缠绕在一起，他们的身体结为一体了……

王八……

我从她的身体里狠狠地把自己扯出，回到自己的身体里。终于，我又回到了自己的房间，可是我再也没有心思收拾背包了。我的整个世界都倾斜了。我感觉很不舒服，好像被侵犯了，几乎无法确定我到底是露丝还是莉萨。同时我再次涌出对克里斯蒂的怨恨。我当然不想和莉萨发生性关系，但是，我的心中有一种同样的痛苦。我感到我不再是她世界的中心了，这让我很沮丧。

放着背包不管，我直接上床睡觉了，双手抱住自己，蜷成一团，努力压住胸口的痛。

结果我很快就睡着了，第二天起得很早。我通常是把自己拖

下床去见迪米特里的，但是今天我起得足够早，所以比他先到达体育馆。我在等待的时候，看见曼森抄近路走向一栋教学楼。

“哇！”我大叫，“从什么时候开始你也起得这么早了？”

“从我得知要补考数学的那天起，”他说着向我走来，对我顽皮地笑了笑，“不过，和你待在一起或许值得我翘掉它。”

我笑了，记起了和莉萨的谈话。是啊，我能做的最坏的事情就是和曼森调情，然后和他开展一段感情。

“不行，你可能会遇到麻烦，如果那样我在滑道上就没有真正的挑战了。”

他翻了个白眼，依然微笑着。“对我来说，没有什么是真正的挑战，记得吗？”

“你准备好要打赌了吗？还是，你还在害怕？”

“小心点，”他警告我说，“否则我会收回你的圣诞节礼物。”

“你给我准备了圣诞礼物？”我没有料到。

“是的。但是如果你继续顶嘴，我或许会把礼物送给别人。”

“送给玛丽迪斯？”我逗他。

“她不能和你相提并论，你是知道的。”

“即使我有个黑眼圈？”我朝他做了个鬼脸。

“即使你有两个黑眼圈她也比不上你。”

他刚才看着我的表情不是在开玩笑，甚至不是真的暗示。只是很贴心。贴心，亲切和有趣。好像他真的在乎我。最近，经历过所有的压力后，我希望被别人关心。自从开始感觉到莉萨的忽视后，我才明白我也希望有个人特别重视我。

“圣诞节你有什么节目？”我问。

他耸耸肩。“没什么节目。我妈妈本来要过来的，但是最后一分钟的时候不得不取消了……你知道，因为那些事情。”

曼森的妈妈不是护卫，她是一个拜尔族，选择了家庭和孩子。

因此，我知道曼森经常可以见到她。我想，这真是讽刺，我的妈妈就在这里，然而，出于各种目的和原因，她也有可能到别的地方去。

“来陪陪我吧，”我一时冲动地说，“我会和莉萨，克里斯蒂，还有他的姑妈待在一起。那会很好玩的。”

“真的吗？”

“非常好玩。”

“我不是问这个。”

我咧着嘴笑了。“我知道。来就是了，好吗？”

他向我优雅地鞠了一躬，就像他经常喜欢做的那样。“当然。”

迪米特里一出现，曼森就走开了。与曼森聊天令我感到兴奋和快乐，和他在一起的时候，我没有顾虑我的脸。可是，和迪米特里在一起，我突然感到很窘迫。在他面前，我总是想让自己尽可能地完美。我们一起走进体育馆的时候，我竭尽全力避开自己的脸，不让他看到。这一顾虑使得我的情绪很低落，而心情一开始低落，所有的烦心事就都翻滚回来了。

我们回到放有假人的训练室，他告诉我他只是想让我练习两天前练过的手法。真高兴他没有提及我和我母亲的那场打斗。我以燃烧着的热情开始进行训练任务，向假人展示了惹恼露丝·哈瑟微的后果。我知道自己的战斗怒火不只是被想要做好的欲望点燃的。今天早上，我的情绪失控了，经历了与我母亲的那场打斗以及昨晚亲眼目睹莉萨和克里斯蒂纠缠在一起的画面后，失控的情绪变得越发强烈。迪米特里坐在旁边看着我，偶尔评论一下我的技术，对新的战术提出一些建议。

“你的头发很碍事，”有一次他这样说道，“不仅挡住了外围的视线，也让你冒着被敌人抓住破绽的风险。”

“如果是在真的斗争中，我会把头发扎起来的。”我哼哼地说，然后干净利落地将银棒插进假人的“肋骨”间。我不清楚这些人造骨头是什么做成的，但是他们真的很让人头痛。我又想起了我母亲，于是更用力地刺进去。“我只是今天放下来而已，就这样。”

“露丝！”他警告地说。我不理他，又插进去了一次。他再度开口的时候，声音变得更加严厉了。“露丝，停下来！”

我推开假人，惊讶地发现自己呼吸困难。我没有意识到自己那么卖力。我的背撞在墙上，无处可去，我直直地盯着地板，不去看他。

“看着我！”他命令道。

“迪米特里……”

“看着我！”

不管我们过去怎样亲密，他依旧是我的导师。我不能拒绝一个直接的命令。我慢慢地、不情愿地看向他，依然稍稍歪斜着头，让头发垂在脸的两边。他从椅子上起来，走了过来，站在我的面前。

我避开他的眼睛，却看到他伸出手来拨开我的头发。然后，他停了下来。此刻，我的呼吸也停止了。我们对彼此的吸引力充满了问题和保留，但是有一件事我很确定，那就是迪米特里以前很喜欢我的头发。或许他现在还喜欢。我承认，我的头发确实很好，很有光泽，也很柔顺飘逸。他以前常常找借口抚摸我的头发，而且，他还劝我不要像大多数女护卫那样剪短头发。

他的手悬在那儿，我等待着看他会做什么，世界在那一刹那静止了。时间看起来好像过了一辈子，渐渐地，他缩回了手。强烈的失望像冷水一样当头淋下，然而，与此同时，我也知道了，他在犹豫。他害怕碰我，或许——只是或许，那意味着他依然想要碰我。他只是不得不克制自己。

我慢慢转正头，看着他的眼睛。我的大部分头发落在后面，但不是全部。他的手又开始发抖，我希望他再次伸过来。然而，他的手却一动不动。我的兴奋渐渐消失了。

“疼吗？”他问。他刮胡水的香气混合着他汗水的味道向我袭来。老天，我真希望他抚摸我。

“不疼。”我撒谎了。

“看起来没有那么糟糕，”他对我说，“会好起来的。”

“我恨她，”我说出口的时候，惊讶于这三个字是多么的恶毒。甚至在突然面对迪米特里并且想要他的时候，我都没有放下对我母亲的仇恨。

“不，你不恨她。”他温柔地说。

“我恨她。”

“你没有时间去恨任何人，”他劝告我，声音依然温和，“作为护卫，你没有时间去恨任何人。你应该跟她和平相处。”

莉萨也说过完全一样的话。愤怒加入了我的其他情绪，于是我心里的那块阴郁开始蔓延。“跟她和平相处？在她故意打伤我的眼睛后？为什么只有我看出她有多么疯狂？”

“她一定不是故意那样做的，”他的声音凶了起来，“不管你怎么恨她，你必须相信那是事实。她不会那么做，况且，我在那天看到她了。她很担心你。”

“更有可能是担心别人会控告她虐待孩子吧！”我怨恨地说。

“你不觉得在圣诞节快来临的时候要心怀宽恕吗？”

我大声地叹着气。“这不是圣诞特例！这是我的一生。现实生活中奇迹和善行是不会发生的。”

他仍然平静地看着我。“现实生活中，你可以创造自己的奇迹。”

突然间，他的话让我彻底地感到挫败，我不再努力控制自己。我的生活一旦出了一点问题，每个人都只会对我讲道理讲实际，我已经非常厌倦了。我心里明白，迪米特里只是想帮忙，但是，我接受不了那样充满教导意味的话。在面对那些问题的时候，我需要安慰。我不想考虑什么会让我成为一个更优秀的人。我只希望他抱着我，告诉我不要担心。

“好，你能不能停一下，就一下？”我要求道，双手叉在腰间。

“停下什么？”

“所有关于深奥禅理的废话。你跟我说话的时候都不像一个真人。你所讲的都只是一些明智的、关于人生大道理的废话。你听起来真的像一个圣诞节特例。”我知道把自己的愤怒发泄在他身上不完全公平，但我无法控制自己，我发现自己几乎是喊出来的。“我发誓，有时候就好像是你只想听自己讲！可我知道你并不是一直都这样。当你和塔莎聊天的时候，你就完全正常。可是和我呢？你只是在履行自己的职责。你不在乎我，你只是停留在你那愚蠢的导师的角色里。”

他目不转睛地看着我，一反常态地惊讶。“我不在乎你？”

“不在乎。”我很小气，非常非常小气。我其实知道，他很在乎我，不仅仅是作为一个导师那样在乎。可是，我无法控制自己，因为那种情绪不断地涌出来。我用手指戳着他的胸口。“对你来说，我只是另一个学生。你只是不断地继续你那愚蠢的人生教训，以至于……”

突然，我期待抚摸我头发的手伸了出来，握住我指着他的胸口的手。他把我的手压在墙上，我惊讶地看到他眼里流露出来的一股情绪。那不完全是生气……而是另一种挫败感。

“不要告诉我我自己的感觉！”他吼道。

我知道我至少说对了一半。他几乎总是很冷静，很自制，甚至在战斗的时候也一样。可是，他也告诉过我他曾经怎样痛打他的莫里族父亲。他曾经也像我一样，经常处于做事不经思考的边缘，常常做一些他不应该做的事。

“那是真的，不是吗？”我问。

“什么？”

“你总是在挣扎着控制自己，你和我一样。”

“不。”他说。很显然，他还是被刺激到了。“我已经学会了控制自己。”

这个新的发现壮大了我的胆子。“不，”我提醒他，“你没有。你只是展露了最好的一面，很多时候，你确实总是保持冷静。但是，有的时候你不能。而有时候……”我倾身向前，降低了声音。“有时候你是不想。”

“露丝……”

我能够看到他呼吸困难，我知道他的心跳得和我一样快。可他没有离开。我知道那是不对的，知道我们必须忍受所有逻辑上的原因。但是，此刻，我不在乎。我不想控制自己，不想成为优秀的人。

在他明白过来发生什么事的时候，我吻上他。我们的双唇碰在了一起，在他回吻我的时候，我知道自己做对了。他的身体压得更近了，把我困在他和墙壁之间。他的那只手一直握着我的手，另一只手放在我的脑后，滑进我的头发里。这一吻如此激烈，充满了愤怒，激情，释放……

他停止了吻，猛然推开我，向后退了几步，看起来有些颤抖。

“下次别这样了。”他僵硬地说道。

“那就不要回吻我！”我顶回他。

他凝视着我，像要永远这样看着我似的。“我没有要听自己讲禅理，我没有讲是因为你是另一个学生，我这样做是为了教你学会自我控制。”

“你做得很好！”我苦涩地说道。

他闭上眼睛，片刻后，呼出一口气，然后用俄语喃喃地说着些什么。他转过身，离开训练室，没有再看我一眼。

第九章
CHAPTER 9

自从那件事以后，我有一阵子没有见到迪米特里。那天晚些的时候，他发来信息，说觉得我们应该取消接下来的两次训练，原因是那即将到来的离开校园的计划。他说，不管如何，课程将要结束了，暂停训练也是合情合理的事情。

这是一个毫无说服力的理由，我知道他为什么要取消。如果他想避开我，我倒宁愿他编造一些事情做借口，比如他和其他护卫不得不加强莫里族的安全措施，或者进行一些绝对机密的忍者训练。

不管他的理由是什么，我都知道他避开我是因为那一个吻。那个该死的吻！我不后悔，可也不尽然。只有上帝知道我有多么想吻他。可是，我吻他却是由于错误的理由。我吻他是因为我感到沮丧，感到挫败，我只想证明我可以这样做。我已经厌倦了做正确的、明智的事情。最近我一直在努力更好地控制自己，但是，我好像失败了。

我忘记了他曾经警告过我们在一起不只是年龄问题，那会牵扯到我们的工作，把他扯进亲吻这件事上……好吧，我已经使问

题严重化了，而那个问题最后会伤害到莉萨，我是不应该那样做的。昨天，我阻止不了自己。然而今天，等我想清楚了其间的利害关系时，简直不敢相信自己的所做所为。

曼森在圣诞节的早上过来接我，我们准备和其他人一起出去玩，这让我没有再去想迪米特里。我很喜欢曼森，然而这并不意味着我只有逃避或与他结婚两种选择。就像莉萨说过的，重新与人约会对我会有好处。

塔莎在学院客房的一间雅致的客厅里为我们准备了圣诞早午餐。学校里到处都有团体活动和聚会，然而，我很快注意到，塔莎的出现总是会引起一些骚动。人们不是偷偷地看她就是绕道避开她。有时候她会挑衅他们，有时候她只是保持沉默。今天，她选择避开其他贵族成员，只想与那些不避开她的人简单地享受一个小型私人聚会。

迪米特里也被邀请到了聚会。看到他的时候，我的决心有点动摇，他居然盛装赴宴，好吧，“盛装”可能有点夸张，可这是我见过他穿得最正式的一次。平时，他看起来有点儿不修边幅……好像他随时可以投入一场战斗。今天，他的黑发扎在脖子后面，好像他真的想努力弄得整齐一点。他穿着平时穿的牛仔裤和皮靴，但没穿 T 恤或保暖衬衣，取而代之的是一件黑色的针织衫。只是一件普通的针织衫，款式不是很特别，也不贵，但是，多了一丝优雅，那是我平时看不到的，而且，天啊，真的非常适合他。

迪米特里没有对我耍脾气或者怎样，但是，他也没有过来和我说话。然而，他却和塔莎说话了。我入迷地看着他们以一贯轻松的方式交谈着。我后来才知道，他的一个好朋友是塔莎家的远房表亲，这就是他们怎么认识对方的。

“五个？”迪米特里惊讶地问道。他们正在谈论朋友的孩子。“我没听说过。”

塔莎点点头。“真是不可思议。我敢肯定他的妻子不超过六个月就生一个孩子。她还那么矮……所以她现在越来越胖了。”

“我第一次见他的时候，他甚至发誓不想要孩子。”

她兴奋地瞪大眼睛。“我就知道！我简直不相信。现在你应该见见他，他刚刚就在那边。我甚至有时都听不懂他的话了，我敢肯定，他现在说的话更像儿语，而不是英语。”

迪米特里难得地一笑。“呵……孩子总是会这样影响人们。”

“我想象不出来发生在你身上到底会是什么样子，”她大笑起来，“你总是那样坚韧。当然，我猜你会用俄语说儿语，这样就不会有人知道了。”

他们都笑了。然后我走开了，很感激还有曼森在那里和我说说话。他确实能把我的注意力从所有的事情上移开，因为除了迪米特里不理我之外，莉萨和克里斯蒂两人也躲在他们的小世界里说着悄悄话，性爱好像使得他们更深爱对方了。我怀疑到时候去滑雪旅行的话能否有机会和她待上一会。终于，她离开克里斯蒂来给我送圣诞礼物了。

我打开盒子，看向里面。是一串朱红色的木珠子，玫瑰的香气渐渐飘散开来。

“到底……”

我拿起珠子，看到了一个沉重的黄金十字架挂在尾端。她竟然送我一串念珠。类似于玫瑰念珠，只是小了一点，手镯一般大小。

“你是想让我信教吗？”我挖苦地问道。莉萨不是什么宗教怪胎，但是她相信上帝，并且经常去教堂。就像很多从俄罗斯和东欧来的莫里族家庭一样，她也是东正教的教徒。

而我呢？更像是一个正统的不可知论者。我认为上帝可能存在，但是我没有时间和精力去调查他是否存在。莉萨尊重我这一点，从来不会把她的信仰强加给我，所以，这使得她的礼物更加怪异。

“翻过来看看。”她说。显然，她很开心看到我震惊的样子。

我翻了过来。十字架的背面，刻在黄金上的花朵间盘旋着一条龙，那是多格米尔家的纹章。我看着她，满脸迷惑。

“这是一个传家宝，”她说，“我爸爸的一位好朋友一直保存着他的东西。这是其中一件，它是我祖母的护卫的。”

“莉……”我说。现在这串念珠具有了全新的含义。“我不能……你不能送这样的东西给我。”

“咳，我当然不能留着这件东西。它是为护卫准备的，我的护卫。”

我把念珠戴在一只手腕上，十字架触碰到了皮肤，感觉凉凉的。

“你知道，”我开玩笑道，“在我能够成为你的护卫之前，我很有可能被赶出学校。”

她笑了。“好吧，到那时你可以把它还给我。”

大家都笑了。塔莎准备开始说话，可她向门口看去的时候停了下来。

“珍妮！”

我母亲站在那里，看起来和以往一样僵硬、冷漠。

“很抱歉，我迟到了，”她说，“我有些工作要处理。”

又是工作，一如既往，即使在圣诞节也不例外。

我感到胃里面开始翻滚，当我们打斗的所有细节突然回到我的脑海中时，我的脸颊开始发烫。自从两天前发生了那件事以后，即使我躺在医务室里，她也从来没有只言片语的问候。没有道歉，什么也没有。我紧紧地咬着牙。

她和我们坐到一起，很快就加入到了谈话中。很久以前我就发现，她能讲的话题只有护卫的工作。我真想知道她到底有没有别的什么爱好。巴蒂卡袭击事件一直存留在每个人的脑海中，这让她把谈话带到了一些她参与其中的类似的战斗。我惊讶地发现，

曼森被她说的每一个字都吸引住了。

“其实，砍头并不像看起来那么容易。”她依旧不带任何感情地说。我从来都不觉得那是容易做到的事，但是她的语气暗示着她相信每个人都以为那会很容易。“你必须穿过脊髓和肌腱。”

通过心灵纽带，我感觉到莉萨渐渐变得不自在。她不是可以参与这种可怕谈话的人。

曼森的眼睛都发亮了。“那砍头最好的武器是什么？”

我母亲想了想。“一把斧头，拿着斧头你会得到更多的重量。”她做了一个摆动的动作以作说明。

“酷！”他说，“啊，真希望他们让我带一把斧头。”这真是一个滑稽可笑的想法，因为斧头一点也不方便随身携带。片刻间，我想到了曼森肩上扛着一把斧头走在大街上的画面，这让我的心情好点儿了。不过，那片刻间的好心情很快就消失了。

老实说，我简直不敢相信我们在圣诞节谈论这个话题。她的出现使得一切都变得糟糕了。幸好，聚会终于散了。克里斯蒂和莉萨离开去做他们自己的事情了，迪米特里和塔莎显然还有更多的事情需要做。曼森和我走在回宿舍的路上，我母亲和我们走在一起。

谁也没有说话。漆黑的夜空上缀满了星星，清晰而明亮。闪闪的星光与周围的冰雪那么相称。我穿着有人造革装饰的派克大衣。虽然不能挡住吹痛我脸庞的阵阵寒风，却能让我的身体保持温暖。一路上，我一直期待着我母亲能走开到别的护卫区去。可是，她直接和我们走进了宿舍大楼。

“我一直在等着跟你谈谈。”她最后说道。我的脑中敲起了警钟，我刚才做了什么吗？

她就说了一句话，但是曼森马上就明白了她话中的意思。他既不愚蠢也不是不懂社交提示，可那时候，我有点希望他什么都

不懂。我觉得讽刺的是他想要和全世界的每一个血族战斗，可他却害怕我的母亲。

他抱歉地看着我，耸耸肩，说："嘿，我还得去一个地方，我迟点来找你。"

我遗憾地看着他离开，真希望我能跟着他去。不过，如果我想逃跑的话，我母亲很有可能把我抓住，然后再打伤我的另一只眼睛。现在最好是按她的方式做，尽快把话说完。我不自在地动动身体，眼睛环顾四周，就是不看她，等着她开口。通过眼角的余光，我注意到有几个人正在看着我们。想起好像世界上的每个人都知道她是怎样把我的眼睛打伤的，我突然不想让任何人看到她将要给我的任何教训。

"你想要，呃，到我的房间来吗？"我问。

她看起来很惊讶，几乎不确定的样子。"当然。"

我带着她走上楼梯，和她保持着一个安全的距离，紧张尴尬的气氛充斥在我们之间。到达我的房间的时候，她也没开口说什么。她仔细地检查我房间的每一个角落，好像血族可能潜伏在那里。她环顾着四周的时候，我坐到床上等待着，我完全不知道自己应该做什么。她的手指摸过一摞关于动物行为和进化的书。

"看这些是为了写报告吗？"她问。

"不是。我只是感兴趣而已。"

她的眉毛往上扬，她并不知道这个。她怎么会知道呢？她对我的事情从来都是一概不知。她继续环视着一切，最后停下来研究一些关于我的微小东西，显然她很惊讶。那是一张照片，莉萨和我在万圣节的时候打扮成精灵的样子，提着一袋Swee Tarts糖果。我母亲的样子看起来好像她是第一次见到我。

突然，她转过身，向我伸出一只手。"给！"

我愣了一下，探过身去，在她的手掌下摊开掌心。一个小小的、

有点凉的东西掉在了我的手上。一个小小的圆形坠子，直径还没有一角硬币的直径那么长。用银制成的底部托着一个缀满彩色玻璃圆环的平底圆盘。我皱起眉头，用拇指抚摸着它的表面。坠子看起来很奇怪，不过，那些玻璃圆环让它看起来几乎像一只眼睛。里面一只小的圆环看起来像一个瞳孔，近乎黑色的深蓝色。环绕着它的一圈圈圆环的颜色依次为浅蓝，白色和深蓝，而最外层的圆环非常细。

“谢谢。”我说。我从来没期待从她身上得到过什么，这份礼物很怪异。她到底为什么送我一只“眼睛”？但不管怎样这终究是一份礼物。“我……我没有东西要送你。”

我母亲点点头，脸上又恢复到一副冷漠的表情。“没关系，我不需要任何东西。”

她开始在房间里四处走动。虽然没有很大的空间让她走来走去，不过她身材矮小，步子可以稍微大些。每次她经过窗前走到我的床边时，光线便会落在她褐色的头发上，使得她的头发闪闪发亮。我好奇地看着她，然后明白过来，其实她和我一样紧张。

她突然停了下来，转过头来看我。“你的眼睛怎么样了？”

“好多了。”

“那就好。”她张开嘴，我预感到她想要道歉。然而，她没有。

她又开始走动的时候，我再也受不了静静地坐着了。我开始把收到的礼物放好。今天早上我收到了一大堆礼物，其中一件是塔莎送的真丝裙子，红色的，绣着花朵。我母亲看着我把裙子挂在房间的小衣橱里。

“塔莎真是一个好人。”

“嗯，”我同意地说，“我没想到她会送礼物给我，我真的很喜欢她。”

“我也是。”

我惊讶地转过去看着我的母亲，她也和我一样惊讶。如果我不是了解了情况，那我一定会说我们刚刚达成了一致的意见。或许圣诞奇迹真的会发生。

“巴利科夫护卫很适合她。”

“我……”我眨着眼睛，不是很确定她在说什么，“迪米特里吗？”

“巴利科夫护卫。”她严肃地纠正我，依旧不满意我随意地称呼他。

“哪……哪种适合？”我问。

她扬起一边的眉毛。“你还没有听说吗？她已经邀请他当她的护卫了。因为她一个护卫也没有。”

我感觉自己好像又被痛打了一顿。“可是他已经……被分配到这里，分配给莉萨了。”

“这样的安排会有的。先不管欧瑞拉家的名声……她再怎么说也还是贵族成员。如果下定决心的话，她会达到她的目的的。”

我阴郁地望着一片空寂。“我以为他们是朋友或者其他什么的。”

“不仅仅是……或者可能是吧。”

嘭！又一次痛击。

“是什么？”

“嗯？哦，她……对他有意思。”听我母亲的语气，显然她对浪漫的事不感兴趣。“她愿意要拜尔族的孩子，所以，如果他成为她的护卫的话，他们最后很有可能会……嗯……会有所安排。”

噢，我的天啊！

时间冻结了。

我的心脏停止了跳动。

我意识到我的母亲在等着我的回应。她正靠在我的桌子上，

看着我。她也许对追捕血族很在行，但是她却无法了解我的感觉。

“那……他准备答应吗？做她的护卫？”我无力地问道。

我母亲耸耸肩。“我认为他还没有答应，不过，他当然会答应她了。这可是个大好的机会。”

“那是。”我随声附和道。迪米特里为什么会拒绝这样的机会呢？他既可以成为他朋友的护卫又可以有孩子。

我母亲之后还说了些什么，可我什么也听不见了。我脑子里一直想着迪米特里离开了学校，离开了我。我想起他和塔莎一直相处得那么好，在这些回忆之后，我的想象力即时开始描绘未来的情景。塔莎和迪米特里在一起，抚摸，亲吻，赤裸的身体，还有……

我紧紧地闭上眼睛，随即睁开。

“我很累了。”

我母亲讲到一半的时候停了下来，在打断她之前，我完全不知道她讲了什么。

“我很累了。”我重复道。我能听到自己声音里的空洞。空荡荡的，没有任何情绪。“谢谢你送的‘眼睛’……呃，礼物，如果你不介意的话……”

我母亲惊讶地看着我，一脸真诚而又困惑。随即，就像往常一样，她恢复了平时的职业形象。直到那一刻，我都没有意识到她有多么的放松。但是她确实放松了。短短的时间里，她在我的面前表现出了她的脆弱。现在，那脆弱消失了。

“当然，”我僵硬地说，“我不想打扰你的。”

我想告诉她不是那样的，我想告诉她我不是因为任何个人理由赶她走的，我还想告诉她，我多么希望她是你们常常听说的那种慈爱的、通情达理的母亲，那种我可以信赖的母亲，或者是那种我甚至可以和她讨论我那陷入困境的爱情生活的母亲。

天呐，事实上，我希望我可以向任何一个人诉说，尤其是现在。

然而，我已经深深地陷入自己编导的情景中去了，因此，我一个字也说不出口。我感到好像有人狠狠地把我的心扯了出来，抛到了房间的另一边。我的胸口一阵灼痛，痛苦难忍，而我却不知道这痛的来由。我不能拥有迪米特里是一回事，然而，意识到其他人可以拥有他完全又是另外一回事。

我没有再对她说什么，因为我的语言能力已经丧失了。她的眼睛里闪着愤怒，抿着双唇，表情绷得紧紧的，她不高兴的时候经常是这副表情。她二话不说，转身离开，砰地摔上身后的门。事实上，我也会那样摔门。我想，我们确实有一些共同的基因。

然而，我几乎一瞬间就忘记她了。我只是一直坐在那里，不断地想。思考着，想象着。

那天余下的时间里，我几乎就是这样度过的。我没有去吃晚餐，还掉起了眼泪。但是大部分的时间里，我都只是坐在床上想着，越想越沮丧。我还发现，唯一比想象迪米特里和塔莎在一起更加糟糕的事情，就是记起他和我在一起的时候。他再也不会像那样抚摸我了，再也不会那样吻我了……

这是我有史以来最糟糕的圣诞节。

第十章
CHAPTER 10

滑雪旅行不会那么快到来。忘掉迪米特里和塔莎的事也是不可能的，但是至少收拾行李做好准备可以确保我没有花百分之百的脑力在他身上，最多也就百分之九十五。

还有其他事情会分散我的注意力。每当涉及到我们安全的时候，学院就会过分地保护我们，当然是正当的措施，不过，有时候就会变成非常酷的事情。例如，学院使用了几架喷气式飞机。这意味着在机场没有血族可以袭击我们，还意味着我们可以很气派地去旅行。每一架喷气式飞机都比商用客机小，但是，座位却很舒服，而且前面伸腿的空间很大。这些座位可以向后延伸得足够远，你几乎可以躺在上面睡觉。在长途旅行中，座位上还会有小型的电视机，供我们选择电视电影，有时候甚至会突然出现美味的餐点。然而，我敢打赌，这次旅程会很短，因而不会有电视电影或者实质的食物。

我们是在 26 号晚点的时候出发的。我登飞机的时候，到处寻找莉萨，想和她说说话。自从圣诞早午餐后，我们就没有真正说过话。看到她和克里斯蒂坐在一起，我一点儿也不觉得惊讶，而

他们看起来并不想被打扰。我听不到他们在聊什么，不过，我看到他伸出手搂住她，一副放松轻浮的样子，也只有她能让他露出这样的表情。我仍然深信他永远不可能像我一样照顾好她，但是很显然他能让她快乐。曼森在向我招手，我朝他走去，穿过通道经过他们身边的时候，我面带微笑地朝他们点点头。我朝前走的时候，也从迪米特里和塔莎身边走过，他们坐在一起，而我故意忽视他们。

“嗨。”我一边打着招呼，一边滑入了曼森旁边的座位。

他对我笑了笑。“嗨，准备好接受滑雪挑战了吗？”

“一切都准备好了。”

“别担心，”他说，“我会手下留情的。”

我把头往后靠在座位上，嘲笑道：“你别妄想了。”

“神志正常的人很无聊的。”

令我惊讶的是，他把手搭在了我的手上。他的手很温暖，当他触摸我的时候，我感到自己的皮肤一阵酥麻。我吓了一跳。我说服自己迪米特里是唯一能让我再次有反应的人。

是时候向前看了，我想。迪米特里显然已经做到了。你早应该这样做了。

我趁他不注意的时候，缠上他的手指。“我愿意，这将会很有趣。”

事实的确如此。

我一直努力地提醒自己，我们到这里来是因为一场悲剧，是因为在外面血族和人类有可能再次向我们发起袭击。然而，似乎其他人都不记得那件事了。我承认，我正处于一个困惑时期。

滑雪旅馆很豪华，有点像小木屋，但是没有任何小木屋能够容纳上百人，或者有如此豪华的客房。闪闪发光的金黄色木屋，一共三层，坐落在高耸的松树间。为了方便莫里族，窗户建成高大而优雅的拱形，色彩也是专门为莫里族选择的。形似火把的水晶电灯挂满了入口处，使得整栋建筑光彩照人，完全一片珠光宝气的样子。

高山环绕着我们，在夜晚，我的超强视力也仅仅只能看清楚山脉的轮廓。我敢打赌，当太阳出来的时候，景色一定美得令人忘记呼吸。旅馆的一边通向滑雪场，连通陡峭的山坡和雪墩，还有升降机和绳索。另一边有一个溜冰场，这让我很高兴，因为这样我就可以弥补那一天在护卫的破旧小木屋旁错过了的溜冰。不远处，有一座专供滑雪橇用的平缓山丘。

这只是外面。

里面，所有的摆设都是为了迎合莫里族的需要而布置的。供血者就在手边，准备好了每天提供24小时的服务。滑道上实行夜间时间表，整个地方都撑起了防护结界，到处都驻守着护卫。这一切都是活的吸血鬼想要的。

大厅上面是大教堂式的天花板，悬挂着一个巨大的枝形吊灯。地面是精心铺砌的大理石，前台全天候值班，随时满足我们的需求。旅馆的其他地方，走廊和休息室一律是红、黑和金色的设计。深红色很抢眼，把其他颜色都掩盖了。我在想，红色与血液的相似会不会是一个巧合。墙壁上装饰着镜子和艺术品，随处可见装饰用的小桌子，上面摆放着淡绿色的花瓶，花瓶里带紫色斑点的兰花香气四溢。

我和莉萨共同拥有的房间比我们两个人的宿舍合起来还要大，房间里就像旅馆的其他地方一样色彩斑斓。地毯上的绒毛很长很厚。我立刻在门边脱掉鞋子，赤脚走进去，顿时我的脚陷入一片柔软中。我们有特大号床，床上铺着羽绒被，放着很多枕头，我敢肯定，一个人可以完全隐没其中，永远也不会被看到。法式落地双扇玻璃门通向宽敞的阳台，如果不是因为外面寒风刺骨，站在那里的感觉一定很棒，想想看，我们可是在顶层。我真怀疑房间尽头那边的双人热水浴缸能否很好地弥补这刺骨的寒冷。

沉浸在如此豪华的享受中，我都快要接受不了了，客房里的一切全都凑到了一块儿：黑色的大理石浴缸，等离子电视机，篮子里的巧克力和其他甜点。最后，当我们决定去滑雪的时候，我几乎是把自己拖着离开房间的。我大概可以在余下的假期里就这样懒洋洋地待在房间里，那样也会非常满足。

不过，我们最后还是到外面探险去了。一旦将迪米特里和我母亲赶出脑海，我就开始快乐起来。受益于旅馆的巨大，我几乎没有机会撞见他们。

几个星期来第一次，我终于可以把注意力放在曼森身上了，而且发现他到底是多么有趣了。并且，我还可以偶尔和莉萨出去玩，这让我的心情好多了。

莉萨、克里斯蒂、曼森、还有我，四个人可以来一次四人约会。第一天，我们四个几乎都在滑雪，不过那两个莫里族有点跟不上我和曼森。曼森和我仗着课堂上参加过的训练，一点儿也不怕尝试大胆的特技。我们好胜的本性使得我们急切地想要胜过对方。

“你们两个简直是在自杀。”克里斯蒂曾经这样评价道。外面已经一片昏暗，高高的灯柱投映在他不解的脸上。

他和莉萨在雪丘下面等着，看着曼森和我滑下来。我们以疯狂的速度滑下来。那个一直努力向迪米特里学习自我控制和智慧的我很清楚那有多么危险，但是另一个我却喜欢那种不顾一切的感觉，那阴暗的叛逆依旧存在于心里。

当我们停下来的时候，曼森抛来一团雪。“哈，这不过是个热身，我是说，只有露丝才能一直跟上我的速度。这简直太小儿科了。”

莉萨摇着头。“你们两个是不是太过于较劲了？”

曼森和我相互看了一下对方。“才不是。”

她又摇了摇头。“好吧，我们要进去了。尽量不要害死自己啊。”

她和克里斯蒂手挽手地离开了。我看着他们离开，然后转回看向曼森。“我还可以滑一段时间，你呢？”

“当然没问题。”

我们坐升降机回到山顶。当我们准备滑下来的时候，曼森指着下面说：“这样怎么样？碰到那边的那些雪丘，然后跃过丘脊，来一个急转弯摆回来，避开那些树，在那儿停下。”

我顺着他的手指望去，他指着的是其中一条最大的滑道上蜿蜒直下的小道。我皱了皱眉头。

“那确实很疯狂，曼森。”

“啊，”他兴奋地说，“看呀，她终于屈服了。”

我瞪着他说：“她才没有。”再次审视他那条疯狂的路线后，我答应了。“好吧，让我们开始吧。”

他打了个手势说：“你先来。”

我深深地吸了一口气，然后飞跃出去。我的滑雪板平稳地滑在雪地上，凛冽的寒风迎面吹来。我利落而准确地完成了第一跳，然而，当我在比试的第二部分飞速向前的时候，才明白那到底有多么危险。在那一刹那，我下了一个决心。如果我完成不了的话，我将会永远听到曼森说这件事，而且我真的想让他难堪。如果我真能做到，那我就完全不必为自己的威信担心。但是，如果我搞砸了，就有可能会摔断脖子。

在我脑海的某一个地方，有一个声音响起，它听起来就像迪米特里在谈及明智选择以及学习怎样保持克制。

我决定忽视那个声音，冒一下险。

这场比试就像我害怕的那样困难重重，但是，在一个接着一个的疯狂动作后，我还是完美地完成了。我在做每一个急速且危

险的旋转的时候，冰雪就在我周围飞起来。当安全抵达山脚下的时候，我往上看去，看见曼森在疯狂地挥舞着手。我看不清他的表情，也听不到他的话，不过我能想象他兴奋的样子。我也朝他挥挥手，等着他也像我那样滑下来。

可是他没有。因为当滑到一半路程的时候，他没能完成其中一跳。他的滑雪板被绊了一下，然后他的腿弯了一下，接着就摔下来了。

我跑到他身边的时候，滑雪场的一些工作人员也刚好赶到了。曼森没有摔断脖子，也没有怎么样，这令大家都松了一口气。不过，他的脚踝确实好像严重扭伤了，而且在剩下的旅行时间里，他很有可能被限制滑雪。

监视滑道的其中一个教练向前跑来，满脸怒气。

"你们这些孩子到底在想什么？"她大声叫嚷着。然后，她转向我。"我真不敢相信你竟然做这些危险的动作！"接着，她怒视着曼森。"然后，你就跟着模仿她。"

我想争论这一切都是他的主意，但是这时候解释已经无济于事了。我只是很庆幸他没事。然而，当我们所有人回到旅馆里面的时候，内疚便开始将我吞噬。我表现得太不负责任了。如果他真的伤得很严重，那该怎么办？可怕的设想从我的脑海中闪过：他的腿断了，脖子也断了……

我到底一直在想什么？没有人让我进行那场比试，曼森只是建议……但是我没有反对。老天知道，其实我是可以反对他的。我可能必须忍受一些嘲笑，但是曼森那么喜欢我，只要利用美人计，我就能阻止这一疯狂的行为。可那时我已经陷入了兴奋和想要冒险的冲动中去了，就像我吻迪米特里的时候一样，而没有充分考虑到后果，因为在我的心底依然悄悄地潜藏着想要任性一回的冲动欲望。曼森也有一样的欲望，并且是他唤醒我的。

脑海里，迪米特里的声音再一次责备我。

在曼森被安全地送回旅馆并在他的脚踝处敷上冰块后，我带着我们的装备走到了外面的仓库。当走回旅馆的时候，我从另一个门口进去，而不是平时走的那个。这个入口设在一个开放的巨大走廊的后面，走廊边上有华丽的木栏杆。走廊一直延伸到山的一边，如果你想要在结冰的温度下，长时间地站在那里欣赏周围的风景的话，那你就会发现山峰和低谷的景色美不胜收。但是，大多数人都不会这样做。

我走上走廊的台阶，跺跺脚，甩掉靴子上的雪。空气中有一股浓浓的香气，既辛辣又香甜。有一种熟悉的感觉，不过在我弄清楚它是什么之前，一个声音从阴影处传来。

“嗨，拜尔小丫头。”

我愣了一下，这才明白过来确实有人站在走廊上。是一个男人，一个莫里族男人，靠在离门不远的墙上。他取出一根香烟放到嘴里，深深地吸了一口，然后把它扔在了地板上。他把烟头踩灭，朝我露出了一个微笑。我想起了，那是丁香香烟的味道。

我停了下来，双手交叉，警惕地打量着他。他比迪米特里矮一点儿，不过，整体看起来依旧和一些莫里族男人一样瘦高。一件长长的深灰色大衣，很可能是用一种昂贵的混纺羊绒毛做成的，很适合他的身材。他穿的那双皮鞋更显示他很有钱。他的头发是棕色的，好像故意弄成有点乱蓬蓬的样子。他的眼睛不是蓝色就是绿色，因为灯光不够亮，所以我不能确定到底是哪一种颜色。我猜想，他的脸一定很可爱，而且我肯定他比我年长几岁。他看起来好像刚从一个晚宴中出来。

“有事吗？”

他的眼睛迅速扫了一眼我的身体。我已经习惯了莫里族男人对我身材的注意，只是他们的注意通常不那么明显。而且，我平

常也没有裹在冬天的衣服里和顶着一只夸张的熊猫眼。

他耸耸肩。“只是打声招呼，没别的意思。”

我等他说下去，可他只是把手插进大衣的口袋里。我自己耸耸肩，向前走了几步。

“你知道吗，你闻起来很香。”他突然说道。

我再度停下来，困惑地看着他。这让他笑得更诡异了。

“我……呃，什么？”

“你闻起来很香。”他重复道。

“你在开玩笑吗？我已经流了一天的汗了。我闻起来恶心死了。”我想走开，但是关于这个人的一些奇怪的东西引起了我的兴趣。就像一场火车失事事件。他本身没有什么吸引力，我只是突然有兴趣和他说话。

“流汗并不是一件坏事。”他说着，头靠在墙上，若有所思地向上看，“生活中一些最美好的事情通常就是在流汗的时候发生的。当然，如果你流了太多汗，而且时间久了变臭了，那就会变得很恶心。可是在一个漂亮的女士身上，那只会让人陶醉。如果你有吸血鬼的嗅觉，那么你就会明白我在说什么。很多人会把香水喷得全身都是，把自己弄得很糟糕。香水可以很好，尤其是如果你能找到符合你气质的那个。不过，你需要知道气味是百分之二十的香水混合百分之八十你的汗水……嗯。”他斜过头来看着我。“绝对性感。”

突然间，我想起了迪米特里和他的刮须水。是啊，那才叫绝对性感呢。但是，我当然不会把那个告诉这个男人。

“谢谢你的卫生课，”我说，“但是我没有任何香水，而且我会洗掉身上的热汗。很抱歉。”

他掏出一包香烟，递给我。他只是向前靠近了一步，但是这已足够让我闻到他身上的另一种味道，那是酒精的味道。我对着他递过来的香烟摇了摇头，他则抽出一根自己吸。

“坏习惯！”我一边说，一边看着他点燃香烟。

“只是其一。”他回答道。他深深地吸了一口烟。“你是和圣弗拉米尔学院的那些人一起来的吗？”

“是的。”

“所以你长大以后要当护卫？”

“当然。”

他喷出烟，我看到那些烟飘散在黑夜里。不管是不是吸血鬼异常灵敏的感官，在这股浓郁的丁香气味中，他还能闻出其他的东西，确实很不可思议。

“你还要多久才会长大？”他问，“我或许需要一个护卫。”

“我会在春天的时候毕业。不过我已经获得推荐了，很抱歉。”

他的眼睛里闪过一丝惊讶。“是吗？他是谁？”

“她是瓦思莉萨·多格米尔。”

“啊！”他裂开嘴大笑起来，“我第一眼看见你就知道你是一个麻烦。你是珍妮·哈瑟微的女儿。”

“我是露丝·哈瑟微。”我纠正他，我不想让别人通过我母亲来定义我。

“很高兴见到你，露丝·哈瑟微。”他伸出戴着手套的手，我犹豫了一下，也伸出手去。“艾德里安·伊瓦什科夫。”

“你觉得我是一个麻烦？”我喃喃地说道。伊瓦什科夫是一个贵族家族，是最富有也是最强大的贵族家族之一。他们都是那种想要什么就能得到什么的人，只要有人挡他们的路，他们就会从那个人身上践踏过去。难怪他那么傲慢。

他大笑起来。他笑得很优雅，声音浑厚，近乎悠扬。这让我想到暖暖的焦糖从汤勺上掉下来。“知道这个不难。嗯？我们的每一项名誉都赋予了我们这样的优先权。”

我摇摇头。“你一点儿也不了解我。我也只是知道你的家族，并不了解你。”

“想要了解吗？”他嘲笑地问道。

“抱歉，我对年龄比我大的人不感兴趣。”

“我有男朋友了。”我又补充道。这是一个小谎言。曼森当然还不是我的男朋友，不过我希望如果艾德里安认为我已经名花有主了就不会缠着我。

“有趣的是你并没有马上提到他。”艾德里安若有所思地看着我，“不是他把你的眼睛打黑的，对吗？”

我觉得自己脸红了，即使是在寒冷中，我也能感到脸上的灼热。我一直希望他没有注意到那只被打黑的眼睛。不过那真是愚蠢的想法，用他那吸血鬼的眼睛，他很有可能在我踏上走廊的时候就已经注意到了。

“如果是他，他就不会还活着了。我是在……练习的时候……被打到的。我的意思是，我正在接受训练成为一个护卫。我们的课程通常都很粗暴。”

“那一定很棒！”他说。他将第二根香烟扔在地上，用脚踩灭。

“打我的眼睛吗？”

“啊，不，当然不是。我是说，和你动粗的想法很棒，我是全接触型运动的头号爱好者。”

“我确信你是。”我冷冷地说。虽然他既傲慢又狂妄，但是我依然做不到强迫自己离开。

身后传来了脚步声，我转过头去，看见米亚顺着那条路走来，踏上了阶梯。当她看见我们的时候，突然停住了脚步。

“嗨，米亚。”

她朝我们两个人看了看。

“另一个男人？”她问。听她的语气，一定会让人以为我拥有

男人无数。艾德里安向我露出了一个疑惑却很愉快的表情。我紧紧地咬着牙，决定不做任何回应以抬举他。最后，我选择了毫无新意的礼貌。

“米亚，这位是艾德里安·伊瓦什科夫。”

艾德里安又施展了同样用在我身上的魅力，他握了握她的手。“很高兴能够遇见露丝的朋友，尤其是一位漂亮的朋友。”他说得好像我和他自小就认识了。

“我们不是朋友。”我说。只有这么多礼貌了。

“露丝只跟男生和精神变态者混在一起。”米亚的声音里带有她一贯对我的蔑视。不过，从她的表情来看，艾德里安很明显已经引起了她的兴趣。

“哦，”他高兴地说，“我既是个精神变态者也是个男的，这也许能解释为什么我们是这么好的朋友。”

“你和我还不是朋友。”我对他说。

他笑了。“总是故意装出难以接近的样子，是吧？”

“她不是那么难以接近，只要去问我们学校一半的男生就知道了。”显然她看出艾德里安的注意力更多地在我身上，所以她不高兴了。

“是啊，”我以牙还牙，“你可以问剩下的一半男生关于米亚的事。如果你帮她一个忙，她就会回帮你很多个忙。”米亚向莉萨和我宣战的时候，试图教唆几个男生告诉学校的每一个人，我曾经和他们做过一些非常可耻的事情。可笑的是，为了让他们为她说谎，她竟和他们上床了。

她的脸上闪过一丝尴尬，但是，她坚守自己的阵地。

“哼，”她说，“至少我不是免费帮忙的。”

艾德里安突然弄出一些像猫叫的声音。

“你说完了吗？”我问，“睡觉时间已经过了，你再不回去大

人们就该有话要讲了。”米亚与年龄不符的幼稚面孔一直是她的伤心事，而我经常喜欢利用她的这一点。

“当然。”她爽快地说。她的脸颊变成了粉红色，这使得她看起来更像瓷娃娃。“我还有好多事情要做。”她转身向门口走去，手放在门上的时候，她突然停了下来。她朝艾德里安扫了一眼，然后说道：“你知道吗？是她妈妈把她的眼睛打黑的。”

她走了进去，那扇花式玻璃门在她身后关上了。

艾德里安和我沉默地站在那里。最后，他又掏出香烟，点上了一根。“你妈妈？”

“闭嘴。”

“你也是那样的人，要么有灵魂伴侣，要么有势不两立的敌人，不是吗？不会介于两种情况之间。你和瓦思莉萨就好像姐妹一样，是吧？。”

“我想是这样。”

“她好吗？”

“嗯，什么意思？”

他耸耸肩，如果我不是了解他本性的话，我一定会说他表现得太过于随便了。“我不知道。我是说，我知道你们曾经逃跑……还有关于她家族里的那些事和维克托·大什科夫……”

提到维克托的时候，我的身体变得僵硬了。“然后呢？”

“我不知道。只是以为她会有很多事情要处理，你知道的。”

我仔细地打量着他，想知道他的用意何在。关于莉萨脆弱的精神状态，曾经有一次被短暂地泄露出去，但是情况最后被很好地控制了。大多数人都已经忘记了这回事，或者相信那只是一个谎言。

“我得走了。”我觉得眼下最好的策略就是回避。

“你确定要走？”他听起来有些失望。大多数时候，他好像都和之前那样骄傲自大且愉快。关于他的一些情况，依然引发着我的兴趣，但是不管那是什么，都不足以让我冒险讨论莉萨。“我想是大人要说话的时候了。我很想谈谈成年人的事情。”

“很晚了，我很累，而且你的烟让我头痛。”我愤愤地说。

“我还以为那很优雅。”他吸了一口烟，吐出烟雾，“有些女人认为我这样很性感。”

“我认为，你吸烟是想让自己在想出下一句明智的台词之前有事可做。”

他被烟雾呛住了，一边吐气一边笑。“露丝·哈瑟微，我已经迫不及待想要再次与你相见了。如果你在累了和烦恼的时候都这样迷人，在被打瘀伤了且穿着滑雪服的时候都这样优雅，那你在状态最好的时候一定具有毁灭性。”

“如果你觉得我具有‘毁灭性’，那你就应该为你的性命担心了。而且，你说对了。”我猛地推开门，“晚安，艾德里安。”

“我很快就会再见到你的。”

“不见得。我告诉过你，我对年长的男人不感兴趣。”

我走进旅馆。门关上的时候，我只听到他在后面喊道：“你当然不感兴趣。”

第十一章

CHAPTER 11

第二天早上，莉萨甚至不用我叫醒她就已经起床出去了。这意味着我可以独占整间浴室，让我好好准备迎接这一天。我喜欢那间浴室，很宽敞，我那张特大号的床都能够很舒适地放进去。尽管从昨天开始我的肌肉就开始痛了，然而三个不同的喷嘴喷出来的滚烫淋浴使得我清醒了。站在落地镜前梳头的时候，我有些失望地看到那块瘀伤还在。不过，很明显已经消肿了，现在变成了淡黄色。一些遮瑕膏和化妆品几乎就可以全部把它掩盖住了。

我下楼去找吃的。餐厅刚刚停止供应早餐，好在一个女服务员给了我几个剩下的桃子味杏仁烤饼。我一边走一边吃着烤饼，并通过心灵感应搜寻莉萨的位置。过了一会儿，我感应到她在旅馆的另一边，远离学生的房间。我顺着感应来到三楼一间客房的门口，然后敲了敲门。

克里斯蒂开了门。“睡美人来了，欢迎。”

他把我引进去。莉萨盘着腿坐在床上，看到我的时候，她露出了微笑。这间房也和我的那间一样豪华，不过，大部分家具都被推到了一边以腾出空间来。塔莎就站在那里。

“早上好！”她说。

“嗨！”我打着招呼，并尽可能避开她。

莉萨拍拍她旁边的位置。“你一定要看看这个。”

“发生了什么事？”我在床上坐下，吃掉了最后一块烤饼。

“坏事，”她顽皮地说，“但你会同意的。”

克里斯蒂走到那块腾出来的地方，面对着塔莎。他们看着对方，忘记了莉萨和我。我显然打断了什么事情。

“那么，为什么我不能只继续使用烈焰术？”克里斯蒂问。

“因为它会消耗太多能量，”塔莎对他说。即使只穿着牛仔裤，扎着马尾辫，还有那道伤疤，她依然看起来可爱得不像话。“另外，很有可能会杀死你的对手。”

他冷笑道：“为什么我就不能杀死一个血族呢？”

“你不可能一直都在和血族战斗，或许你需要从他们身上获取信息。不管怎样，无论哪一样方法你都应该有所准备。”

我终于明白过来，他们正在练习攻击魔法。我在看见塔莎时所产生的闷闷不乐已经被兴奋和乐趣代替了。莉萨说他们要做坏事原来不是在开玩笑。我一直怀疑他们在练习攻击魔法，可是……哇，想象和看见完全是两回事。使用魔法作为武器是被禁止的，它是一种会被惩罚的进攻。一个学生进行试用的话有可能会得到原谅，然后简单地受罚，但是，一个成年人那么积极地教一个未成年人……啊，那会让塔莎惹上大麻烦的。但是，我立即甩掉了这个想法。我应该讨厌她的，因为她对迪米特里有意思。但是，我又有点相信她和克里斯蒂正在做的事，并且，这件事真的很棒。

“分心术也差不多一样有用。”她继续说道。

她蓝色的眼睛呈现出高度集中的样子，莫里族使用魔法的时候，经常会出现这种眼神。她的手腕轻轻地向前挥动，一道火光迅速地蹿过克里斯蒂的脸。火花没有碰到他，但是，从他躲开的

方式看来，我怀疑已经足够靠近，以至于让他感到了热量。

“试试看。”塔莎对他说。

克里斯蒂犹豫了一会儿，然后像她那样手腕向前挥动。一道火光蹿出来，但是并没有像塔莎发出的那道火光那样受到完美地控制。他没有以塔莎为目标，但火光却直冲她的脸而去，不过，在碰到她的脸前就在她周围散开了，就好像撞到了一道隐形盾牌。她用自己的魔法使火光偏斜了。

“不错，除了你想要烧掉我的脸这个想法外。”

即使是我也不想她的脸被烧掉。但是她的头发……啊，是的，我们想看看她没有了那头乌黑的浓密秀发后会有多么“漂亮”。

她和克里斯蒂练习了一段时间。随着时间的流逝，他进步了。但是，在获得塔莎的技术之前，他明显还有很长的一段路要走。他们在继续练习的时候，我的兴趣也越来越浓厚，而且我发现自己在思考这种魔法能够提供的所有可能性。

当塔莎说她要走的时候，他们结束了练习。克里斯蒂叹了口气，显然对不能在一个小时内掌握这项魔法感到沮丧。他好胜的本性几乎和我一样强。

“我还是觉得把它们整个烧毁比较容易些。”他争论道。

塔莎笑了。她把头发梳成更紧的马尾辫。她完全可以不要那头秀发，尤其是自从我知道迪米特里是多么地喜欢长发后。

“容易是因为不需要太集中注意力，那样太草率了。从长远来看，如果你学习这个，你的魔法会更强大。而且，就像我说的，它有它的作用。”

我不想同意她，但是我没有办法不同意。

“如果你和护卫一起战斗的话，那会非常有用。”我兴奋地说，“尤其是，要完全烧死一个血族需要太多的能量。用这种方法，你只要迅速释放你的能量就可以转移血族的注意力。因为他们非常痛恨火，这样就可以分散血族的注意力，然后护卫就有足够的时间用银棒穿过他们的心脏。用这种方式，你可以杀死一大堆血族。”

塔莎对着我笑。一些莫里族，像莉萨和艾德里安，笑的时候是不露出牙齿的。但塔莎通常会露出她的牙齿，连尖牙都露出来。

“完全正确。总有一天，你必须和我一起去追捕血族。”她开玩笑地说。

“我可不这么认为。”我回答道。

这句话本身没有那么恶劣，但是我表达的语气却很糟糕——冷淡、不友好。对于我态度的突然改变，塔莎一时感到惊讶，不过她耸耸肩，不再理会。但是，我能感觉到从莉萨那里传来的震惊。

塔莎似乎并没有感到困扰，她和我们多聊了一会儿，打算在晚餐的时候再见克里斯蒂。莉萨和克里斯蒂还有我走在往下通向大厅的精心设计的螺旋式楼梯上时，莉萨不满地看着我。

“到底怎么回事？”她问。

“什么怎么回事？”我无辜地问。

“露丝！”她意味深长地说。当你的朋友知道你能看透她的心思的时候，就很难装聋作哑了。我完全知道她在说什么。“你刚才那样对塔莎实在太可恶了。”

“我并没有那么可恶。”

“你太没有礼貌了，”她大声叫嚷着，从一堆涌进大厅的莫里族小孩中走出去。他们都穿着派克大衣，一位神情疲倦的莫里族滑雪教练跟在他们后面。

我双手叉在腰上。“瞧，我只是脾气暴躁，好吗？昨晚睡眠不足。再说，我又不像你，时时刻刻都要礼貌。”

由于最近经常发生这样的事，连我也无法相信自己刚才所说的话。莉萨盯着我看，比起受伤，她更感到吃惊。克里斯蒂怒气冲冲地看着我，准备要顶回我几句。幸运的是，就在那时，曼森

走近了我们。他并不需要石膏或者别的什么，但是，他走起路来有点一瘸一拐的。

“嘿，单脚跳行的家伙。”我说着，握住他的手。

克里斯蒂暂时把对我的怒气放在一边，转向曼森。“你真的受到你那些自杀式动作的惩罚了吗？”

曼森的目光都集中在我身上。“你真的和艾德里安·伊瓦什科夫出去了吗？”

“我……什么？”

“我听说你们两个昨晚喝醉了。”

“你有吗？”莉萨吃惊地问道。

我看着他们两个。“没有，当然没有！我刚刚认识他。”

“但是你确实认识他。”曼森生气地说。

“刚刚。”

“他名声很不好！”莉萨警告地说。

“没错，”克里斯蒂说，“他和很多女孩发生过关系。”

我不相信。“你们能停一下吗？我跟他说话不过五分钟而已！而且，那只是因为他挡住了我进来的路。你从哪里听来这些话的？”马上，我回答了自己的问题：“米亚？”

曼森点点头，很知趣地变得尴尬起来。

“你什么时候和她说过话了？”我问。

“我刚才遇到她，就这样。”他对我说。

“然后你就相信她了？你知道她经常撒谎的。”

“我知道，但是通常谎言中存在真相。而且，你确实和他说过话。”

“是，说过话，仅此而已。”

我真的一直努力地认真思考和曼森约会，所以很不满他对我的不信任。在这一学年开始的时候，他确实帮我拆穿了米亚的谎言，所以我很惊讶他现在竟然这样疑神疑鬼。或许就是因为他真的对

我有感情，所以才更容易嫉妒。

出乎意料的是，克里斯蒂打破了僵局，改变了话题。“我想今天不滑雪了，是吧？”他指着曼森的脚踝，立刻引发了曼森愤怒的反应。

“什么，你以为这会让我慢下来吗？”曼森问道。

他的怒气降下来了，取而代之的是想要证明自己的强烈欲望，这种欲望是我们两个人共同拥有的。莉萨和克里斯蒂看着他，好像他疯了似的，但是我知道我们说什么也阻止不了他。

“你们想要一起来吗？”我问莉萨和克里斯蒂。

莉萨摇摇头。“我们不能去。我们必须去参加肯特家的午宴。”

克里斯蒂抱怨道：“是你必须去。”

她用手肘撞了他一下。“你也得去。请柬上说我可以带一位客人去。而且，这只是为了那场大宴会热身。”

“哪一场？”曼森问。

“普里西拉·沃达举办的大型宴会，”克里斯蒂叹气地说。看到他那么痛苦，我不禁笑了。“她是女王最好的朋友。所有最势利而且傲慢的贵族成员都会出席，而我必须穿上西装。”

曼森朝我笑笑，他刚才的敌意消失了。“滑雪听起来好像越来越好玩了，是吧？没有服装要求。”

把两个莫里族留在后面，我们往外走去。曼森不能像昨天那样和我竞争了，他的动作缓慢而又笨拙。不过，总体来说，他仍然做得非常好。他的伤没有我们所担心的那样严重，但是，他还是谨慎地坚持极其简单的滑行动作。

一轮满月孤独地悬挂在天上，像一个散发着银白色光芒的圆球。在地面上，灯光吞噬了大部分的月光，然而，在四周的黑暗中，月亮总能设法投下光芒。我希望月光足够明亮，能够使周围的山峰显现出来，可是，那些山峰却被笼罩在一片黑暗中。较早的时候，天还亮着，我却忘记了看延绵的山脉。

滑行对我来说超级简单，不过，我要和曼森待在一起，只是偶尔会嘲笑他那需要加强的滑雪技术，但是这快要让我昏昏欲睡了。不管滑行有多么无聊，我还是很开心和朋友待在外面，而且运动让我热血沸腾，让我温暖得足以抵抗冰冷的空气。路灯的光洒在白雪上，将大地变成了一大片白色的海洋，一片片雪花都闪着微弱的光。如果我转过身去，挡住眼前的光线，抬头就可以看见星星散落在天空中，它们在冰冷而又晴朗的夜空中显得格外的清澈明亮。这一天，我们又在外面待了大半天，但是这一次，我很早就结束了一切活动，假装很累，好让曼森可以回去休息。他可以用他那受伤的脚踝进行简单的滑行动作，可是我能看出他的脚踝已经开始痛了。

我和曼森紧挨着走回旅馆，笑谈我们以前看见的一些事情。突然，我的余光瞥见一抹白色飞过来，接着就看见一个雪球砸在了曼森的脸上。我马上防备起来，猛然向后转过身去，环顾周围。呼喊声从仓库那边的一块空地上传来，回荡在隐约可见的松树间。

“太慢了，阿什弗德，”有人叫起来，“谈恋爱的时候反应太慢是不行的。”

这句话引起了更多的笑声。曼森最好的朋友艾迪·卡瑟迪尔和其他几个学员突然从一片树林后面冒出来。我听到在他们的后面还有更多的喊声。

“不过我们还是会收留你的，如果你想加入我们团队的话，”艾迪说，“虽然你躲开的时候像个女孩子一样。”

“团队？”我兴奋地问。

在学校，打雪仗是被严格禁止的。学校的领导者们莫名其妙地害怕我们打雪仗的时候，会把玻璃碎片或者刮胡刀片塞在雪球里，可是，我不晓得他们最初怎么会想到我们会有那些玻璃碎片或者刮胡刀片的。

倒不是说打雪仗是多么叛逆的活动，不过，最近经历过所有的压力后，我突然觉得向别人砸东西是我最近听到过的最好的主意。曼森和我急急忙忙地跟着其他人走了，对这项被禁止的打雪仗运动的期待使他焕发了新的活力，让他忘记了脚踝上的痛。我们以最高的热情开始了这次雪仗。

这场雪仗很快就变成了以躲开别人的攻击，同时又击中尽可能多的人为目的的比赛了。不管是击中别人还是躲开攻击，我都很厉害。而且，我还朝着我的受害者发出不满的嘘声，对他们喊一些愚蠢的、侮辱他们的话，这让我看起来更加幼稚了。

有人发现我们在干什么的时候，就朝着我们吼叫，我们都笑了，然后用雪做掩护逃走了。曼森和我重新开始走回旅馆，我们的情绪都很高，我知道艾德里安事件早就被他甩在脑后了。

的确，在我们走进旅馆之前，曼森看着我说:“对不起，我，呃，之前为了艾德里安向你发脾气。”

我紧握着他的手。“没关系。我知道米亚能说一些很有说服力的故事。”

“是啊……但即使你和他在一起……好像我也没有任何权利……”

我盯着他看，很惊讶地看到他那副平时很傲慢的面孔变得害羞起来了。“你没有吗？”我问。

他的嘴角往上扬，笑了。“我有吗？”

我也对着他笑了，走上前，吻住他。在这冰冷的天气里，他的嘴唇却出奇的温暖。这一次不像旅行之前我吻迪米特里那样有惊天动地的感觉，但是，很甜蜜很美好，是那种可以进一步深入的友好的吻。至少，我自己是这么感觉的。而曼森脸上的表情，就好像他的世界整个被撼动了。

“哇！”他说着，眼睛瞪得大大的，月光使他的眼睛看起来是银蓝色的。

“你明白了吗？”我说，“没什么好担心的。不是艾德里安，不是任何人。”

最后分开之前，我们再次接吻，而这一次的时间长了点。很显然，曼森的心情比较好，他也应该这样。而我倒在床上的时候，脸上还挂着笑容。严格来说，我不确定曼森和我现在是不是一对恋人，但是我们非常接近这种关系了。

然而，我睡觉的时候，梦到了艾德里安·伊瓦什科夫。

我和他又站在走廊上，只不过换成了夏天。天气温暖宜人，灿烂的太阳高挂天空，金黄色的光芒普照大地。自从离开人类社会以来，我还没有沐浴过如此明媚的阳光。周围的山脉和峡谷一片苍翠，呈现出一派欣欣向荣的景象，到处都有鸟儿在歌唱。

艾德里安靠在走廊的栏杆上，随意地看着周围，看到我的时候，他愣了一下。“啊，没想到会在这里遇见你。”他微笑着，“我说得没错。当你恢复原貌的时候，你真的具有毁灭性。”

我本能地摸着眼睛附近的皮肤。

“消失了！”他说。

尽管看不到，但不知怎地，我知道他没有骗我。“你不吸烟？”

他朝我点点头，说：“坏习惯！”然后问道：“你害怕吗？你穿了好多层防护。”

我皱了皱眉，然后往下看——我此前还没有注意到我的衣服。我穿了一件绣花牛仔裤，我曾经见过却没有钱买。我的T恤衫很短，露出了腹部，我穿着一个肚脐环。我一直想要在肚脐那里穿洞，却从来都负担不起。现在，我的肚脐上戴着的是一条小巧的银链子，链子的尾端挂着的是我母亲送给我的那条怪异的蓝眼睛坠子。莉萨送的念珠戴在我的手腕上。

我抬头看着艾德里安，打量着太阳如何照在他棕色的头发上。在这里，在大白天，我可以看到他的眼睛，确实是绿色的——深祖母绿，与莉萨的浅绿色截然相反。突然，我想起了一些令人吃惊的事情。

“阳光不会让你感到不安吗？”

他懒洋洋地耸耸肩。“不会。这是在我的梦里。”

“不对，是在我的梦里。”

“你确定？”微笑又回到他的脸上。

我困惑了。“我……我不知道。”

他低声笑了出来，不过，片刻后，笑声消失了。自从遇见他以来，我第一次见他看起来这么严肃。“你的周围为什么会有那么多黑影？”

我皱起眉头。“什么？”

“你被一团黑影包围着。”他犀利的眼睛打量着我，但并不像是在揣摩我的想法。“我从来没见过任何人像你这样，黑影如影随形。我从来没想到会这样，即使你就站在这里，那团黑影还是在不断地滋长。”

我低头看着自己的双手，但是没发现有什么不一样。“我心里有阴影……”

“那是什么意思？”

“我死过一次。”除了莉萨和维克托·大什科夫之外，我从没对任何人说起过这件事。但是，现在只是在梦里，所以没有关系。“然后，我又活过来了。”

惊讶使得他的脸泛光。“啊，有趣……”

接着，我醒了。

有人在摇我，是莉萨。她的情绪通过感应猛烈地向我袭来，我突然一下子就进入到了她的思想中，发现我正在看着自己。这已经不能用“怪异”来形容了。我把自己从莉萨的思想中拉出来，重新回到自己身上，试着仔细搜寻她心中的惊恐。

“发生了什么事？”

“又发生了一起血族袭击。”

第十二章

CHAPTER 12

我飞快地起床。我们发现整个旅馆的人都在纷纷议论这件事。大厅里，走廊上，大家都三三两两地聚在一起。家庭成员都在相互寻找着彼此。一些人惊恐地窃窃私语，另一些人则大声地谈论着，很容易听到他们在讲什么。我拦住几个人，设法弄清楚整件事情。但是，对于发生了什么，每个人都有不同版本的说法，有些人甚至不愿意停下来讲话，他们急急忙忙地走过，不是寻找所爱的人，就是准备离开旅馆，他们相信可能还有其他更加安全的地方。

我对不同版本的说法很失望，最后，我很不情愿地想起，必须去找可以给我可靠消息的信息来源的那两个人之一：我母亲，或者迪米特里。这就像在抛硬币。现在不管是哪一个，我都很不愿意见到。我在心里挣扎了一下，最后决定去找我的母亲，她应该不会和塔莎·欧瑞拉在讨论这件事。

我母亲的房门半开着，当莉萨和我走进去的时候，我看见这里已经成立了所谓的临时指挥部。很多护卫不断地来回走动，进进出出，商量着策略。有几个人用异样的眼光看着我们，但是没有人停下来或者质问我们。我和莉萨坐到一张小沙发上，等着我

母亲，因为她正在讲话。

她和一群护卫站在一起，迪米特里也在其中，我再也无法避开他了。他那褐色的眼睛随意地看了我一眼，而我移开了目光。现在，我不想去理会对他的复杂感情。

莉萨和我很快就了解了整件事情的来龙去脉。8个莫里族连同他们的5个护卫被杀害了，还有3个莫里族失踪了，有可能已经死了，也有可能已经变成了血族。这次袭击并没有真的发生在这附近，而是在加利福尼亚州北部的某个地方。尽管如此，这样一件惨案还是轰动了整个莫里族世界，况且，两个州的距离太过接近了。人们都很恐慌，我很快就了解到究竟是什么使得这次袭击备受关注。

“这次的数量无疑比上次的多。”我母亲说。

“比上次多？”其中一位护卫喊道，“上次那一群的数量已经是前所未闻的了，我还是不能相信会有9个血族一起行动。你难道希望我相信他们变得更有组织性了吗？”

“是的！”我母亲厉声说道。

“有任何人类的迹象吗？”另一个人问。

我母亲犹豫了一会儿，说道：“有。更多的防护结界被破坏了，而且所有的破坏方式……和巴蒂卡袭击中所使用的方式是一样的。”

她的声音很冷酷，但是透着一点点疲惫。然而，我知道那不是身体上的疲倦，而是心灵上的，她对他们在谈论的事情感到疲倦与痛心。我一直以为我母亲是那种冷酷无情的杀人机器，但是很明显，这一次对她来说很艰难。这是一件难以讨论的丑恶事件，尽管如此，她还是毫不犹豫地接手处理这件事，这是她的职责。

我的喉咙像被什么东西哽住了，但是，很快我就咽下去了。又是人类在帮忙，和巴蒂卡袭击一样。自从那次大屠杀之后，我

们就全面地分析了这个怪异的现象：如此庞大的血族一起合作，并且还雇用人类。我们曾经含混地谈论过“如果再有类似的事情发生”这个话题，但是没有人严肃地谈论过这一群杀害巴蒂卡一家的凶手会再度发起袭击。第一次是偶然事件，可能是一群血族碰巧聚在一起，又碰巧冲动地决定要发起袭击。很恐怖，但是我们可以忽视。

可是现在……现在看起来好像那一群血族的出现并不是偶然事件。他们有目的地团结在一起，在战略上利用人类，然后发起了第二次袭击。现在，我们得出一种可能存在的模式：血族在积极地搜寻大批的猎物。这是一起连环凶杀事件。我们已经不能依赖防护结界的魔力作保护了。人类可以在白天行动，进行侦察和破坏活动。阳光也已经不再安全了。

我记起了在巴蒂卡家的时候对迪米特里说过的话：这改变了一切，不是吗？

我母亲浏览了一下文件夹上的一些文件。“他们还没有法医的详细说明，但是这件事不可能是同样数量的血族做的。不管是多茨多夫一家，还是他们的工作人员，都没有逃脱。当时有5个护卫，7名血族大概被拖住了——至少是暂时的，这让一些人逃走了。或许，我们要找的数量是9个或者10个。”

“珍妮说的没错，”迪米特里说，“而且如果你看一下事发地点……太大了，7名血族不能占据那么大的地方。”

多茨多夫家族是12个贵族家族之一。他们家族不仅庞大，而且还很富有，并不像莉萨那即将灭亡的家族。他们的家族成员遍布世界各地，但是很明显，这样的袭击依然很恐怖。此外，我的脑海中模模糊糊地闪过了一些关于他们的事情，一些我应该记得的事情……一些我应该知道的关于多茨多夫家族的事情。

我一边苦苦思索那些事情，一边入迷地看着我母亲。我曾听她说过她的故事，看到过也感受过她战斗时的状态。但是，在现实生活的危机中，我真的没有见过她作战。在我身边的时候，她总是尽全力地控制自己，但是在这里，我才知道，这是多么地有必要。这种情况造成了恐慌。即使在护卫中，我也可以感觉到他们是那么紧张，以至于想要采取激烈的行动。我母亲就是一个理智的声音，是一个提醒器，提醒他们必须要保持精力集中，必须要充分评估局势。她的沉着使每个人都冷静下来，她强硬的态度鼓舞着他们。我意识到，这就是领导的风范。

迪米特里也和她一样镇定，但是，他服从她的所有指挥。有时候，我不得不提醒自己，作为一个护卫，他太年轻了。他们又进一步谈论了这次袭击，谈到多茨多夫一家受到袭击的时候正在宴会厅举办一场延迟的圣诞晚会。

“首先是巴蒂卡家族，现在是多茨多夫家族，”一个护卫喃喃地说道，“他们在追杀贵族成员。”

“他们追杀的是莫里族，”迪米特里平淡地说，“贵族或者非贵族，这些都无关紧要。”

贵族或者非贵族，突然间，我知道为什么我对多茨多夫家族有这么深的印象了。我天然的本性使我想要马上跳起来问一个问题，但是，我是个明白事理的人，不至于愚蠢到那么鲁莽。这可不是闹着玩的，没有时间做出这些不理智的行为。我想要和我母亲以及迪米特里一样强大，因此，我等到谈论结束。

人群开始散开的时候，我从沙发上跳起来，挤到我母亲面前。

“露丝，你在这里做什么？”我母亲惊讶地问道。就像在斯坦的课上那样，她没有注意到我在她的房间里。

这真是一个愚蠢的问题，我并不打算回答她。她觉得我会在这里做什么呢？这可是发生在莫里族身上最重大的事情之一了。

我指着她的文件夹。“还有谁被杀了？”

她生气地皱起额头。“多茨多夫一家。”

“除此以外还有谁？”

“露丝，我们没有时间……”

“他们有工作人员，对吗？迪米特里提到了非贵族，那些人是谁？”

我又一次看到了她的疲惫，她在为死去的人感到悲伤。“我不知道他们所有人的名字。”她一边说着，一边翻过几页文件，然后把文件夹转向我。“在那里。”

我浏览了一遍名单，心一下子沉了下来。

“好了，”我对她说，“谢谢。”

莉萨和我离开了，好让他们处理事情。我希望自己也能帮上忙，但是护卫自己就可以既顺利又高效地处理事情，他们不需要学员留在那里碍事。

“刚刚怎么回事？”我们一离开开始向旅馆的主楼走回去的时候，莉萨就这样问我。

“多茨多夫家的工作人员中有米亚的妈妈……”

莉萨倒抽了一口气。“然后呢？”

我叹了口气。“她的名字在那份名单上。”

“噢，天哪！”莉萨停了下来，凝视着天空，眨着眼睛不让眼泪流下来。“噢，天哪！”她重复道。

我走到她面前，双手放在她的肩膀上，感觉她在发抖。

“没事的，一切都会好起来的。”我说。她的恐惧像巨浪一样一波一波地向我袭来，但那是失去知觉的恐惧，那是震惊！

“你也听到他们说了，有一帮血族正在组织起来袭击我们！有多少个？他们要来这里了吗？”

“没有，我们在这里很安全。”我坚定地说。当然，我并没有证据证明他们不会来。

“可怜的米亚……”

对此我没什么可说的。我觉得米亚完全是个贱女人，但是我不希望这种事发生在任何人身上,即使是我的头号敌人。严格来说，她就是我的头号敌人。可是，我马上纠正了这种想法，米亚并不是我的头号敌人。

在那天剩下的时间里，我不敢离开莉萨的身边。虽然我知道不会有血族潜伏在旅馆里，但是我的保护欲太强了——护卫要保护他们的莫里族。就像平时一样，我也担心她会焦虑和沮丧，所以我要竭尽所能地驱散她的这些情绪。

其他的护卫也向莫里族提供了安全保证，虽然他们没有随身跟着莫里族，但是他们加强了旅馆的安全措施，而且与在袭击现场的护卫保持着密切的联系。一整天，关于那些可怕的细节的信息不断地传回来，还有对那帮血族目前的位置的推测。当然，这些是不会对学员说的。

护卫在尽心尽力地工作，很不幸的是，莫里族却在尽心尽力地议论。

因为旅馆里有太多的贵族成员和其他重要的莫里族，所以当天晚上召开了一次会议，讨论所发生的事以及将来应该要做的事。这里没有官方的决定。莫里族有女王和理事会，在别的地方，所有这一类的决定都是由他们做出的。但是，每个人都知道在这里集中的意见将会形成一个指挥体系，我们将来安全与否很有可能就取决于这次会议的讨论结果。

会议在旅馆里面一个巨大的宴会厅举行，宴会厅里有一个主席台和很多座位。尽管气氛很严肃，你依然能看出这间宴会厅是为很多活动设计的，但绝不是为召开关于大屠杀和防御措施的会议所准备的。地毯是天鹅绒质地的，银色与黑色色调，还有华丽的花式设计。椅子是黑色的抛光木材，有高高的靠背，很明显是

为举行丰盛的晚宴而准备的。墙壁上挂着已故的莫里族皇族的画像。我随意地看着一位女王的画像，并不知道她的名字。她穿着一件旧式裙子，上面有太多的花边，不符合我的口味，她的头发和莉萨的一样，是金色的。

一个我不认识的男人站在主席台上，负责主持会议。在场的大部分贵族成员聚集在宴会厅的前面。其他人，包括学员，可以随意地坐在后面的座位上。那个时候，克里斯蒂和曼森找到了莉萨和我，然后我们准备坐到最后一排，可莉萨突然摇了摇头。

“我要坐在前面。”

我们三个人盯着她。我惊呆了，无法感应到她的想法。

“看，”她指着前面，“贵族成员都坐在那边，和家人坐在一起。”

的确如此。同一家族的成员都彼此靠在一起：巴蒂卡家族，伊瓦什科夫家族，捷克洛斯家族，等等。塔莎也坐在那里，但是只有她自己。克里斯蒂是另一个仅存的欧瑞拉。

“我需要到前面去。”莉萨说。

“没有人希望你在那里。”我对她说。

“我必须代表多格米尔家族。”

克里斯蒂嘲笑地说：“完全是贵族的一派胡言。”

她一脸坚决地说：“我必须到前面去。”

我释放自己完全进入莉萨的情绪中去，很高兴自己发现了什么。在这一天的大部分时间里，她都很安静，一直处于恐惧中，尤其是发现米亚的母亲也在死亡名单上的时候。此时，那种恐惧依然停留在她的心里，但是被她坚定的信心和决心压倒了。她意识到她也是属于统治阶级的莫里族，虽然想到血族的行踪飘忽不定这一点让她很害怕，但是她想尽一份自己的力量。

“你是应该这么做。”我温柔地说。我也喜欢她藐视克里斯蒂的想法。

莉萨看着我的眼睛，笑了。她知道我感应到了什么。片刻后，她转向克里斯蒂。“你应该回到你姑妈身边。”

克里斯蒂张开口抗议。若不是情况太可怕，看到莉萨差遣克里斯蒂一定很有趣。他一直是一个顽固执拗的人，没有人能够逼迫他。看着他的脸，我知道他也和我一样突然明白了莉萨的想法。他也喜欢看到她坚强的样子，他抿紧双唇，做了一个鬼脸。

“好！”他说着拉起她的手，然后向前走去。

曼森和我坐了下来。就在会议开始之前，迪米特里在我的另一边坐下来了。他的头发贴在脖子后面，他在椅子上坐下的时候，皮大衣垂挂在两旁。我惊讶地看着他，但是什么也没有说。这次会议只有几个护卫出席，大多数的护卫都忙着做防控措施。这是意料之中的事。而我就在那儿，坐在我喜欢的两个男人之间。

过了一会儿，会议开始了。每个人都急切地表达关于怎么保护莫里族的想法，然而，事实上只有两种理论得到了最多的关注。

“解决方法就在我们身边，”一位贵族成员得到允许后，这样说道。他站在他的椅子旁，环视了一下宴会厅。“在这里，在像这间旅馆这样的地方，还有像圣弗拉米尔学院这样的地方。我们把孩子送到安全的地方去，在那里，他们人多力量大，安全也有保障，而且很容易受到保护。看看我们有多少人都来到这里了，不管是孩子还是大人都来了。我们为什么不可以一直这样生活下去呢？”

“我们很多人已经这样生活了。”有人大声喊道。

那个男人对那个声音挥手示意，让他停下，然后继续说道:“现在三三两两的家庭散落在各处，或者是一座小城镇里聚集了很多莫里族，但是，这些莫里族还是很分散。大部分的莫里族没有集中起他们的护卫、魔法等力量进行合作。如果可以效仿这一模式的话，我们就再也不用担心血族了。”说到最后，他张开了双手。

“这样，莫里族就再也不能与外界有所交流了。”我低声说道，

“那就只有等到人类发现建立在荒野里的秘密的吸血鬼城市的时候，我们才会有更多的交流了。”

另一个关于保护莫里族的理论涉及后勤防御方面的问题比较少，但是却产生了更加强烈的个人影响，尤其是对我。

“问题很简单，就是我们没有足够的护卫。”这个方案的提倡者来自塞茨尔斯基家族的一个女人。“所以，答案很简单，就是征集更多的护卫。多茨多夫家族有 5 位护卫，可那是不够的。只有 5 位护卫保护 12 位莫里族，那是让人无法接受的。难怪会连续发生这种事情。”

“你计划从哪里征集更多的护卫呢？”那个主张莫里族团结起来的男人问道，“他们的资源似乎有限。”

她指着我和其他几个学员坐着的方向，说：“我们已经拥有很多了。我看过他们的训练，他们的能力都是一流的。我们为什么要等到他们年满 18 岁呢？如果我们加快训练计划，并且着重于战斗训练，而不是把心思放在课本上，那么我们就可以在他们 16 岁的时候培养出新的护卫。”

迪米特里的喉咙里发出了声音，听起来他好像不高兴了。他的身体往前倾，胳膊肘支在膝盖上，手托着下巴，眼睛眯缝起来，陷入了思考中。

“不仅如此，我们还有很多有潜力的护卫都没有派上用场。所有的拜尔族女人都到哪里去了？我们的种族是密切联系在一起的。莫里族已经尽了他们的本分来帮助拜尔族生存，为什么那些女人就不能尽她们的本分呢？她们为什么没有来？”

回答她的是一声闷笑。所有的眼光都转向了塔莎·欧瑞拉。其他贵族成员都穿上了盛装，然而只有她穿着一身简单的休闲服。她穿着平时的牛仔裤，一件背心，稍稍露出腹部，一件及膝的缀有蕾丝边的蓝色开襟羊毛衫。

她看着会议主持人，问道："我可以吗？"

主持人点了点头。那位塞茨尔斯基女人坐了下来，而塔莎站了起来。她不像其他的发言者站在原地，而是直接跨步走上主席台，因此每个人都可以很清楚地看见她。她光滑的黑发往后扎成马尾辫，完全暴露出了她脸上的伤疤，而我怀疑她是故意的。她脸上呈现出一副大无畏、目空一切的表情，很漂亮！

"那些女人不在这里，莫妮卡，因为她们正忙着抚养孩子，你知道，就是那些刚会走路你就想送他们上前线的孩子。而且，请不要侮辱我们所有的人，说得好像莫里族帮助拜尔族延续后代是帮了他们天大的忙。可能在你们家族不同，但是对我们这些人来说，性爱是一种乐趣。莫里族和拜尔族发生性行为并没有做出很大的牺牲。"

现在迪米特里挺直了身体，他的表情不再是生气的了，可能是他的新女朋友刚才提到性爱让他感到兴奋了。突然，我感到一阵愤怒。如果我的脸上是一副想要杀人的表情，那么我希望人们会以为那是因为血族，而不是因为那个正在对我们说话的女人。

眼光越过迪米特里，我突然看见米亚自己一个人坐在那边，远远地坐在这一排的另一边。我没有意识到她在这里。她无精打采地坐在那里，眼眶红红的，脸色比平时更加苍白。不可思议的是，我的胸口一阵灼痛，我从来没有想过她会让我感到心疼。

"我们要等到这些护卫年满 18 岁的理由是我们可以让他们去享受一些虚假的生活，然后再逼迫他们把剩下的人生搭在随时随地都会出现的危险中。他们需要这些额外的年华来进行身心的全面发展。在他们还没准备好的时候就把他们推出去，把他们当作流水作业线那样对待，你这样做只会为血族制造猎物。"

塔莎冷酷无情的用词使得几个人大吃一惊，但是她成功地吸引了所有人的注意力。

“如果你坚持让其他拜尔族女人当护卫，那无疑会制造更多的猎物。如果她们不愿意，你就不能逼迫她们过那种生活。你的这个征集更多护卫的计划是依赖于把孩子们和那些不愿意的人陷入危险中，这样做，你也只能勉强地比敌人抢先一步。如果我还没有听过他的方案，我一定会说这是我听到过的最愚蠢的方案。”

她说着，指向第一位主张将莫里族聚集起来的发言人。顿时，他的脸上满是尴尬。

“我们只有18个人，那么塔莎，”他说道，“既然你在对付血族方面那么有经验，请告诉我们你认为我们应该怎么做。”

塔莎的嘴边露出了一个淡淡的微笑，但是她没有侮辱他。“我认为吗？”她走近主席台的前面，注视着我们，然后回答他的问题。“我认为应该停止提出任何让我们依靠别人或某些事物来保护自己的方案。你觉得我们的护卫人数太少了吗？这不是问题所在。问题在于血族的数量太多了。我们使他们的数量翻倍，使他们越来越强大，那是因为我们什么也没有做，除了像这样在这里做无谓的争论。我们只会跑去躲在拜尔族的后面，而不是去制止血族。这全是我们的责任。因为我们，多茨多夫一家才会被灭门。你想要一支军队吗？那么，我们就是。拜尔族不是唯一能学会战斗的种族。莫妮卡，问题不在于拜尔族女人在这场战斗中去哪里了，而在于‘我们去哪里了’。”

此刻，塔莎已经是大声喊叫了，憋着劲说出这番话使得她脸颊泛红。她的眼睛因为慷慨激昂的情绪而闪着光芒，当再结合她脸部的其他地方，甚至是那些伤疤的时候，她整个人显得十分出众。大部分人都目不转睛地看着她。莉萨更是惊讶地望着她，被她的话鼓舞着。曼森一脸着迷，迪米特里则一脸赞叹。而离他远一点儿的地方……

离他远一点儿的地方是米亚。米亚不再缩在椅子上，而是坐

得直直的，直得就像一根棍子，她的眼睛睁得不能再大了。她盯着塔莎看，仿佛只有她拥有生活中所有的答案一样。

莫妮卡•塞茨尔斯基看上去没有那么敬畏，她紧紧地盯着塔莎。“无疑你是在建议，当血族来的时候，莫里族要与护卫一起并肩作战？”

塔莎目光逼人地看着她，说：“不，我是在建议莫里族和护卫在血族来之前去攻击他们。”

一个二十几岁模样，看起来像是拉夫·劳伦模特代言人的男人突然站了起来。我打赌，他一定是贵族成员。没有人能花得起钱把头发染成那样完美的金黄色了。他的腰间绑着一件昂贵的毛衣，垂下来盖在椅背上。“哦，”他抢先开口，语气里充满了嘲笑，“那么你是准备给我们棍子和银棒，然后把我们送去作战咯？”

塔莎耸耸肩。“如果有必要的话，安德鲁，我当然会。”她漂亮的双唇间闪过一丝诡异的笑。“但是，还有其他武器我们也可以学，而那些武器是护卫不能学的。”

他脸上的表情说明了他认为那是多么疯狂的想法。“哦，是吗？比如说呢？”

此刻，她完全是发自内心地笑了。“比如这个。”

她挥挥手，接着，安德鲁盖在椅背上的毛衣突然着火了。

他惊讶地尖叫起来，随即把毛衣摔在地板上，用脚把火踩灭。一时间，整个宴会厅里的人都禁不住倒抽了一口气。然后，混乱爆发了……

第十三章

CHAPTER 13

顿时，所有人都站了起来，开始大声喊叫，每个人都希望自己的意见被听到。结果却是，他们大部分人的意见都一致：塔莎错了。他们对她说，她简直是疯了，把莫里族和拜尔族派去与血族战斗，她会使这两个种族加速灭绝。他们甚至还厚颜无耻地暗示，那自始至终都是塔莎的计划，所有的这一切都是她设法与血族串通好的。

迪米特里站了起来，看着这场混乱，他满脸厌恶。“你们也离开吧。现在不会有什么有用的事情发生了。”

曼森和我也站了起来，但是我正要跟着迪米特里走出去的时候，他摇了摇头。

“你先去吧，”曼森说，“我想去弄清楚一些事情。”

我看了看站在那里争吵的人们，然后耸耸肩，说:“祝你好运！”

我简直不敢相信，从上次和迪米特里说过话到现在，只不过才过了几天的时间，但跟着他走进大厅的时候，感觉像过了好几年。最近这几天，我和曼森在一起过得很开心，但是再次见到迪米特里，我对他的所有感觉还是全都涌了回来。突然间，曼森看起来就像一个孩子。同时，我对塔莎处境的忧虑也回来了，接着，愚蠢的话从我的嘴里冒了出来。

“在那些暴徒抓住她之前，你不是应该在那里保护塔莎的吗？”我问道，“她那样使用魔法是会有很大麻烦的。”

他扬起眉毛，说："她会照顾好自己的。”

“是啊，是啊，因为她是一个很厉害的空手道魔法使用者。这我都知道。我只是刚想起，因为你就要成为她的护卫了，而且所……”

“你是从哪里听来的？”

“有人告诉我的。”不知怎么的，如果说是听我母亲说的，总感觉不那么好。“你已经决定了，是吗？我是说，听起来是件好事，既然她会给你附加福利……”

他目光逼人地看着我。“她和我之间发生什么事都与你无关。”他干脆地回答。

“她和我之间”这五个字刺痛了我的心，听起来好像他和塔莎之间已成定局了。就像我感到受伤时经常会发生的那样，我的脾气又发作了，态度也变得执拗起来。

“当然，我确信你们在一起一定会很快乐。况且，她就是你喜欢的类型。我知道你有多么喜欢不是和你同年龄的女人。我是说，她……她比你大6岁吗？还是7岁？而且，我比你小7岁。”

“没错，”一阵沉静之后，他说道，“你确实是。我们谈话的每一分钟里，你都只是在证明你有多年轻。”

呃！我的下巴几乎掉到了地上。即使是我母亲打伤我，也没有他的话对我的伤害严重。一瞬间，我以为自己看见了他眼里的后悔，好像他也意识到了刚才他的话有多难听。但是，那一瞬间稍纵即逝，他的表情再度变得严厉了。

“拜尔小丫头！”突然，附近传来一个声音。

我慢慢地转向艾德里安·伊瓦什科夫，还没有回过神来。他对我笑了笑，朝迪米特里点点头打招呼。我怀疑自己的脸变得通红了。艾德里安到底听到了多少?

他轻松随意地举着双手。“我并不是有意要打断你们，只是想和你谈谈，如果你有时间的话。”

我想告诉艾德里安我没有时间加入他正在玩的游戏，但是迪米特里的话依然让我感到心痛。他在看着艾德里安，眼神里透着严重的不满。我猜他一定和其他人一样听说过艾德里安败坏的名声。这很好，我想。我突然想让他嫉妒。我也想严重地伤害他，犹如他最近伤害我一样。

我忍下心中的痛，露出一个迷死人的笑容。有时候，我都没有充分发挥这一笑容的魅力。我走到艾德里安的身边，挽起了他的手。

“我现在有时间了。”我朝迪米特里点点头，挨着艾德里安，准备离开。“再见，巴利科夫护卫。”

迪米特里黑色的眼睛冷酷地看着我们，我于是转身离开，没有回头看。

“对年长的家伙不感兴趣，哈？”只剩下我们两人的时候，艾德里安问道。

“你想的太多了，”我说，“显然，我惊艳的美貌已经印在你的脑海里了。”

他露出了迷人的微笑。“完全有可能。”

我开始往后退，但是他伸出一只手圈住我。“不，不，你刚才想和我玩亲密，现在你得负责到底。”

我向他翻翻白眼，没有拍掉他放在我肩膀上的手。我闻到他的身上有酒味，还有持续不断的丁香味。我很想知道他现在是不是醉了。我有一种感觉，就是在他看来，醉酒与清醒之间很有可能几乎是没有差别的。

“你想要什么？”我问。

他盯着我看了一会儿，说：“我想让你去把瓦思莉萨找来，然后跟我一起来。我们去找点儿乐子。你可能也需要一套泳衣。”他好像对这项任务感到失望。“除非你想赤身裸体。”

“什么？一群莫里族和拜尔族才被屠杀，而你却想着去游泳、找‘乐子’？”

“不仅仅是游泳，”他耐心地说，“再说，正是因为这场屠杀，你才更应该做这些事。”

正要和他争辩的时候，我看见我的朋友们正往这边走来。莉萨、曼森、还有克里斯蒂，艾迪•卡瑟迪尔也在那里，这都没有让我惊讶，但是连米亚也……这确实让我感到吃惊了。他们在专心致志地交谈着，然而，当看到我的时候，他们都停下来了。

“原来你在这里啊。”莉萨说。她的脸上充满了疑惑。

我记起艾德里安的手还搭在我的肩膀上，我向前走一步，摆脱他的手。“嗨，伙计们。”我说。瞬间，尴尬的气氛笼罩着我们。我很确定听到了艾德里安在低笑。我对他笑了笑，然后转向我的朋友们，说：“艾德里安邀请我们去游泳。”

他们惊讶地看着我，我几乎可以看见他们头上转着疑团。曼森的脸色有点儿阴沉，但是像其他人一样，他也没说什么。我忍住了埋怨。

艾德里安相当友好地带我去邀请其他人到他的“秘密幕间剧”。看着他随和的态度，我也就不再要求其它的了。我们一拿到泳衣，就按照他的指示走到旅馆侧边的一间厢房的门口。门后是通往地下的楼梯，一直往下，往下。我们不停地绕着楼梯往下走，绕得我差点儿晕了。墙上挂着电灯，然而，我们往下走了一段距离后，涂漆的墙变成了石雕墙。

我们到达目的地的时候，发现艾德里安正在……不只是游泳。我们正在旅馆的一个特殊的温泉浴场，这里只有最杰出的莫里族才能来。而目前，这里已经为一群贵族成员预留了，我猜，那些人都是艾德里安的朋友。大概有 30 个人，都是他那个年纪或者更年长一点儿的人，全都散发着富有及优越的气息。

温泉浴场里面有一系列的温泉水池。或许这些水池曾经存在于类似洞穴的地方，但是旅馆的建造者很早以前就已经摒弃了任何这样粗糙的环境了。黑色的石墙与天花板和旅馆的其他任何东西一样，光滑而漂亮。感觉就像在一个洞里，一个经过精心设计的、非常完美的洞。墙上有一排排的毛巾架，并排的桌子上面摆满了异国风味的餐点。浴池与所有凿出来的装饰相得益彰：石纹浴池里面蓄满了热水，热水源来自地下。浴场内弥漫着蒸气，一股淡淡的金属味道飘溢在空气里。参加这次派对的客人们的笑声和水池里的溅水声回荡在我们四周。

"米亚为什么会和你在一起？"我小声地问莉萨。我们在浴场里兜兜转转，想找一个没有人的浴池。

"我们准备离开的时候，她正在和曼森说话。"她回答说，声音很平静，"就那样留下她一个人好像……我不知道……好像很不好。"

实际上，我同意她的说法。米亚的脸上明显地写着悲伤，但是曼森对她说的话看来至少能暂时转移她的注意力。

"我以为你跟艾德里安不熟。"莉萨又说道。她的声音里充满了不满。终于，我们在一个偏僻的位置找到了一个巨大的浴池。一个男孩和一个女孩在浴池的对面，紧紧地纠缠在一起，不过，还有很大的空间留给我们，所以可以很容易忽视他们。

我把一只脚伸进水里，但马上又缩回来了。

"我是跟他不熟。"我对她说。我小心翼翼地把脚一点点儿地伸到水里，接着慢慢地把身体沉入其中。当水淹到肚子的时候，我不由得皱起了眉头。我穿了一件栗色的比基尼，肚子突然就被滚烫的水烫到了。

“你一定了解他一点儿吧。他都邀请你参加派对了。”

“是啊，但是你看到他现在和我们在一起吗？”

她顺着我的目光看去。艾德里安远远地站在浴场的另一边，身边围着一群穿着比基尼的女孩，那些比基尼比我的还要小。其中有一套是贝齐·约翰逊的套装，我曾经在杂志上看过，那是我梦寐以求的。我叹了口气，移开了目光。

这时候，我们都滑进了水里。水很热，感觉像进入了一口汤锅里。既然莉萨似乎已经相信我和艾德里安是清白的，我便加进其他人的讨论中。

“你们在聊什么？”我打断他们。这样比听他们讲然后自己去弄明白来龙去脉要容易得多。

“刚才的会议。”曼森兴奋地说。很显然，他已经忘记了看到我和艾德里安在一起这件事。

克里斯蒂坐在浴池的一个小架子上，莉萨蜷缩在他的身边。他的一只手搂着她，宣示着他的专有权，他的背斜靠在浴池的边缘上。

“你的男朋友想要领一支军队去对抗血族，”克里斯蒂对我说。我听得出来，他这样说是想要激怒我。

我疑惑地看着曼森。那个“男朋友”的想法一点儿也不值得去挑战。

“嘿，是你的姑妈建议这样做的。”曼森提醒克里斯蒂。

“她只是说，我们应该在血族再一次发现我们之前先找到他们，”克里斯蒂反驳道，“她并没有强烈要求学员参加战斗，那是莫妮卡·塞茨尔斯基的主意。”

就在这时，一位女服务员端来一盘粉红色的饮料。饮料装在优雅的高脚水晶玻璃杯里，杯沿还抹上了糖。我强烈地怀疑饮料里含有酒精，可是，我也怀疑每个来参加派对的人都将会被要求出示身份证。玻璃杯里装的是什么，我并不知道。我喝过的酒精饮料只有便宜的啤酒。我拿了一杯，然后转回看着曼森。

“你觉得那是一个好主意？”我问他。我小心地呷了一口饮料。作为一个处于受训练阶段的护卫，我觉得自己应该随时随地保持警惕，可是今晚我又一次想要叛逆。饮料尝起来像潘趣酒，里面有西柚汁，还有一些甜的东西，像草莓。我依然非常肯定里面混有酒精，但好像不是很浓，我不用担心会因此失眠。

很快，另一位女服务员端来了一盘食物。我看着盘子，几乎从来没有见过上面的食物。有一种食物看起来有点儿像蘑菇，里面塞满了奶酪；还有一种食物看起来像是小圆饼，里面的馅是肉，或者是香肠。作为一个名副其实的肉食动物，我伸手去拿了一个，想着应该不至于那么糟。

“那是鹅肝酱。”克里斯蒂说。他的脸上挂着笑容，可我不喜欢他的笑。

我警惕地看着他。“那是什么东西？”

“你不知道？”他的语气很傲慢，好像他人生第一次像一个真正的贵族成员一样向我们这些下属吹嘘他上层社会的学问。他耸耸肩。“给你一个机会，找出答案。”

莉萨无奈地叹了口气，说：“是鹅肝。”

我迅速地抽回了手。女服务员继续往前走，而克里斯蒂则大笑起来。我愤怒地瞪着他。

而此时，曼森依然一心想着我的问题：学员在毕业之前参加战斗是不是一个好主意。

“我们还能做什么？”他突然愤怒地问道，“你都在做些什么？

你每天都和巴利科夫绕圈跑步，你那样做是为了什么？为了莫里族吗？”

我那样做是为了什么？这个问题让我的心跳加快，我的脑海里有一些龌龊的想法。

“我们还没有准备好。”我如是说。

“我们只剩下 6 个月的时间了。”艾迪插了一句话。

曼森点头表示同意。“没错，我们还可以学到多少呢？”

“很多。”我一边说，一边思索着我到底从迪米特里给我的训练课程中学到了多少。我把饮料喝完，说道：“再说，我们在哪里停止呢？比如说，他们早 6 个月结束课程，然后把我们派遣出去。接下来呢？他们决定再往前抽掉我们的第三学年吗？还是第二学年？”

他耸耸肩，说：“我不害怕参加战斗。我九年级的时候就可以对付血族了。”

“是啊，”我冷冷地说道，“就像你在滑道上滑雪一样。”

曼森的脸已经因为热气而发红，这会儿更红了。我马上后悔说这些话了，尤其是看到克里斯蒂开始大笑。

“我还以为一辈子都见不到与你意见一致的一天了，露丝。可令人伤心的是，我见到了。”那位鸡尾酒女服务员又从旁边走过，克里斯蒂和我都拿了一杯新饮料。“莫里族必须开始帮助我们保护他们自己。”我说。

“用魔法吗？”米亚突然问道。

自从我们到这里来，她还是第一次开口说话，但没有人回答她。我想，曼森和艾迪之所以不出声，是因为他们对运用魔法战斗一无所知。虽然莉萨、克里斯蒂和我都知道，但我们正努力表现得好像我们也不知道。然而，米亚的眼睛里闪着令人难以理解的期待，而我只能想象她今天经历的那些事情。她一觉醒来，得知自己的妈妈已经死了，然后还要经受数小时的政治愚弄以及战斗策略的煎熬。事实上，她还可以像表面上这样镇定地坐在这里，这简直是个奇迹。我想，那些真正爱自己妈妈的人遇到那种情况也只能勉强地正常生活了。

在看起来没有人想要回答她时，我最后还是开口了："我想是吧，但是……我不是很清楚。"

我把剩余的饮料喝完，然后移开目光，希望其他人接上我的话，可是没有人开口。米亚看起来很失望，但是也没有再说什么，而曼森又把话题转回到了关于血族的争论上。

我拿了第三杯饮料，然后把自己沉入水中，直到不能再往下，而手上还拿着杯子。这杯饮料很不同，看起来是巧克力味的，上面还有搅打奶油。我尝了一口，很肯定地发现了酒精的味道。我还发现巧克力很有可能冲淡了酒精的味道。

我准备要第四杯饮料的时候，女服务员却不见踪影了。突然间，我觉得曼森好像真的非常可爱。我希望他会浪漫地注视着我，可是他依旧在谈论血族以及中午的会议上引发的混乱。米亚和艾迪也同他一起急切地点头，我感觉如果曼森现在要去追捕血族，那么他们两个人也会跟着去的。实际上，克里斯蒂也加入了他们的谈话，不过他更多的是在唱反调。典型的克里斯蒂式做风！他认为先发制人的话，就需要护卫与莫里族一起，几乎和塔莎说的一样。曼森，米亚，还有艾迪则辩驳他，他们认为如果莫里族不愿意参加的话，那么护卫就应该自己解决问题。

我承认，他们的热情是会传染的。我倒很喜欢对血族先发制人的主意。可是，在巴蒂卡和多茨多夫的两次袭击中，所有的护卫都被杀害了。不可否认，血族确实组织了庞大的群体，而且还有帮手，但是在我看来，那一切都表明我们这边需要格外的小心。

他的可爱消失了，我再也不想听曼森讲他的战斗技术了。我想再要一杯饮料，于是站了起来，爬过了浴池的边缘。令我吃惊的是，世界开始旋转。以前我从浴室或者热水浴缸里出来得太快的时候，也会出现这种情况。可是，当一切事物都开始在我眼前晃动的时候，我才意识到那些饮料比我想的还要浓烈。

我也觉得想要第四杯饮料不是一个好主意，可我不想回去，不想让所有人都知道我醉了。我朝一间侧房走去，因为我刚刚看见女服务员消失在里面了。我希望在某个地方或许会秘密地藏匿着甜点，比如巧克力慕斯，而不是鹅肝。我向前走的时候，特别注意湿滑的地板，想着要是掉进其中一个浴池里，再摔裂头骨，那我冷静的形象绝对没有了。

我把注意力都集中在脚上了，努力稳住自己，可还是撞到人了。以我的名誉发誓，绝对是他的错，是他往后退撞上我的。

“嘿，小心点！”我说着，稳住了自己。

可是他却没有注意到我，他的眼睛看着另一个家伙，那个家伙的鼻子正在淌血。

我竟然刚好走在一场打斗的中央。

第十四章

CHAPTER 14

那两个家伙我从来没有见过，正摆着攻击的姿势准备打架。他们看起来有二十几岁，而且两个人都没有注意到我。碰巧撞到我的那个家伙猛地撞开另一个，使他跌跌撞撞地往后退了一大步。

“你害怕了吧？”站在我旁边的那个家伙大声喊着。他穿着绿色的泳裤，黑色的头发被水弄湿了，梳在后面。“你害怕极了吧。你只想躲在你的房子里，让护卫为你收拾烂摊子。如果他们全死了，那你该怎么办？到时候谁保护你？”

另一个家伙用手背擦掉了脸上的血。突然，我认出他是谁了，多亏他那金黄色的染发。他就是那个对塔莎想要领导莫里族去战斗而大吼大叫的贵族成员，塔莎叫他安德鲁。他想要发起攻击，可是失败了。“这是最安全的方法。如果听从那个血族的情人的建议，那么我们就都死定了。她想要消灭我们整个种族。”

“她想要救我们！”

“她想让我们使用黑魔法！”

他口中所说的“血族的情人”无疑是指塔莎。那个非贵族成员是我在自己的小圈子外听到的第一个支持塔莎的人。我想知道到底还有多少人的想法和他一样。此时，他又打了安德鲁一拳。我的本性，或许是因为那一拳，让我不能再坐视不理了。

我向前跳去，站在他们中间。我的头还是晕乎乎的，身体有点儿摇摇晃晃。他们如果不是站得那么近，我可能就会摔倒了。他们两个都犹豫了，显然有点儿措手不及。

“离开这里！”安德鲁厉声说道。

因为他们是男人，而且又是莫里族，所以他们的身材比我高大很多，但是，我的能力可能比他们中的任何一个都强。我希望能好好利用自己的能力，于是我抓住他们两个人的手，把他们拉向我，然后用尽全力把他们推开。他们踉踉跄跄地往后退，没想到我的力气会这么大。而我也有点儿站不稳。

那位非贵族成员的家伙愤怒地瞪着我，向我靠近了一步。我期待他是守旧派，不会打女孩子。“你到底想干什么？”他大声喊道。有几个人围了过来，兴奋地看着我们。

我也生气地回瞪他。“我正在试着阻止你们这些笨蛋变得更加愚蠢！你想要帮忙吗？不要再打架了！扯掉彼此的头并不能拯救莫里族，除非你想要削减基因库里愚蠢的基因。”然后，我指着安德鲁说道：“塔莎·欧瑞拉并没有想要消灭每一个人，她只是想阻止你变成另一个受害者。”我又转向另一个家伙，说：“至于你，想要用这种方式达到你的目标，你还嫩着呢。魔法，尤其是攻击魔法，需要极大的自控力。可到目前为止，你的魔法都没有留给我任何印象。我的魔法比你的强多了，如果你足够了解我，你就会知道那是多么疯狂。”

那两个家伙目不转睛地看着我，愣在了那里。显然，我比泰瑟枪更加有效。好吧，至少几秒钟内是这样的。我的话的震慑力逐渐消失之后，他们又扭打在一起了。我被卷入了他们的战火，然后被推开了，还差点儿被推倒。突然，曼森从我后面走来保护我。

他揍了那个非贵族成员的家伙一拳。那个家伙向后飞去，掉进了一个浴池里，溅起了一片水花。我突然尖叫起来，想起之前对颅骨开裂的恐惧。片刻后，他站了起来，擦掉了眼睛里的水。

我紧紧地抓住曼森的手臂，想要拉住他，可是他甩开我，向安德鲁追去。他狠狠地推着安德鲁，把他推到几个莫里族中。我猜，那些人都是安德鲁的朋友，他们看起来想要制止这场打斗。掉进浴池里的那个家伙爬了上来，整张脸上写满了愤怒，正朝着安德鲁这边走来。这一次，曼森和我挡住他。他怒视着我们。

“住手吧！”我警告他。

那个家伙攥紧拳头，看起来好像要挑战我们。但是，我们的气势很强悍，而他又不像安德鲁一样有一大帮朋友在这里。安德鲁大骂着脏话，被他的朋友拉走了。低声地咕哝了一些威胁的话后，那个非贵族成员的家伙也离开了。

他一离开，我就转向曼森。“你疯了吗？”

“啊？”他问道。

“突然跳到中间去！”

“你不也跳进去了嘛！”他说。

我正要争论，然后意识到他说的的确没错。“那不一样！”我嘟囔着。

他向我靠来。“你喝醉了？”

“没，当然没有。我只是想要阻止你做一些愚蠢的事，妄想杀死一个血族并不表示你必须拿其他人出气。”

“妄想？”他僵硬地问道。

就在那时，我开始感到有点恶心，想要呕吐。我的脑袋开始旋转，我继续向那间侧房走去，希望自己不会摔倒。

然而，我走到那里的时候，发现它根本不是什么点心或者饮

料室，至少不是我想象的那样。这是给血员的房间。几个给血员靠在铺着绸缎的沙发上，他们的身边是莫里族。茉莉香气在空气中燃烧。我愣在那里，以一种怪异而又迷恋的眼神看着一个金黄色头发的莫里族男人倾身向前，在一个红发女孩的脖子上咬下去。此刻，我才发现这里所有的给血员都长得特别好看，像女演员，或者模特。贵族拥有的都是最好的，包括给血员。

那个男人久久地吸着血，而且吸得很深。那个女孩闭上眼睛，嘴唇张开。当莫里族的安多芬涌入她的血液里的时候，她的脸上露出了一种纯粹的快乐。我打了个寒噤，思绪被带回到我曾经经历过同样的快感的时候。我的脑袋因为酒精而变得迷迷糊糊，突然间，整个画面看起来好像异常色情。事实上，我几乎感到恶心，好像我正在看着别人性交。那个莫里族结束了吸血，他舔掉最后一滴血，然后在给血员的脸颊上温柔地吻了一下。

“想要自愿服务吗？”

有人用指尖轻轻划过我的脖子，我跳了起来。我转过身，看到了艾德里安的绿眼睛，还有他那狡猾的假笑。

“别这样！”我对他说，推开了他的手。

“那你来这里做什么？”他问。

我指着周围，说：“我迷路了。”

他盯着我，说：“你喝醉了？”

“没，当然没有……只是……”恶心的感觉消减了一点儿，但是我还是感到不舒服。“我想，我应该坐下来。”

他抓住了我的手。“嗯，但不要坐在这里，别人会误会的。我们到安静点儿的地方去。”

他把我带到了另一个房间里，我饶有兴趣地打量着房间里的一切。这是按摩区，几个莫里族躺在按摩台上，旅馆的工作人员

正在帮他们按摩背部和脚。他们用的精油闻起来像迷迭香和薰衣草。要是在别的情况下，按摩听上去一定很棒，但是现在让我趴下，看上去好像是最糟糕的主意。

我在铺着地毯的地板上坐下来，背靠在墙上。艾德里安走开了，回来的时候，手里拿着一杯水。他也坐了下来，把水递给我。

“把水喝了会舒服点儿的。”

“我跟你说过了，我没有醉。”我含糊地说。不过，我还是喝光了杯里的水。

“啊哈，”他朝我微笑，“在刚才的打斗中，你表现得不错嘛。帮你的那个家伙是谁？”

“我男朋友，”我说，“算是吧。”

“米亚说得没错，你的生活里有很多男人。”

“不是那样的。”

“好吧。”他依然微笑着，“瓦思莉萨去哪儿了？我还以为她和你在一起。”

“她和她的男朋友在一起。”我打量着他。

“那是什么语气？妒忌？你也想要拥有他吗？”

“天呐，当然不是。我只是不喜欢他。”

“他对她很不好吗？”他问。

“不是，”我承认道，“他很爱她。他只是有点儿令人讨厌。”

艾德里安显然对这个很感兴趣。“啊，你在妒忌。她和他待在一起的时间比和你待在一起的时间长吧？”

我不理睬他的问题。“你为什么一直问关于她的事？你是不是对她感兴趣？”

他笑了。“你大可放心，我对她不像对你那样感兴趣。”

“但是你感兴趣。”

“我只是想和她说说话。”

他离开为我取来更多的水。“感觉好点儿了吗？”他问道，接着把玻璃杯递给了我。玻璃杯晶莹剔透，上面有杂乱的刻纹。用来装白开水似乎太过精美了。

“嗯……我没有想到那些饮料那么浓烈。”

“那就是那些饮料的美丽之处，”他低声笑道，“说到美丽……这种颜色很适合你。”

我转了一下身体。我或许没有那些女孩穿得那样暴露，但是，和艾德里安在一起，我觉得已经暴露得太多了，我并不想这样。对于他，我总有一种奇怪的感觉。我讨厌他傲慢的态度，但是我还是喜欢和他待在一起。或许，那个自负的我终于找到了一个志趣相投的人。

在我醉醺醺的脑海里，突然闪过一道光，但是我不太清楚那是什么。我又喝了点儿水。

“好像有 10 分钟了，你都没有抽一根烟。”我这样说道，想要转移话题。

他脸色变了一下。“这里禁止吸烟。”

“我相信你已经用潘趣酒弥补了。”

他又笑了。“我们一些人可以很好地控制自己的酒量。你没有生病吧？”

我依然感到微醉，但已经不再恶心了。“没有。”

“那就好。”

我回忆起了那个与他对话的梦。那只是一个梦，却一直萦绕在我的脑海里，尤其是那段关于我被黑影包围的话。即使我知道很愚蠢，但我还是想问问他。那是我的梦，而不是他的。

“艾德里安……”

他绿色的眼睛看着我。“什么事，亲爱的？”

我问不出口了。“没事了。”

他正要反驳我，突然把头转向门的那个方向。“啊，她来了。”

“谁……”

莉萨走了进来，眼睛环视着周围。她发现我们的时候，我看到她松了一口气。然而，我却感觉不到。像酒这种令人麻醉的东西使感应也变得麻木了，这是我今晚不应该愚蠢地想要尝试一下的另一个原因。

“原来你在这里。”她说着，在我旁边跪下来。她看了一眼艾德里安，朝他点点头。“你好！”

“你好，表妹！”他用亲属之间的称谓问候莉萨。有时候，贵族成员之间会用这样的称谓问候彼此。

“你还好吧？”莉萨问我，“我看你醉成那样，还以为你一定是掉进了浴池的某个地方，被水淹没了。”

“我没有……”然而，此刻我不再试图否认，“我没事。”

艾德里安在观察莉萨的时候，表情变得严肃起来了。他的样子又一次使我想起了那个梦。“你是怎么找到她的？”

莉萨困惑地看着他。“我，呃，找遍了所有的房间。”

“哦，”他看起来很失望，“我还以为你是用你的感应。”

她和我一起盯着他。

“你怎么会知道那个？”我质问道。在学校，只有几个人知道这件事。艾德里安提起这件事的时候，语气就好像在谈论我头发的颜色那样自然。

“嘿，我不能暴露我所有的秘密，是吗？”他故弄玄虚地问道，“更何况，你们两个在一起时，会以一种特定的方式行事……很难解释。这很酷……所有古老的神话都是真的。”

莉萨谨慎地看着他。“感应只是单方面的。露丝可以感应到我的感觉和想法，但是我却不能感应她的。”

“啊。”我们坐在那里，沉默片刻，艾德里安又开口道，“表妹，你到底专攻什么元素？”

她看起来有点儿尴尬。我们两个人都知道，守住她拥有使用灵魂的力量这个秘密很重要，尤其不能让那些想要利用她的治愈能力的人知道。但是，利用她没有专攻任何元素来做掩饰总是困扰着她。

“我没有。”她说。

“他们认为你会有吗？成熟得比较晚？”

“不是。”

“不过，你所拥有的能力可能高于其他元素，对不对？只是还不够强大到真正掌握任何一种吧？”他伸出手拍拍她的肩膀，夸张地表示他的安慰。

“是的，你怎么……”

他的手指碰到她的时候，她倒抽了一口气，好像被一道闪电击中一样。她的脸上露出了一种很奇怪的表情。即使醉了，我也能感应到莉萨一阵一阵的喜悦感倾泻而来。她惊讶地盯着艾德里安，他的目光也落在了她的脸上。我不明白他们为什么这样看着对方，但是那让我感到心烦。

“嘿，”我说道，“停下来。我告诉过你，她有男朋友。”

“我知道。”他一边说，一边依旧看着她，然后微微一笑，继续说道，“我们需要找个时间来聊一聊，表妹。”

“好。”她同意了。

“嘿！”我比任何时候都要混乱了，“你有男朋友了，而且他就在那里。”

她眨了眨眼睛，回到了现实。我们三个人全都看向了门口，克里斯蒂和其他人正站在那里。我的思绪突然又闪回到他们发现艾德里安的手搂着我的时候。而这一次的情况并没有好到哪里去：莉萨和我正分别坐在他的两旁，而且靠得非常近。

她连忙站了起来，一脸内疚。克里斯蒂奇怪地望着她。

“我们准备离开了。”他说。

“好，”她对他说，然后低头看着我，“准备好了吗？”

我点点头，开始爬起来。艾德里安抓住我的手，帮助我站起来。他朝莉萨笑了笑。“很高兴和你聊天。”他转向我，悄悄地说：“别担心。我并不是在那方面对她感兴趣。即使她穿泳衣也不太好看，或许不穿的时候也不好看。”

我抽回手。“哼，你永远也不会知道。”

“没关系，”他说，“我的想象力很好。”

我加入其他人，朝旅馆的主楼走去。曼森以一种怪异的眼神看着我，就像刚才克里斯蒂看着莉萨的眼神一样，而且远离我，和艾迪走在前面。令我感到惊讶与不安的是，我发现自己走在米亚的旁边。她看起来很悲伤。

“我……对于发生这种事，我真的感到很难过。”我最后还是这样说了。

“你不必表现得好像你很关心我，露丝。”

“不，不，我是认真的。太可怕了……我很抱歉。”她没有看我，“你……你很快就会见到你爸爸了吧？”

“在他们举行追悼会的时候。”她生硬地说。

“哦。”

我不知道该说什么好，所幸干脆不说了。当我们爬上旅馆的主楼的时候，我把注意力放在了阶梯上。出乎意料的是，米亚继

续着谈话。

“我看到你阻止了那场打斗……”她慢慢地说，“你提到了攻击魔法，好像你知道。”

哦，好极了！她打算进行勒索……她会吗？至少目前她看起来是礼貌的。

“我那时只是在猜测，”我绝对不可能供出塔莎和克里斯蒂，“我真的不是很清楚，那只是我听到的一些故事。”

“哦。”她的脸沉了下来，“什么样的故事？”

“嗯……”我试着想一些既不过于空泛，也不过于具体的事情，“像我对那两个家伙说的……专注很重要。因为如果你和血族战斗，任何事情都可能分散你的注意力，所以就必须保持镇定。”

实际上，这是护卫的基本准则，不过，米亚应该是头一次听说。她急切地睁大眼睛。“还有什么？他们使用什么魔法？”

我摇摇头。“我不知道。我真的不知道魔法是怎样发挥作用的，我已经说过，这些只是……我听到的故事。我猜，你只要找出方法把你的元素当作武器来使用就好了。像……火的使用者就真的占有优势，因为火可以烧死血族，所以对他们来说很容易。而空气的使用者则可以使人窒息。”事实上，我经历过后者，是间接地从莉萨那里感受到的。真是太恐怖了。

米亚的眼睛睁得更大了。“那水的使用者呢？”她问道，“水怎样才能伤到血族呢？”

我暂停了一会儿。“我，呃，从来没有听说过关于水的使用者的故事，抱歉。”

“你有什么主意吗？比如，有没有像我这样的人可以学习的战斗的方法？”

啊，这才是话题的重点。实际上，那听起来也不是特别疯狂

的事。我记得在那场会议上，当塔莎讲到袭击血族的时候，她看起来那么兴奋。米亚想为她母亲的死向血族报仇，难怪她和曼森那么谈得来。

“米亚，”我轻声地说，然后拉着门让她走进去。我们现在差不多走到大厅了。“我知道你现在一定想……做一些事情。但是我觉得你最好还是，呃，先缓解一下你伤心的情绪。”

她脸红了，突然间，我看到了那个正常的、愤怒的米亚。“不要用这种居高临下的口气跟我讲话。”她说。

“嘿，我没有，我是认真的。我只是说，你还处在心烦意乱的时候，不应该鲁莽行事。况且……”我把后面的话吞了回去。

她眯起眼睛。“况且什么？”

算了，她是需要知道的。“好吧，我真的不知道在对抗血族的时候，水的使用者会起多大的作用，大概对一个血族来说，水是最没有用的元素吧。”

突然，她脸上充满了愤怒。“你真是个贱人，你知道吗？”

“我只是告诉你真相。”

“很好，让我来告诉你真相吧，每当谈及男生的时候，你就完全是个白痴。”

此时，我想到了迪米特里。她说的完全没有错。

“曼森那么出色，”她继续说道，“他是我认识的最好的男生之一，而你居然都没注意到！他愿意为你做任何事情，而你却跑去讨好艾德里安·伊瓦什科夫。”

她的话让我感到很惊讶。难道她喜欢上曼森了？虽然我真的没有去讨好艾德里安，可是我能看出刚才的情形看上去很可能是那样。即使那不是真的，曼森也会感到受伤、感到背叛。

“你说的没错。”我说。

米亚吃惊地看着我，不敢相信我会同意她的说法，而接下来往前走的那段时间里，她都没有再说什么。我们走到了旅馆男女客房的分界处。当其他人离开的时候，我抓住了曼森的手臂。

“等一下。”我对他说。我急需消除他对艾德里安的疑虑，但是，我内心的某一部分却在怀疑，我这样做到底是因为我真的想要曼森，还是因为我只是喜欢他非我不可的想法，然后自私地不想失去。他停了下来，看着我，一脸谨慎的样子。“我想对你说我很抱歉。在那场打斗后，我不应该对你吼叫的，我知道你只是想帮我。还有，我和艾德里安……什么事也没有发生。我说真的。”

“可看起来并不是那样。”曼森虽然这么说，但是他脸上的愤怒已经消失了。

“我知道，但是请相信我，全都是他，他白痴地有点儿喜欢上我了。”

我的语气一定很有说服力，因为曼森笑了。“呵，很难不喜欢上你。”

“我对他没兴趣，”我继续说道，“对其他人也没有。”这是一个小小的谎言，但是当时我认为这没有什大不了的。因为不久我就会忘记迪米特里，而且关于曼森，米亚说的没错，他很出色，既贴心又可爱。如果我不好好把握他，还真是一个白痴……

我的手还抓着他的手臂，我于是把他拉向自己。他并不需要太多的暗示。他俯下身吻我，那时，我发现自己紧紧地背靠着墙壁，很像那次和迪米特里在训练室里一样。当然，这感觉完全不同于与迪米特里接吻，但还是有另一种美妙的感觉。我抱住曼森，开始把他拉得更近。

“我们可以去……某个地方。”我说。

他往后退了一下，笑了。“不是在你喝醉的时候。”

“我不再……那么……醉了。”我说着，试图把他拉回来。

他轻轻地在我的嘴唇上吻了一下，然后往后退了一步。“你已经醉得够戗了，会很难受的，相信我。但如果你明天还想要我的话，当然在你清醒的时候，我们到时再谈。”

他再次低下头吻我。我想要抱住他，可是他又推开了我。

“放轻松点，姑娘。”他取笑道，然后转身朝通向他房间的走廊走去了。

我生气地瞪着他，可他只是笑着转过身去。他走开的时候，我的气也消了。我也朝自己的房间走去，脸上挂着笑容。

第十五章

CHAPTER 15

第二天早上，我正在努力地涂脚趾甲油，因为可怕的宿醉后遗症，涂起来可真不容易。就在那时，我听到了敲门声。我起床的时候，莉萨已经出去了，所以我踉踉跄跄地穿过房间，努力不去毁掉还是湿的趾甲油。我开了门，看见旅馆的一个工作人员站在外面，双手抱着一个大盒子。他轻轻地转了一下盒子，先是环视周围，然后看着我。

“我找露丝·哈瑟微。”

“我就是。”

我从他手上接过盒子。盒子很大，却不是很重。我很快地说声谢谢，关上门，然后想着我是不是应该付他小费，最后还是作罢了。

我抱着盒子坐在地板上。盒子上面没有任何标记，用包装带封着。我找来一支笔，戳穿了包装带。我把包装带划开得差不多的时候，打开盒子，看着里面。

盒子里面装满了香水。

至少30小瓶的香水。有一些香水是我听说过的，有一些则没

有。它们的价格参差不齐，从极昂贵的明星的水准到我在杂货店里见过的低档品应有尽有。永恒、天使、香草领域、青馨花筑、迈克•柯尔、毒药、红毒、冰火奇葩、快乐香水、浅蓝、祖梵麝香、棉花糖、王薇薇，等等等等。我一瓶一瓶地拿起来，看说明，然后拔开瓶盖闻一下。

当闻到一半的时候，我突然意识到，这些应该都是艾德里安送来的。

我不知道他是怎么设法在如此短的时间内让人把这些香水送到旅馆来的，不过，有钱能使鬼推磨。尽管如此，我还是不需要一个富有且骄纵的莫里族的关注，很显然，他没领悟我给他的信号。我遗憾地开始把这些香水放回盒子里。可是，我停了下来。我当然会把香水还回去……但是，在还回去之前，把剩下的闻一遍，也不会有什么害处。

我重新一瓶接着一瓶地拔开香水瓶盖。有一些我只是闻一下瓶盖，有一些我则喷洒到空气里。缘分天注定、杜嘉班纳、一千零一夜、雏菊，一缕一缕不同的香味不断地向我袭来：玫瑰、紫罗兰、檀香木、橘子、香草、兰花……

当我闻遍了所有的香水后，鼻子几乎失灵了。所有的这些香水都是为人类设计的，他们的嗅觉比吸血鬼，甚至比拜尔族的嗅觉都要弱，所以对我来说这些香水的香气格外的浓烈。我对艾德里安的“只需要一点点儿香水”的说法有了新的认识。如果所有的这些香水让我头晕目眩的话，那我就能想象一个莫里族会闻到什么了。然而，感官的超负荷也并没有真的舒缓我醒来时的头痛。

这一次，我真的把香水装回盒子，只有看到真正喜欢的香水时才会停下来。我犹豫着，手里拿着一个小小的瓶子，于是，又把那瓶红色的拿出来，再闻一次。气味舒爽香甜，有点儿水果味，但不是蜜饯和水果糖浆的味道。我在绞尽脑汁地想一种香气，我曾经在宿舍里认识的一个女孩身上闻到过那种香气，她告诉过我名字。像樱桃……但是更强烈一些。醋栗，没错，就是醋栗。居然在这种香水里面，混着一些花香：野百合，还有其他我辨别不出来的花。不管混合了什么，那种香气吸引着我。味道香甜，却又不过于甘甜。我看瓶子上的说明，寻找它的名字——丘比特。丘比特！

“真相称！”我喃喃自语，想到我最近好像有好多爱情方面的问题。然而不管怎样，我留下了那瓶香水，然后把剩下的那些重新包好。

我把盒子抱在怀里，下楼到前台要了一些包装带，重新把盒子封紧。我也问了艾德里安房间的位置。显然，所有的伊瓦什科夫家族成员都有他们专属的厢房。艾德里安的房间离塔莎的房间不是很远。

我穿过大厅，感觉像一个送货员，最后在他的门口停了下来。在我设法敲门之前，门开了，艾德里安站到我面前，他看起来和我一样惊讶。

“拜尔小丫头，”他热忱地叫道，“没想到会在这里见到你。”

“我是来还这些东西的。”我在他抗议之前，一下子就把盒子塞到了他怀面。他笨拙地接住，惊讶地踉跄了一下。待到他稳当地抱住盒子的时候，他往后退了几步，把盒子放在了地板上。

“难道你哪一样都不喜欢？”他问，“你想要我再多弄一些来吗？”

“不要再送我礼物了。”

“这不是礼物，是公益服务。哪个女人没有香水呢？”

“以后不要再这样做了！”我坚决地说。

突然，他身后响起一个声音：“露丝？是你吗？”

我越过他看进去，是莉萨！

“你在这里做什么？”

今天早上，因为头痛以及我自认为是与克里斯蒂的一些小摩擦，使我竭尽全力把她挡在脑海外。通常情况下，我只要一靠近就可以知道她在房间里面了。我重新敞开自己，感受她的震惊。她没有料到我会出现在这儿。

“你来这里做什么？”她问。

“女士们，女士们，”他取笑地说，“没有必要为了我而吵架。”

我愤怒地瞪着他。“我们没有。我只是想知道这里发生了什么事。”

一股刮胡水的味道向我袭来，接着，我听到身后有一个声音：“我也想知道。”

我跳了起来，转过身，看见迪米特里站在走廊那里。我完全不知道他在一个伊瓦什科夫的厢房外做什么。

他是去塔莎的房间，心里有个声音提醒我。

毫无疑问，迪米特里总能预料到我何时会陷入各种各样的麻烦之中，但是我想，看见莉萨也在这里让他有点儿措手不及。他从我身边走过，走进了房间看着我们三个人。

“男生和女生是不可以到彼此的房间里的。”

我知道，即使指出艾德里安确切来说不算是学生，也不能让我们摆脱麻烦。我们本来就不应该出现在任何男性的房间里。

“你怎么总是这样做？”我沮丧地问艾德里安。

“做什么？”

“总是让我们难堪！”

他轻声地笑了起来。“是你们到这里来的。”

“你不应该让她们进来，”迪米特里责备道，“我相信你知道圣弗拉米尔学院的规章制度吧。”

艾德里安耸耸肩。“没错，但是我没必要遵守任何学校愚蠢的规章制度。”

“也许没必要，”迪米特里冷冷地说，“但是，我以为你至少应该尊重那些规章制度。”

艾德里安翻了翻白眼。“我有点儿惊讶，你竟然在教训未成年少女。”

我看见迪米特里的眼睛里燃起了愤怒，片刻间，我以为会看到他失控，以前我曾以此取笑他。但是，他仍然保持镇定，只有他紧握着的拳头显示出他有多么生气。

“再说了，”艾德里安继续说道，“又不会发生什么龌龊的事，我们只是在一起玩。”

“如果你想和年轻的女孩一起玩，请到公共场合去。”

我真的不喜欢迪米特里把我们叫做“年轻的女孩”，而且，我觉得他有点儿反应过度了。我也怀疑他之所以有这样的反应，有一部分原因是因为我在这里。

就在那时，艾德里安笑了起来，很怪异的笑，我听得鸡皮疙瘩都起了。“年轻的女孩？年轻的女孩？的确是。年轻的同时也老了。她们的人生才刚刚开始，但却已经经历了太多。一个被打上了生命的印记，另一个被盖上了死亡的徽章……但是，她们是你要担心的人吗？还是担心一下自己吧，拜尔族。担心你自己，担心我，我们才是那个年轻的人。”

我们三个人面面相觑。我想没有人会料到艾德里安会突然失去理智。

艾德里安又恢复了平静，看上去非常正常。他转过身去，漫步走到窗前，取出香烟的时候，随意地回头看着我们三个人。

“女士们，该走了。他说的对，我对你们的影响不好。”

我和莉萨交换了一个眼神，然后匆忙地离开了，跟着迪米特里穿过走廊走向大厅。

“那……很奇怪，”几分钟后，我开口说道。我说的是显而易见的事，但是，总得有人开口。

“非常奇怪！”迪米特里说。他听起来不生气了，甚至都不困惑。

当我们走到大厅的时候，我开始跟着莉萨走向我们的房间，但是迪米特里叫住了我。

“露丝，”他说，“我能和你谈一谈吗？”

我感受到了从莉萨那里传来的一股同情。我转向迪米特里，走到房间的一边，不挡住走过的人的路。一群戴着钻石，穿着皮大衣的莫里族从我们身边经过，每个人都一脸焦虑。旅馆的服务员提着行李跟在后面。人们还是要离开去寻找更安全的地方，大家对血族的恐惧还远远没有结束。

迪米特里的声音把我的注意力拉回到他身上。“那可是艾德里安·伊瓦什科夫。”他说出这个名字的时候，语气和其他人一样。

“嗯，我知道。”

“这是我第二次看见你和他在一起了。”

“是啊，”我从容地回答，“我们有时候会在一起玩。”

迪米特里竖起一边的眉毛，接着，他突然把头扭向我们刚刚走来的方向。“你们经常在他的房间里玩？”

突然，我的脑海里闪现出了几句反驳的话，然后一句很特别的话占了优先的位置。“他和我之间发生任何事都与你无关。”之前，我对他和塔莎之间做出相同的评论的时候，他就对我说过这样的话，而我现在正试图模仿他当时的语气。

“事实上，只要你还待在学院里，你做什么都关我的事。”

“并不包括我的个人生活，你对那个没有任何发言权。”

“你还没有成年。”

“我已经差不多成年了。而且，那并不意味着我会在 18 岁生日的时候神奇地变成大人。”

“很明显！”他说。

我脸红了，“我不是那个意思。我的意思是……”

“我明白你的意思。现在，那些细节并不重要了。你是学院的学生，我是你的导师，帮助你和保护你的安全是我的职责。和像他那样的人待在客房里……并不安全。”

“我可以应付艾德里安·伊瓦什科夫，”我喃喃低语，“他是奇怪，真的很奇怪，但是他并无恶意。”

我悄悄地怀疑迪米特里的发怒是不是因为他嫉妒，他并没有把莉萨拉到一边对着她大吼大叫，这个想法让我有点儿开心。可是，我接着又想起了之前的好奇：迪米特里为什么会经过那里。

“谈到个人生活……我猜你是去见塔莎，对吧？”

我知道这样显得很小气，而且我料想他又会对我说“这不关你的事”，然而他却回答：“事实上，我去拜访你的妈妈。”

“你也是去找她玩吗？”我当然知道他不是，但是这个讽刺似乎好得让人不能错过。

他好像知道我在想什么，于是只是疲倦地看着我，“不是。我们在检查多莰多夫袭击中关于血族的一些数据。”

我一下子消气了。多莰多夫一家！巴蒂卡一家！突然之间，今天早上发生的所有事情都变得极其微不足道了。当迪米特里与其他护卫在努力保护我们的时候，我却和他争论或有或无的恋爱情事，我怎么会这样？

“你们发现了什么？”我平静地问道。

“我们已经设法追踪一些血族了，”他说，“或者至少是和他们在一起的人类。住在附近的目击者发现他们开的几辆车，车牌全都是来自不同的州。他们好像已经分开了，很可能想要增加我们追踪的难度。但是，有一个目击者记住了一个车牌号码，注册的地址在斯波坎市。”

“斯波坎市？”我难以置信地问道，“斯波坎市，华盛顿？是谁把他们的藏身之处安置在斯波坎市的？”我去过那里，那里和所有偏远的西北城市一样沉闷。

“很明显，是血族，”他面无表情地说，“地址是伪造的，但是其他证据证明他们确实在那里。那里有一种底下有隧道的购物广场，已经有人看见血族在周围出现了。”

“那……”我皱起眉头，“你会去追捕他们吗？有人去吗？我是指，这就是塔莎一直说的……如果我们知道他们在哪里……”

他摇着头，“没有上头的允许，护卫什么也做不了。近期是不会有什么行动的。”

我叹了口气，“因为莫里族管的东西太多了。”

“他们非常谨慎。”他说。

我感觉自己又激动起来了。“拜托！在这件事上，即使是你想要小心，你也小心不了。你确实知道血族藏在哪里，他们残杀了孩子。难道你不想在他们没有防备的时候追捕他们吗？”此刻，我听起来有点儿像曼森。

“可没有那么简单，”他说，“我们要对护卫委员会和莫里族政府负责，不能只是跑去冲动行事。不管怎么说，我们尚不了解一切。在不了解所有的细节之前，千万不要走进任何情况中。”

“又来了，禅理人生课程！”我叹着气，抬起手，把头发别在耳朵后面，“可是，你为什么对我说这些？这都是护卫的事，不是那种你会让学员知道的事情。”

他斟酌着我的话，表情变得缓和了。他一直看起来很了不起，但是我还是喜欢这样的他。“我已经说过几件事了……前几天和今天……我不应该说这些事的。这些事情已经冒犯你的年龄了，你才 17 岁……但是，那些年龄比你大得多的人处理的事情，你也能够处理。”

我的胸口里变得飘飘然了，“真的吗？”

他点点头，“在很多方面，你仍然很年轻，行为也不够成熟，但是改变这种情况的唯一方法就是把你当大人一样看待。这方面我需要做的工作更多。我知道你能接受这个情报，明白它的重要性，并且会保密。”

我不喜欢被告知自己的行为不成熟，但是我喜欢他想要平等地和我谈话的想法。

“蒂姆卡！”一个声音响起了。塔莎·欧瑞拉向我们走来。看见我的时候，她对我露出了微笑，“你好啊，露丝。”

我的好心情没有了，“嗨。”我淡淡地说。

她把一只手放在迪米特里的前臂上，她的手指滑过他的皮大衣。我生气地看着那些手指，它们怎么敢碰他？

“又是那副神情了。”她对他说。

“什么神情？”他问。他对着我的那副严肃的表情消失不见了。他的嘴角露出会心的微笑，那几乎是充满嬉戏的微笑。

“写着你准备一整天值班的神情。”

“真的吗？我看起来像那样吗？”他的声音里有一种挑逗、嘲弄的语气。

她点点头。“你什么时候下班？”

我敢说，迪米特里真的看起来有点儿不好意思。他说：“一个小时前。”

“你不可以老是这样，”她抱怨道，“你需要休息。”

“好吧……如果你认为我一直是莉萨的护卫……”

“到现在为止。”她有意地说道。我感到比昨晚更加不舒服了。“楼上有一个很大的撞球室。”

“我不能去，虽然我有很长时间没打过……”他的脸上依然挂着微笑。

到底……迪米特里打撞球？

突然之间，刚才关于他要把我当大人一样对待的讨论已经不重要了。我心里明白那是一种称赞，但是我更希望他像对待塔莎那样对待我：嬉戏，挑逗，随意。他们如此熟悉彼此，如此轻松自在。

“来吧，好嘛，”她央求道，“就打一局！我们可以把他们全都打败。”

“我不能去，”他重复道，听起来好像很遗憾，“现在不是时候，所有的事情都在进行着呢。”

她清醒了一点儿，说道：“是啊，确实不是时候。”然后她看了我一眼，开玩笑地说：“我希望你明白你看到的是一个多么中坚的铁杆榜样，他从来都不休息。”

“呵，”我模仿她之前轻快的语调说道，“至少，到现在为止。”

塔莎一脸困惑，我认为她不会想到我是在嘲笑她。迪米特里阴沉的脸告诉我，他很清楚我在做什么。顿时，我意识到我刚刚破坏了在作为一个成年人上取得的任何进步。

“露丝，我们已经谈完了。记住我所说的话。”迪米特里说道。

“嗯，当然！”我说着，把脸转开了。我突然很想回到自己的房间躺一会儿，今天已经让我够累的了。

我没走多远就遇见了曼森。天啊！怎么到处都能见到这些男人！

“你在生气，发生了什么事？”他一看到我的脸，就这样问道。他总是能一眼就看出我的情绪。

“一些……权威问题。今天早上真够怪异的。”

我叹了口气，无法将迪米特里的影子从脑海中抹去。我看着曼森，想起了昨晚自己是那么深信想要和他确定关系。我真是个神经兮兮的人，对任何人都不能确定自己的心意。然而，忘记一个人的最好方法就是把心思放在另一个人身上，于是，我抓住曼森的手，拉着他离开了。

“走吧。我们不是说好了今天要去某个……呃，隐秘的地方吗？”

“我想你已经不醉了吧，我以为那已经不算数了。”他开玩笑地说道。可是，他的眼神看起来非常严肃，而且充满了兴致。

“嘿，我坚持自己的要求，不管那是什么。”

我打开感应，寻找莉萨。她已经不在我们的房间里了。她去参加其他贵族举办的活动了，一定是为了普里西拉·沃达的盛大晚宴在做准备。“来吧，”我对他说，“我们去我的房间。”

除了非常不巧地碰到迪米特里刚好从别人的房间经过之外，没有人会真的执行“男女不得待在彼此的房间里”这一条规定。其实，我们几乎就像回到我在学院的宿舍。曼森和我走上楼的时候，我把迪米特里已经告诉我关于血族在斯波坎市的情况全都对他说了。迪米特里要我保密，但是我又生他的气了，而且我认为告诉曼森不会有什么害处。我知道他对那些消息很感兴趣。

我说对了。曼森真的激动起来了。

“什么？他们什么也不做？”我们走进我的房间的时候，他大声叫道。

我耸耸肩，坐到自己的床上。“迪米特里说……”

“我知道，我知道……我刚才听你说过了，关于要谨慎以及诸如此类的事情。”曼森生气地在我的房间里走来走去，“但是如果这些血族又去追杀另一个莫里族……另一个家庭……该死的！到时候他们就会后悔当时没有那么小心了。”

“算了吧，我们也无能为力。”我说道。我感到有点儿恼火，我坐在床上竟然不足以让他忘记那些疯狂的作战计划。

他停住脚步。“我们可以去。”

“去哪里？”我白痴地问道。

“去斯波坎市，可以到镇上乘坐公共汽车去。”

“我……等一下，你想让我们到斯波坎市去同血族较量？”

“没错。艾迪也会去……我们可以去那个购物广场。他们应该还不会被组织起来，所以我们可以等，然后一个接一个地消灭他们……”

我只能瞪着他。“你什么时候变得这么笨了？”

“哦，我明白了。谢谢你这么信任我。”

“这不是信不信任的问题，”我一边争论，一边站了起来，走向他，“你真的很了不起，我都看到了，但是这……这是行不通的。我们不能只带上艾迪就去对抗血族。我们需要更多的人，更详尽的计划，还有更多的信息。”

我把双手放在他的胸前，他笑着把手覆盖在我的手上面。他的眼里依然闪烁着战斗的火焰，但是我看得出他的心思已经转移到了一些更迫切地需要关心的问题上，比如我。

“我不是有意说你笨的，对不起。”我对他说。

“你这样说是因为你想要对我为所欲为。”

“我当然想。”我笑了，很开心看到他放松下来。这次谈话的性质让我稍稍想起了克里斯蒂与莉萨在小教堂里的对话。

“嗯，”他说，“我想，想要占我便宜并不是太难的事。”

“很好，因为我想要做很多事。”

我的手慢慢向上移去，环住他的脖子。我的手指下是他温暖的肌肤，我想起了昨晚吻他的时候我是多么地享受。

突然，他莫名其妙地说：“你不愧是他的学生。”

“谁？”

“巴利科夫。你提及需要更多信息材料的时候我才刚好想到这个，你看起来就像他一样。自从你和他在一起训练以后，你就变得很严肃了。”

“我没有。”

曼森把我拉得更近了，但是此刻我突然觉得不那么浪漫了。我本来是想要和他亲热，暂时忘记迪米特里的，而不是谈论他的事。怎么会变成这样呢？曼森应该分散我对迪米特里的注意力才对。

他并没有注意到有什么不对劲。“你只是变了，仅此而已。没那么糟糕……只是不同了。”

他的话让我有点儿生气，可是在我想要反驳他的时候，他的双唇封住了我的嘴。于是，合理的讨论消失得无影无踪了。暴躁的脾气开始从我的心里冒出来，然而，当曼森和我紧紧地贴在一起的时候，我将精神上的紧张完全倾注在了肉体上。我猛地把他拉倒在床上，并在拉他的时候设法继续接吻。我完全可以这样一心多用。他的手滑到了我的脖子后面，解开了我几分钟前才扎起的马尾辫。那一刻，我的指甲掐入了他的背部。他的手指抚摸着我散开的头发，他的唇往下移，吻着我的脖子。

“你真是……太令我惊讶了！”他对我说。我看得出来他说的是真心话。他的整张脸上都流露出对我的爱慕之情。

我拱起身体，让他的嘴唇深深地吻在我的肌肤上。他的手滑到我的衬衫下面，顺着我的肚子慢慢地往上移，差一点点儿就摸到了我的胸罩。

我们一分钟前还有过一场争论，而现在事情竟然发展得如此神速，这太令我惊讶了。可是，说实话……我不介意。这就是我的生活方式，生活里的每一件事都是又快又猛烈。迪米特里和我被维克托·大什科夫的欲望符咒制服的那个晚上，我们之间也有一股非常疯狂的热情。但是，迪米特里控制住了，所以，有时候我们进行得很慢……然而，慢慢来也有另一种奇妙的感觉。可是，绝大多数时间，我们都不能克制自己。而现在我浑身又有了这种

感觉。他的手在我身上游移，他的吻深情而又强烈。

就在那时，我意识到了一些事情。

我吻的是曼森，可是在我的脑海里，吻的却是迪米特里。而且，我不只是简单地想起，事实上，我在想象此刻自己和迪米特里在一起，再一次重温那天晚上发生的事。我闭上眼睛，很容易就可以假装成那样。

可是，我睁开眼睛，看到曼森的眼睛的时候，我知道和我在一起人的是他。他喜欢我，很久之前就想要我了。我这样做……和他在一起却把他想象成另一个人……

这是不对的。

我避开他的碰触。“不……不要。”

曼森立刻停了下来，他就是这样的君子。

“太过了吗？”他问。

我点点头。

“没关系，我们可以不这样做。”

他说完，又向我伸出了手，可我躲得更远了。

“不，我只是不……我不知道。我们不要继续了，好吗？”

“我……”一时之间，他说不出话来，“到底怎么回事，你不是有‘很多事’想要做吗？”

是啊……现在看起来很糟糕，可是我还能说什么？难道我要说“我不能与你肉体结合，原因是我这样做的时候，脑海里出现的是我真正想要的那个男人，你只不过是替代品”吗？

我的喉咙往下咽了一下，感觉自己愚蠢至极。“对不起，曼森，我只是不能。”

他坐了起来，一只手搔弄着头发。“好吧，没关系。”

我能听出他声音里的冷酷。“你在生气。”

他看了我一眼，神情很暴躁。“我只是被你搞糊涂了，我实在搞不懂你。前一秒钟你还那么热情，后一秒却变得那么冷淡。是你对我说想要我，也是你对我说不想要了。如果你选择一样，那没有问题，但是，你一直让我想着一件事情，然后你却在一个完全不同的方向上结束它。不只是刚才，一直都是这样。”

他说的是事实。我对他若即若离，我有时候挑逗他，有时候却完全不理睬他。

“有什么事情你想要我做的吗？”他看到我沉默不语，于是这样问道，“一些可以……我不知道，一些可以让你对我感觉好点儿的事？”

“我不知道。”我无力地说道。

他叹了口气。“那通常情况下你想要什么？”

迪米特里，我想。然而，我却重复刚才的话。“我不知道。”

他发出一声叹息，然后站起来，向门口走去。“露丝，你刚才口口声声说要收集尽可能多的信息，对于你自己，你确实还需要更多的了解。”

“砰”地一声，他重重地关上了门，那声巨响震得我往后缩了一下。我盯着曼森刚才站着的地方，明白他说的没错，我确实还要更多地了解自己。

第十六章

CHAPTER 16

那天晚些的时候，莉萨回来找我。曼森离开后，我的心情跌到谷底，因而不想离开床，于是睡着了。她“砰”地关上门的时候把我震醒了。

我很开心看到她。我需要向她倾诉我与曼森之间被我搞砸了的事，可是在我开口之前，我感受到了她的情绪和我的一样混乱不安。因此，同平时一样，我以她为先。

“发生了什么事？”

她坐在自己的床上，沉入羽绒被中，她的情绪里夹杂着愤怒和伤心。“克里斯蒂。”

“真的吗？”我从来不知道他们会吵架。他们经常戏弄对方，但是几乎没有发生过让她掉眼泪的事。

“今天早上，他看到……我和艾德里安在一起。”

“哦，哇，”我说道，“是啊，那可能真的是个问题。”我从床上起来，走到梳妆台前找到我的梳子。我往后退了一步，站在镀金的镜子前，开始梳理睡觉的时候纠缠在一起的头发。

她抱怨道：“可是什么事也没有发生啊！克里斯蒂却因根本没

有发生过的事而抓狂。我简直不敢相信他竟然不相信我。”

“他相信你。只是整件事情太不可思议了，仅此而已。”我想起了迪米特里和塔莎，“嫉妒总会使人做一些傻事，说一些傻话。”

“可是什么事也没有发生，”她重复道，“我是说，你也在那里，而且……嘿，我才想起来，你去那里做什么？”

“艾德里安送了一大堆香水给我。”

“他……你是指当时你抱着的那个巨大的盒子？”

我点点头。

“哇！”

“嗯，我是去那里还那个盒子的，”我说，“问题是，你在那里做什么？”

“只是聊聊天。”她说。她的心情开始变得愉快起来了，准备要告诉我一些事情，但是她又停住了。我感觉到她的那些话几乎就要脱口而出，然而她却把它们咽下去了。“我有好多事要对你说，但是你先告诉我你怎么了。”

“我没怎么啊。”

“或许吧，露丝，虽然我不能像你可以通过心灵感应感知我一样感知你，但是，你每次因为某些事而生气的时候，我都是知道的。自从圣诞节以来，你的情绪就有点儿低落。到底怎么回事？”

现在并不是谈论圣诞节我母亲告诉我关于塔莎和迪米特里两个人的事的时候所发生的事情的时机。不过，我对莉萨说了曼森的事，而且只是讲了我是怎样停下来的，跳过了我停下来的原因。

“嗯，那是你的权利。”我说完的时候，她这样说道。

“我知道。但是，我有点儿误导他了。我能理解他为什么这么不高兴。”

“可是，你们大可以解决你们的问题，去找他谈谈，他那么喜欢你。”

不仅仅是误会，曼森和我之间的事不是那么容易解决的。“我不知道，不是每个人都像你和克里斯蒂一样。”我对她说。

她的脸沉下来了。“克里斯蒂！我还是不能相信，在这件事上他竟然那么愚蠢。”

她的话让我大笑了出来，但是我不是故意的。“莉萨，一天之内你们就会接吻，然后重归于好。或许，不仅仅是接吻。”

一时间我说漏嘴了。她的眼睛瞪得大大的。“你知道？”她无奈地摇摇头，“你当然知道。”

“对不起。”我说。在她自己告诉我之前，我并不想让她知道我其实知道她和克里斯蒂之间的性事。

她看着我。“你知道多少？”

“嗯，不多。”我说谎了。我已经梳好头了，但是为了避开她的目光，我开始把玩梳子的把手。

“我必须学会让你远离我的想法。”她喃喃低语。

“这是我最近能和你‘谈话’的唯一方法。”我又说漏嘴了。

“你这话是什么意思？”她质问道。

“没什么……我……”我发现她不满地看着我，“我……我不知道，我只是觉得我们不再像以前那样聊天了。”

“我们两个人可以一起解决这个问题。”她说道，声音又变得温和了。

“你说得对。”我说道，没有人规定只有当一个人不总是和她的男朋友在一起的时候，才能两个人一起解决问题。真的，我对自己总是把所有的事情都锁在心里感到愧疚，可是，最近我好多次都想和她谈谈，只是时机似乎总不对，即使现在也是一样。“你知道吗，我从来没想过你会是第一个，或是我从来没想过自己就要成为毕业生了，却还是个处女。”

“是啊，”她淡淡地说，“我也没想过。”

“嘿！你这话是什么意思？”

她笑了，然后看了一下手上的表。接着，她的笑容消失了。“啊！我得去参加普里西拉的宴会了。克里斯蒂应该和我一起去的，可是他却像个白痴一样走开了……”她两眼充满希望地盯着我。

“什么？不行。拜托了，莉萨，你知道我是多么讨厌贵族的那些正式场面。”

“哦，来吧，”她请求道，“克里斯蒂他睡觉了。你可不能把我扔给一群色狼。况且，你刚才不是说我们需要多聊聊吗？”听到这里，我叹息了一声。她仍然接着说：“此外，只要你还是我的护卫，你就必须一直做这种事情。”

“我知道，”我阴郁地说道，“我还以为或许可以享受我最后6个月的自由。”

但是最后，她还是成功哄我跟她一起去了，我们俩都知道她会成功的。

我们并没有多少时间，而且我必须匆匆忙忙地洗澡，吹干头发，然后化妆。我突然决定穿塔莎送给我的裙子。因为她吸引了迪米特里，我仍然想让她承受极大的痛苦，所以现在我很感激她的礼物。我穿上丝绸裙子，很开心看到自己穿红色是那么漂亮，就和自己想象中的一样。裙子很长，亚洲风格，丝绸布料上绣着花朵。高领和长裙摆遮住了大部分的肌肤，但是，柔软的布料紧贴着我的身体，比起裸露大部分的肌肤，它看上去有另一种性感。而且现在，我的黑眼圈几乎不存在了。

莉萨看起来一如既往地明艳照人。她穿着一件深紫色的晚礼服，是由著名的莫里族设计师乔娜•拉斯基设计的，无袖，绸缎面料。肩带是由类似于紫色水晶的小晶体串成的，在她苍白的皮肤上闪闪发亮。她巧妙地将头发挽成了一个松松的发髻。

我们到达宴会厅的时候，引起了一些人的注意。我想，所有

的贵族成员都料想不到多格米尔公主会把她的拜尔族朋友带到这个备受关注且只凭邀请函入场的晚宴中来。但是，嘿，莉萨的邀请函上写着“以及宾客”。莉萨和我在一张桌子旁找到了我们的位置，旁边是一些贵族成员，随即我忘记了他们的名字。他们很高兴无视我，我也很开心被无视。

此外，还有很多东西吸引我的注意力。宴会厅一律采用银色和蓝色的基调。桌子上铺着深蓝色的丝绸布，那么闪亮光滑，弄得我很害怕在上面吃东西。所有的墙壁上都挂着蜂蜡蜡烛，在一个角落里有一个壁炉，装饰着彩色玻璃，壁炉里的火正烧得噼啪作响。整个效果是色彩与光互相交错的壮观景象，让人眼花缭乱。角落那边，一个身材纤细的莫里族女人在演奏轻柔的大提琴乐曲，她全神贯注地演奏着乐曲，脸上的表情如痴如醉。透明的玻璃酒杯碰撞的声音使得琴弦奏出来的低沉而又甜美的音调更加悦耳动听。

晚宴同样很棒。食物都是精心准备的，不过我认得出我的盘子（当然，是瓷器）上的所有食物，而且都很喜欢。这里没有鹅肝酱，有香菇酱鲑鱼和一份拌上山羊奶酪的梨沙拉，甜点是精美可口的酥皮杏仁馅饼。那些食物看起来更像是装饰盘子的，而且我敢说，我十口就能解决掉盘子里的食物。莫里族需要鲜血，同时可能还需要食物，但是他们的需要量并没有人类或者一个正在发育的拜尔族女孩所需要的那么多。不过，我觉得仅仅是食物就可以证明我来冒这一次险是来对了。在晚餐结束的时候，莉萨说我们还不能离开。

“我们必须应酬。”她小声地说。

“应酬？”

莉萨因为我的不安而发笑。“你可是个善于社交的人啊。”

这是真的。在大多数场合，我都是那种能把自己融入其

中，不怕与人交谈的人，莉萨往往比较害羞。但是，和这一群人在一起，情况似乎完全逆转了。这是她生活的环境，不是我的，我惊讶地看到现在的她是如何得心应手地与贵族上层社会交往的。她表现得那么完美，有教养，又有礼貌。每一个人都渴望和她说话，而她似乎总是说话得体。她确实没有使用强迫能力，但是她的确散发出了一种气息，这种气息吸引了其他人。我想，应该是灵术在不知不觉中发挥了作用。即使还在服药，她迷人的、与生俱来的魅力也依然存在。不过，曾经紧张的社交活动令她感到压迫，现在她却能应对自如。我为她感到骄傲。他们的谈话几乎都是轻松的话题：时尚，贵族的爱情生活，等等。似乎没有人想要谈论邪恶的血族去破坏气氛。

因此，整个晚上我都陪在她身边。我试着对自己说这只不过是为了未来积累经验，不管怎样，到时候我都会像一个无声的影子一样跟随在她身边。可事实上，待在这群人当中，我实在感觉不舒服，我平常粗野的防卫机制在这里真的没有用处。另外，我痛苦地意识到我是晚宴上唯一的拜尔族客人。没错，还有其他的拜尔族，但他们是正式的护卫，而且现在正在宴会厅外面守着。

在莉萨应付着那群人的时候，一小群聚在一起的莫里族的声音变得越来越大，莉萨和我慢慢地向他们走过去。我认出了当中的一个，就是我帮忙阻止的那场打斗中的那个家伙，只不过这一次他穿的不是泳装，而是引人注目的黑色燕尾服。我们走近的时候，他抬头看着我们，明目张胆地打量我们。不过，他显然没有记起我。他忽视了我们，继续他的争论。不出所料，争论的话题正是莫里族的防卫。他支持让莫里族主动向血族发起进攻。

“难道你不明白什么是‘自杀’吗？”站在旁边的一个人问道。那个人有一头银白色的头发，留着浓密的胡子。他也穿着燕尾服，不过，相对来说，那个年轻的家伙穿起来比较好看些。“把莫里族

训练成战士，那将是我们种族的终结。”

“那不是自杀，”那个年轻的家伙大声喊道，“那样做是正确的，我们必须开始保护自己。学会战斗，学会使用我们的魔法才是我们最大的保障，而不是依赖护卫。”

“是没错，但是有护卫，我们就不需要其他的保障。”那个银白色头发的人说道，“你已经听到那些非贵族的人说了，他们自己没有护卫，所以他们当然害怕。但是，没有理由让他们拖垮我们，使我们的生命陷入危险之中。”

“那么就不要让他们这样做。”莉萨突然说道。她的声音很轻，但是那里的每一个人都停了下来，转而看着她。“你谈到莫里族学习怎样战斗的时候，说得好像是一件孤注一掷的事情。事实上并非这样，如果你不想去战斗，那么你就没有必要去。我完全可以理解。”那个人看上去稍微消气了。“可是，那是因为你可以依靠你的护卫，而很多莫里族却不能。如果他们想要学习自卫，那么就没有理由不让他们去学习了。”

那个年轻的家伙得意洋洋地朝着他的对手咧嘴笑了起来。“看到了吧？”

“可没那么简单，”银发男人反驳道，“如果这只是你们这些疯子想要去送死的话，那么没问题，尽管去吧。但是，你们去哪里学习那些所谓的战斗技能呢？”

“我们会靠自己的力量学会使用魔法，护卫会教我们实际的身体战斗。”

“是啊，看吧，我就知道会是这样。即使我们其他人没有加入到你的自杀性行动中，你还是想剥夺我们的护卫去训练你的伪装部队。”

那个年轻的家伙听到“伪装”一词的时候，不禁皱起了眉头，而我则想知道是否会有更多的拳头在挥动。“这是他们欠我们的。”

“不，他们没有。”莉萨说。

好奇的目光又转向她。这一次，是那个银白色头发的人得意洋洋地看着她，而那个年轻家伙的脸气得通红。

“护卫是我们拥有的最好的战斗力量。”

“他们确实是，”她同意地说，“但是那并不意味着你有权力让他们离开职守。”

听到这句话，那个银白色头发的人几乎是一副兴高采烈的表情。

“那么，我们应该怎样去学习呢？”那个家伙质问道。

“和护卫一样做。”莉萨告诉他，“如果你们想学习战斗，那么，到学校去。组成班级，像学员那样，从最初学起。那样，你就不用让护卫脱离主动的保护了。那里环境安全，而且那里的护卫是专门教学生的。”她若有所思地停了一下。“在那里，你甚至可以开始参加专门为莫里族学生设置的一部分标准防御课程。”

所有的人都惊讶地看着她，我也不例外。这是一个多么完美的解决方案啊，在场的每一个人都意识到了这一点。这个方案并没有百分百地符合双方的要求，但是在某种程度上满足了他们的大部分要求，却不会真正地伤害到任何一方。真正的天才！其他莫里族都惊奇且着迷地望着她。

突然间，每个人都开始谈论起来，都认为这是一个好主意。他们拉着莉萨加入了他们的谈话，很快，他们就慷慨激昂地继续讨论起了她的计划。渐渐地，我被挤到了边上，不过我觉得无所谓。于是，我完全撤了出来，走到门口附近的一个角落里。

我走过去的时候，经过一个端着一盘开胃小菜的服务员。我仍然觉得饿，我怀疑地看着那盘菜，好在没有看见任何东西像前几天看到的鹅肝酱。我指着一块看起来像是半熟的炖肉问道：“是鹅肝吗？”

她摇摇头。“是杂碎。”

听起来不错。于是，我准备伸手去拿。

“是胰脏。”有人在我身后这样说道。我猛然回过头去。

“什么？”我尖叫起来。女服务员把我的震惊当成了拒绝，然后向前走去了。

这时，艾德里安·伊瓦什科夫走进了我的视线，看起来非常高兴的样子。

“你在耍我吗？”我问，“杂碎是胰脏？”我不知道自己为什么会那么震惊。莫里族嗜血，怎么不会吃内脏呢？不过，我抑制住了颤抖。

艾德里安耸耸肩。“很好吃的。”

我厌恶地摇摇头。“天呐，有钱人真恶心。”

他看起来还是很开心。“你在这里做什么，拜尔小丫头？你在跟踪我吗？”

“当然不是，尤其是在你给我们带来那么多麻烦之后。”我不屑地说。他的穿着很完美，就像平常一样。

他露出一个令人着迷的微笑，尽管他让我那么烦恼，可我还是能感觉到那股想要靠近他的无法抑制的渴望。那到底是怎么回事呢？

“我可不知道。”他戏弄地说。他现在看起来神志完全正常，那天在他房间里看到的怪异的行为，并没有在他身上留下任何痕迹。他穿燕尾服比我迄今见过的任何一个人都要好看得多。“多少次了，我们总是见到对方？这一次是多少，第五次了吗？这已经看起来很可疑了。不过别担心，我不会告诉你的男朋友的，两个都不会。”

我张嘴想要抗议，接着想起他之前见过我和迪米特里在一起。我努力不让自己脸红。“可以说，我只有一个男朋友，而且或许不

再是了。不管怎样，没什么可说的，我根本不喜欢你。”

“是吗？”艾德里安问道，依然微笑着。他向我靠过来，好像有什么秘密要分享。“那你为什么擦我送的香水？”

这一下我真的脸红了，于是向后退了一步。“我没有。”

他大笑起来：“你有。你离开之后我点过那些香水，而且，我在你身上闻到了那股香水味，很不错，浓烈……但是依旧香甜，就像我清楚你心里真正的感觉一样。你知道吗？你做得很好。这样刚好增添了一种香气，而又不会掩盖掉你原本的气味。”他说“气味”的时候，语气让人觉得那是个肮脏的词。

贵族莫里族可能会让我不自在，但是看上我的那些自以为是的家伙却不会。我经常和他们周旋。我收起我的羞怯，并且清楚地记得我是谁。

“嘿，”我说着，把头发甩到后面去，“我完全有权利留下一瓶，毕竟你是送给我的。如果你以为拿走一瓶就意味着什么，那你就错了。什么意思也没有。只是，你或许更应该注意你那些钱倾倒的地方。”

“哦！伙计们，露丝·哈瑟微在这里开玩笑。”他停了一下，从经过的服务员的手上拿了一杯看起来像是香槟的饮料。“你想要一杯吗？”

“我不喝酒。”

“对呵。”艾德里安到底还是递给了我一杯，他拿了一杯香槟，然后让服务员离开了。我有一种感觉，这不是他今晚喝的第一杯酒了。“那么，听起来好像我们的瓦思莉萨挫了我爸爸的威风。”

“你爸爸……”我朝刚才那一小群人看过去。那个银白色头发的人还站在那里，使劲地做着手势。“那个人是你的爸爸？”

“我妈妈是这样说的。”

“你同意他吗？关于莫里族参加战斗等于自杀的说法。”

艾德里安耸耸肩，又喝了一口香槟。“对于那件事，我真的没有意见。”

“不可能！你怎么可能没有意见？”

“不知道。只不过不是我所关心的事情，我还有更有趣的事情要做。”

“比如跟踪我，还有莉萨。”我这样提示他。我还是想知道她为什么会在他的房间里。

他又笑了。“我跟你说过了，是你跟着我的。”

“是啊，是啊，我知道。五次……”我停了下来。“五次？”

他点点头。

“不对，只有四次。”我用空着的手一一列举出来。“第一次见面的那个晚上，在温泉浴场的那个晚上，然后就是我去你房间的那一次，最后就是现在，今天晚上。”

他的笑容变得神秘起来了。“既然你都这么说了。”

“我当然这么说……”我的话再度消失了。从某种程度上说，我和艾德里安还谈过一次话。“你不会是指……”

“指什么？”他露出一个好奇的、渴望的眼神。他的眼神里更多的是希望，而不是狂妄。

我吞了吞口水，回想起那一次梦境。“没什么。”我想都没想，就拿起了一杯香槟。我又感应到了从宴会厅的另一边传来的莉萨的所有感觉，平静且满足。很好！

“你在笑什么？”艾德里安问。

“我在笑莉萨还在那边，应付那帮人。”

“没什么好奇怪的。如果她想要吸引一个人，只要她稍稍用点儿心，完全可以做到，即使是讨厌她的人，也会被她吸引。”

我啼笑皆非地看着他。“我和你说话的时候就有那种感觉。”

“可是你不讨厌我，”他一边说着，一边喝完了他杯里的香槟，

“不算是真正的讨厌。”

“可我也不喜欢你。”

“你一直这样说。”他朝我靠近了一步，没有威胁，只是让我们之间看起来变得更加亲密了。“可是我不在乎这一点。”

“露丝！”

我母亲严厉的声音响彻空中，一些听到的人看了我们一眼。接着，我母亲气急败坏地朝我们走来了。

第十七章

CHAPTER 17

“你到底在这里做什么？”她质问道。在我看来，她的声音还是很大。

“没什么。我……”

“不好意思，伊瓦什科夫先生！”她怒吼道。然后，抓住我的手，好像我是一个五岁的小女孩一样，拉着我走出了宴会厅。香槟从杯子里面洒了出来，溅到了我的裙子上面。

“你到底在干什么？”一走到走廊上，我就朝她大声叫道。我悲哀地看着我的裙子。“这可是丝绸，你会毁掉它的。”

她把香槟酒杯抢过去，放在旁边的一张桌子上。“很好。或许这样就可以阻止你穿得像个廉价的妓女。”

“呃，”我震惊地说道，“你的话真刻薄。你怎么突然变得那么有母爱了？”我指着裙子。“这一点儿都不廉价。塔莎送给我的时候，你还觉得好呢。”

“那是因为我不希望你穿着它和莫里族待在一起，让自己丢人现眼。”

“我没有让自己丢人现眼。况且，一点儿也不暴露。”

“那么紧身的裙子，和完全暴露没什么区别！”她反驳道。当然，她穿的是护卫的一身黑衣服：特制的黑色亚麻裤和一件配套的上衣。她的身材还是凹凸有致的，但是都被衣服给掩盖住了。

“尤其是你和这样一群人在一起的时候。你的身体显得……很突出。而且，和莫里族调情对你并没有什么好处。”

“我没有和他调情。”

她的指控让我很生气，因为我觉得最近自己真的行为良好。过去，我常常和莫里族男人调情，当然还做其他事情，但是，经过与迪米特里的几次谈话和一次尴尬事件之后，我已经认识到了那是多么愚蠢的事情。拜尔族女孩真的要很小心莫里族男人，而且我现在一直记在心里。

我想起了一些小事。“再说了，”我嘲讽地说，“那不正是我应该做的吗？勾搭上一个莫里族，然后延续我的种族。你就是那样做的。”

她愤怒地看着我。“但不是在你这个年龄。”

“你当时只比我大几岁。”

“不要做傻事，露丝，”她说，“生孩子，你还太年轻，你没有任何这方面的生活经历，你甚至还没有过上自己的生活。那并不是你希望可以做到就能做到的事，你无法胜任这项工作。”

我有一种被侮辱的感觉，不觉抱怨道：“我们真的就要讨论这个了吗？我们怎么会突然从我所谓的调情谈到生孩子了呢？我没有和他上过床，没和任何人上过，即使有，我也懂得避孕。你为什么像对待小孩那样和我说话？”

“因为你的行为就像个小孩。”这句话非常像迪米特里对我说过的话。

我怒视着她。“所以，你现在要送我回房间去了？”

“不，露丝。”突然间，她看起来很累的样子。“你不需要回到

你的房间，但是也不要再回到那里去了。真希望你没有引起太多的关注。”

“你说得好像我在那里跳过脱衣舞，”我对她说道，“我只是和莉萨吃晚餐。”

“你会惊讶地发现什么会引发谣言，”她警告地说，“尤其是和艾德里安·伊瓦什科夫在一起。”

她说完，转身沿着走廊走去了。看着她离去的背影，我浑身都感到愤怒和怨恨。反应太过度了吧？我并没有做错任何事。我知道她对“卖血妓女”有偏执，但是，即使对她来讲，这样也太极端了。最糟糕的是，她是拖着我离开的，而且有一些人看到了。她还说不想让我引起太多的关注，结果她却把事情搞砸了。

刚才站在我和艾德里安旁边的几个莫里族走出了宴会厅，他们朝我这个方向看了看，然后窃窃私语地走过去了。

“真是谢谢你了，老妈！”我喃喃自语道。

我觉得很丢脸，于是怒气冲冲地朝着相反的方向走去，并不是很确定走向哪里。我朝着旅馆的后面走去，远离一切活动。

走廊终于到了尽头，但是，在左边有一扇门，通往一些楼梯。那扇门没锁，于是我顺着楼梯走上去，走到另一扇门前。让我高兴的是，那扇门通向的是屋顶上的一个小小的天台，一个看上去似乎没有多大的用处的地方。上面被皑皑白雪覆盖着，这时已经是清晨了，阳光灿烂地绽放着光芒，让一切都闪闪发亮。

我拂开一个像大箱子一样的物体上的积雪，那个物体看去像是通风系统的一部分。我不想去在意裙子，于是在上面坐了下来。我环抱着双臂，凝望着前方，欣赏着风景，看着我极少享受的太阳。

几分钟后，门被推开了，我吓了一跳。当我往回看，看见出现的是迪米特里的时候，我更加吃惊了。我的心开始怦怦乱跳。我把脸转过去，脑袋里乱糟糟的。他向我走来，靴子踩在积雪上

嘎吱作响。片刻后，他脱下他的长大衣，披在我的肩膀上。

他在我旁边坐下。“你一定冻坏了。”

的确，但我不想承认。“太阳出来了。”

他转过头去，看着湛蓝的天空。我知道，有时候他也和我一样想念太阳。“是啊。可是在这个隆冬时节，我们还在山上。”

我没有回话。一时间，我们惬意地静坐在那里。偶尔，微风吹起周围大片的雪花。对莫里族来说，现在还是夜晚，大多数人很快就会去睡觉了，所以滑雪道上很安静。

“我的生活是一场灾难。”我最终还是开口了。

“不是那样的。”他不假思索地说道。

“你是从宴会上跟着我过来的吗？”

“嗯。”他黑色的衣服表明他一定是在宴会上执行守护任务。

“我甚至不知道你在那里。所以，你也看到著名的珍妮把我拖出来引起的骚乱了。”

“没有引起骚乱，几乎没有人注意到。我之所以会看到，是因为我一直在看着你。”

我努力不让自己为此感到兴奋。“她不是这样说的，”我对他说，“对她而言，我还是一直待在角落里好。”

我向他重复了我们在走廊上的对话。

“她只是担心你。”在我说完后，迪米特里这样说道。

“她反应过度了。”

“有时候，母亲对孩子都是有过分保护欲的。”

我盯着他。“是没错，但是这可是我的母亲。而且她看起来也没那么有保护欲，真的。我觉得她是比较担心我会让她难看或者什么的。还说什么当母亲还太年轻，她说的这些话简直是愚蠢至极。我是不会做那样的事情的。”

“或许她不是说你。”他说。

我们又陷入了沉默。而我则惊讶得下巴都快要掉下来了。

生孩子，你还太年轻，你没有任何这方面的生活经历，你甚至还没有过上自己的生活。并不是你希望可以做到就能做到的，你无法胜任这项工作。

我母亲生我的时候已经20岁。长大以后，我总觉得那好像太老了。可是现在……对我来说只不过是相差几年的时间而已，一点儿都不老。她觉得太早生了我吗？她没能很好地养育我，仅仅是因为当时不懂事吗？我们之间的关系变成这样，她后悔过吗？还有是不是……是不是或许有可能她自己亲身经历过与莫里族男人在一起，然后人们就散播关于她的谣言？我遗传了她太多的外貌特征了。我是说，今晚我甚至注意到了她的身材原来那么好。她的脸蛋也很漂亮，我的意思是，相对一个接近40岁的女人来说。她年轻的时候一定特别漂亮……

我叹了口气，不愿意去想那些。如果我想了，我或许就要重新评价我与她之间的关系了，或许我甚至会承认我母亲是一个有血有肉的人，可是我已经有太多的关系要烦恼了。尽管莉萨好像不介意有一些变化，可她一直很为我担忧。我和曼森之间所谓的爱情也是一团糟的，然后，当然，还有迪米特里……

“我们现在没有在打架。”我脱口而出。

他瞟了我一眼。“你想要打吗？”

“不想。我讨厌和你打架——我的意思是口头地。如果在体育馆的话，我是不介意的。”

我想我看到了他脸上露出的不易察觉的微笑。对我，他总是露出淡淡的微笑，极少完完全全地笑出来。“我也不喜欢和你打。”他说。

坐在他身边，我惊讶于心里涌现出的温暖而又快乐的情绪。待在他身边，总会让我感觉那么好，总有一些东西打动我，而这

些是曼森无法给予的。我明白了，爱是不能强迫的，不管有没有。如果没有爱，你必须要承认；如果有，你就必须尽一切力量去保护你所爱的人。

我接下来说的话连我自己都感到震惊，一是因为那些话完完全全是无私的，二是因为我真的是认真的。

“你应该接受。”

他往后缩了一下。“什么？”

“塔莎的提议。你应该接受她的建议，这真的是一个很难得的机会。”

我想起我母亲说的关于准备好要孩子的话。我没有准备好，或许她也没有，但是塔莎已经准备好了，我知道迪米特里也准备好了。他们确实相处得很好，他可以成为她的护卫，和她生孩子……对他们来说是一件好事。

“我从来没想到会听到你这样说，”他对我说道，声音紧紧地绷着，“尤其是在……”

“尤其是在我变得如此下贱之后吗？是啊。”我拉紧他的大衣，挡住寒冷。大衣上有他的味道，令人陶醉，我可以想象自己正依偎在他的怀里。艾德里安应该对气味的力量很熟悉吧。“我说过了，我再也不想吵架了，我不想我们彼此讨厌。还有……嗯……”我紧紧地闭上眼睛，然后睁开。“不管我对我们之间有什么感觉……我只想要你快乐。”

我们再度陷入沉默。然而，我发现自己的胸口在发疼。

迪米特里伸出一只手揽住我的肩膀，将我拉向他，我把头倚靠在他的胸前。“露萨。”他只说了这么一句。

自从被欲望诅咒攻击的那个晚上以来，他是第一次真正地碰我。在训练室的那一次不一样……那一次更多的是肉欲上的冲动。这一次甚至与性欲无关，只是单纯地与你在乎的人靠在一起，只有一种充斥全身的默契。

迪米特里可能会跟塔莎走，可是我依旧会爱他。我可能会永远爱他。

我在乎曼森，但是，我可能永远不会爱他。

依偎在迪米特里的怀里，我叹了口气，真希望我可以永远这样依偎着他。和他在一起感觉很幸福，而且，无论想到他和塔莎会让我多么心痛，做一切对他最好的事就会让我感到幸福。现在，我知道不能再做一个胆小鬼了，是要做一些正确的事情的时候了。曼森说过我必须了解自己，而我刚刚了解了。

我不情愿地离开迪米特里的怀抱，把大衣还给了他，然后站起来。他不解地看着我，感觉到了我的不安。

“你要去哪里？”他问。

“去伤害某人的心。”我回答他。

再一次，我爱慕地看着迪米特里，看着他善解人意的黑眼睛和光滑柔软的头发，然后，往回走去。我必须向曼森道歉，告诉他我们之间再也不会有什么了。

第十八章

CHAPTER 18

我走回去的时候，高跟鞋开始令我的脚发疼了，于是我脱掉高跟鞋，赤脚穿过了旅馆。我没有去过曼森的房间，但是我记得他曾经提起过他的房间牌号，最后很容易就找到了。

我敲了门，片刻后，曼森的室友肖恩出来开门了。“嗨，露丝。”

我走了进去，环视着周围。电视上正在播着名人导购节目，夜间生活的一个不好的方面就是缺乏好的计划。空的汽水罐几乎散落一地，没有任何迹象表明曼森在房间里。

“他去哪里了？”我问。

他强忍住哈欠。“我还以为他和你在一起呢。”

“我一整天都没有见过他。”

他又打了一个哈欠，然后皱着眉头沉思起来。“早些时候，他把一些东西收拾进袋子里。我还以为你们打算偷偷跑去进行一场疯狂的浪漫之旅呢，去野餐什么的。嘿，裙子很漂亮。”

“谢谢。”我喃喃低语，感觉自己就要皱起眉头了。

收拾包裹？没有理由啊，没地方可去，况且，也无路可走，这个滑雪旅馆和学院一样守卫森严。当年莉萨和我也只是因为使

用了强迫术才离开这个地方的，可对我们来说，那仍然是一件令人头疼的事。但是，如果曼森不是要离开，那他到底为什么要收拾包裹？

我又问了肖恩几个问题，然后决定顺着这个可能性去找他，看起来似乎很疯狂。我找到负责安全和行程安排的护卫，他给了我几个护卫的名字。人们最后见到曼森的时候，正是他们在旅馆周围的边界值班的时候。大部分护卫的名字我都知道，而且现在大部分都下班了，因此很容易就找到了他们。

不幸的是，第一对护卫今天并没有在附近看到曼森。他们问我为什么想知道的时候，我含糊地应付过去了，然后匆忙离开了。名单上的第三个人叫艾伦，是经常在学院的低年级班工作的护卫。他刚刚滑雪回来，在门口卸下他的装备。我向他走去，他认出了我，朝我微笑。

"没错，我看见他了。"他说着弯下腰去拿他的靴子。

我整个人松了口气。直到那时，我才意识到我原来是那么的担心。

"你知道他现在在哪儿吗？"

"不知道。他和艾迪·卡瑟迪尔……还有，叫什么名字来着，瑞诺蒂家的女孩，我让他们从北门出去了，自那以后就没再见过他们。"

我盯着他看。艾伦继续解开他的滑雪板，好像我们在讨论滑道的情况。

"你让曼森和艾迪……还有米亚出去了？"

"是啊。"

"呃……为什么？"

他卸完装备了，回头看着我，他脸上的表情有点儿开心，又

夹杂着困惑。“因为他们叫我让他们出去。”

一股冷冰冰的感觉开始蔓延到我的全身。我找出和艾伦一起看守北门的另一个护卫的名字，并且立刻找到了他。那个护卫给了我同样的答案。他让曼森、艾迪还有米亚出去了，什么也没有问。他也像艾伦一样，并不觉得那有什么不妥。他看起来几乎是一脸茫然的样子。我以前看过那样的茫然表情，那是莉萨在人们身上使用强迫术的时候，人们所出现的表情。

特别是在莉萨不想别人那么清楚地记住一些事情的时候，我就看过那样的情形。她可以隐藏他们的记忆，或者是全部抹掉，又或者是以后再让他们忆起。然而，她的强迫能力太强了，以至于她会让人们完全忘记。而他们两人仍然有一些记忆，就意味着是某些不是很擅长使用强迫术的人对他们使用了此术。

某些人，例如，米亚。

我不是容易晕倒的那种人，可是就在那一瞬间，我感觉好像我会晕倒下来。整个世界开始天旋地转，我闭上眼睛，然后深深地吸了一口气。当我重新睁开眼睛的时候，周围已不再旋转了。很好，没问题，我会把这件事理清楚。

曼森，艾迪，还有米亚在今天早些时候离开了滑雪旅馆。不仅如此，他们是使用了强迫术才得以离开的，那是完全被禁止的。他们没有告诉任何人。他们是从北门出去的。我看过滑雪旅馆的地图：北门守着一条车道，连接这个地区唯一的一条半主干道，一条小公路通向一个12英里以外的小镇。曼森提起过那个小镇上有公共汽车。

到斯波坎市去！

斯波坎市，那群行踪不定的血族和他们的人类搭档有可能活动的地方。

斯波坎市现在是曼森可以实现他关于杀死血族的所有疯狂梦想的地方。

斯波坎市，是因为我他才会知道的地方。

“不，不，不。”我喃喃低语，几乎是跑向了我的房间。

回到房间里，我脱掉裙子，换上了厚重的冬衣：靴子，牛仔裤，还有毛衣。随后抓起大衣和手套，匆忙地赶到门口，然后停了下来。我差点儿不假思考就要采取行动了，我到底要做什么？显然，我必须告诉其他人……可是这样会给那三个人带来很多麻烦。这样也会让迪米特里知道，我到处和别人说关于血族在斯波坎市的消息，而那是他为了表示尊重我的成熟，私下告诉我的。

我看了看时间，如果我此时离开旅馆的话，旅馆周围的人需要一段时间才会发现我们不见了。

几分钟后，我发现自己在敲克里斯蒂的门。他开了门，一副昏昏欲睡的样子，和往常一样玩世不恭。

“如果你是为了她来向我道歉的，”他傲慢地对我说，“你可以直接说……”

“哦，闭嘴！”我不耐烦地说道，“这件事不是关于你的。”

我犹豫了一下，然后一五一十地向他说明了情况。即使是克里斯蒂，对此也没有一个机智的反应。

“那么……曼森，艾迪，还有米亚是去了斯波坎市追捕血族了？”

“没错。”

“老天！你为什么没有和他们一起去？这听起来像是只有你才会做的事情！”

我抑制住揍他的冲动。“因为我没有疯掉！但是，我打算在他们做出一些更愚蠢的事之前找到他们。”

这下子，克里斯蒂明白怎么回事了。“你需要我做什么？”

“我必须离开滑雪旅馆。他们让米亚对守卫使用了强迫术。我需要你做同样的事，我知道你练习过。”

“我是练习过，”他承认道，“但是……嗯……”有史以来第一次，他看起来很窘迫。“我不是很擅长使用，而且对拜尔族使用几乎是不可能的事。莉萨比我，或者可能比任何一个莫里族都强上百倍。”

“我知道，但是我不想让她惹上麻烦。”

“但是，如果是我，你就不会在意了？”他气哼哼地说。

“是的。”我耸耸肩。

“你真够阴险，你知道吗？”

“是，事实上，我知道。”

就这样，五分钟后，他和我正朝着北门走去。太阳缓缓地升起来了，所以大多数人都在旅馆内。这是一件好事，我希望这样会让我们更容易地逃出去。

笨蛋，笨蛋，我不断地想着。这样是会把事情完全弄砸的。曼森为什么会这样做？我知道他完全有想要自发行动的疯狂态度……而且关于护卫对最近发生的袭击不采取任何行动这件事，看起来确实令他很失望。但是……他精神有那么失常吗？他应该知道这是多么危险的事。是不是因为……因为我拒绝和他上床那件事让他太伤心了，所以他才会失去理智？这真的足以让他这样鲁莽行事，还拖上米亚和艾迪？无论去哪里，艾迪都会跟着他，而米亚几乎和曼森一样偏激，她想要杀死世界上的每一个血族。

然而，先撇开这些问题不说，有一点儿是绝对清楚的，那就是我告诉了曼森血族在斯波坎市。说到底，这是我的错，如果不是我，就不会发生这种事情了。

“莉萨通常是看着别人的眼睛，”我们向出口走去的时候，我教克里斯蒂怎么做，“而且，说话的时候语气要保持镇定，其他的我就不知道了。我的意思是，她也非常集中精神，所以试一下，专注于将你的意志强加在他们身上。”

“我知道，”他不耐烦地说道，“我看过她怎么做。”

“很好，”我也不耐烦地顶回他，“我只是想帮忙而已。”

我眯起眼睛向前看去，看见只有一个护卫守在门口，真是天助我也！现在正是护卫们交班的空档期。太阳出来了，血族造成的危险解除了。护卫还要继续履行职责，不过可以稍微放松一点儿。

看到我们的出现，值班的那个护卫似乎并没有很震惊。“你们这些孩子在这里做什么？”

克里斯蒂紧张地吞了吞口水，我可以看到他脸上绷得紧紧的线条。

“你会让我们走出大门的，”他说。一丝紧张让他的声音有些颤抖，但是除此之外，他的声音非常像莉萨舒缓的声音。不幸的是，这对护卫没有任何作用。就像克里斯蒂之前所说的，他在护卫身上使用强迫术几乎是不可能的事。看来米亚还真是幸运。那个护卫朝着我们笑了。

“什么？”他问道，很明显被克里斯蒂的话逗乐了。

克里斯蒂又试了一次。“你会让我们走出大门的。”

那个护卫的笑容只是褪去一点点儿，我看见他惊讶地眨着眼睛。他的眼睛并没有像莉萨的受害者那样目光呆滞，但是克里斯蒂做得足以暂时迷惑他了。不幸的是，我当时就看得出来，那并不足以让他放我们出去，并且忘记这回事。幸亏我受过训练，知道如何不必使用魔法就强迫别人。

在他的岗位旁边放着一把巨大的手电筒，两英尺长，几乎有

七英镑重。我抓起手电筒，朝着他的后脑勺砸去。他闷哼了一声，然后倒在了地上。他几乎没有看见我靠近他，尽管我刚才的行为很恐怖，我却有点儿希望我的任何一个导师能在这里亲眼看到，然后给我这样了不起的表现打分。

“天啊！”克里斯蒂大声叫嚷道，“你刚刚袭击了一个护卫。”

“是啊。”这样就可以把那三个家伙带回来，而且谁也不会惹上麻烦。“我不知道原来你的强迫术那么烂。后果我自负，谢谢你的帮忙。你应该在下一次交班之前回去。”

他摇摇头，皱起了眉头“不，我要和你一起去。”

“不行，”我劝说道，“我只需要你帮我出大门。你不必为了这件事而惹上麻烦。”

“我已经惹上麻烦了！”他指着躺在地上的护卫说，“他看见我的脸了。不管怎样，我都惹上大麻烦了，所以我还是帮你挽回局面吧，别再喋喋不休想让我改变主意了。”

于是，我们匆匆离开了，我最后愧疚地看了一眼那个护卫。我很确定没有下手很重，不会给他带来切实的伤害，而且太阳已经出来了，他不会被冻僵或者怎样。

在公路上走了大概五分钟后，我就发现我们遇到了一个问题。尽管有东西遮盖住，还戴了太阳眼镜，但克里斯蒂还是被太阳晒伤了。这让我们的速度慢了下来，然而，不用多久就会有人发现被我砸晕的护卫，很快就会有人追来。

一辆不是学院里的车出现在我们的后面，于是，我做了一个决定。我一点儿也不赞成搭便车，即使是像我这种人也知道那有多危险。但是，我们必须尽快赶到小镇上，于是我试着说服克里斯蒂搭乘便车。而且我告诉克里斯蒂，如果有任何令人讨厌的人跟踪，并试图干扰我们，我都可以对付。

幸好，车停下来的时候，我们看到的只是一对中年夫妇，看起来更多的是关心我们。“你们两个孩子还好吗？”

我用拇指指着后面。“我们的车滑离了路面。我们能搭个便车到镇上去吗？这样我就可以给我爸爸打电话了。”

我成功了。15分钟后，他们在一个加油站把我们放下。事实上，要摆脱他们有点儿麻烦，因为他们非常想帮我们。最后，我们终于让他们相信我们会没事的。然后，我们走过几条街去了公共汽车站。和我想的一样，这个小镇没有真正提供出行的交通枢纽。为这个小镇服务的有三条路线，两条通往其他滑雪场，另外一条通往爱达荷州的刘易斯顿。在刘易斯顿，可以去其他地方。

我有点儿希望我们在曼森他们坐的公车到达之前，抢先他们一步到达那里。这样，我们就可以顺利地把他们拉回去了。不幸的是，这里根本就没有他们的踪影。售票台上的那个愉快的女人知道我们在说谁，她确定他们三个都买了经由刘易斯顿到斯波坎市的车票。

“该死的！”我说道。那个女人听到我的话的时候，扬起了眉毛。我转向克里斯蒂，问道：“你带钱买车票了吗？”

一路上，克里斯蒂和我都不怎么说话，除了我告诉他关于莉萨和艾德里安之间的事，他一直表现得像一个白痴。我们到达刘易斯顿的时候，我终于把他说服了，这还真是一个小奇迹。在去斯波坎市的路上，他一直在睡觉，可是我睡不着。我不断地想着，这件事全是我的错。

我们到达斯波坎市的时候已经是傍晚了。我们问了一些人，最后终于有人知道迪米特里提到过的购物中心在哪里。那个购物中心离车站很远，不过可以走去。坐了将近5个小时的公共汽车，我的腿都僵硬了，所以我想运动一下。太阳还有一会儿才下山，不过已经西沉了，阳光对吸血鬼的伤害减少了，因此克里斯蒂也不介意走路去。

同往常一样，我一旦处于安静的状态下，就习惯进入莉萨的脑海里。这一次我让自己进入她的脑海是因为我想知道滑雪旅馆现在的情况。

“我知道你想保护他们，但是我们必须知道他们去了哪里。”

在我们的房间里，莉萨坐在床上，迪米特里和我母亲正盯着她看。刚才是迪米特里在说话。从莉萨的眼睛里看他真有趣，她对他有一种喜爱的尊重，与我经常经历过的急速转变的强烈情感很不一样。

“我跟你说过了，”莉萨说，“我不知道。我不知道到底发生了什么事。”

她心里非常担心我们，也对我们感到失望。看到她那么担忧，我心里很难过，但是与此同时，我很高兴没有把她牵扯进来。因为我知道她无法报告她不知道的事情。

“我无法相信他们没有告诉你他们去哪里了，”我母亲说，她的话听起来很平静，但是她的脸上充满了担忧，“尤其是你们有……心灵感应。”

“心灵感应只能单方面起作用，”莉萨难过地说，“你是知道的。”

迪米特里跪了下来，这样他就可以和莉萨平高了，他看着她的眼睛。他几乎必须这样做才能看到别人的眼睛。“你确定没有什么吗？真的没有什么可以告诉我们的吗？他们不在镇上，汽车站的工作人员没有看见他们……可是我们很确定他们去过那里。我们需要一些线索……任何去找到他们的线索。”

汽车站的工作人员？又一次天助我也！卖票给我们的那个女人一定是回家了，她的替班不知道我们。

莉萨紧紧地咬着牙，生气地看着他。“如果我知道的话，你以为我会不告诉你吗？你以为我不担心他们吗？我完全不知道他们去了哪里，一个也不知道。而且，甚至他们为什么离开……也根本不知道理由。尤其是，在所有人当中，他们为什么偏偏和米亚一起不见了。”一阵心痛由心灵感应传来，她心痛是因为我们做这件事的时候没有带上她，不管我们做的是多么坏的事情。

迪米特里叹了口气，往后靠回他的脚踝上。从他脸上的表情看来，他显然相信她了。同样很明显地，他很担心，他的担心不仅仅是因为职责的关系。看到他脸上的担忧——对我的担忧，我的心也被焦虑吞噬了。

“露丝？”克里斯蒂的声音将我带回到了自己的身体里，“我想，我们到了。”

购物中心的前面是一个广阔的露天广场。主楼的一角是一间咖啡厅，咖啡桌都摆到了露天区域。在综合区域，人们不断地进进出出，尽管现在是傍晚，但还是很繁忙。

“那我们要怎样找到他们？”克里斯蒂问。

我耸耸肩。“或许我们假装成血族，他们就会攻击我们。”

他的脸上露出一个不太情愿的微笑。他并不想承认，但是他的确觉得我的笑话很有趣。

我们走了进去。同任何一个购物商场一样，里面都是熟悉的营业区。我还自私地想，如果我们能很快找到那三个家伙，那么还能有时间去逛一下。

克里斯蒂和我在商场的长廊上兜了两圈，却看不到我们朋友的踪影，也没看到任何类似的隧道。

“我们或许来错地方了。”我最后说。

“或者是他们，”克里斯蒂说道，“他们可能去了别的地方……等一下。”

他指着前方某处，我顺着他的手指着的方向看去。那三个叛徒坐在美食广场中央的一张桌子旁，一副很沮丧的样子。他们看起来那么凄惨，我几乎要为他们感到难过了。

“真希望我现在有一台相机。”克里斯蒂说道，幸灾乐祸地笑着。

“一点儿也不好笑。”我对他说道，然后朝着那三个家伙走去。在心里，我不由得松了一口气。他们显然还没有发现任何血族，现在全部都还活着，或许我可以在他们惹上更大的麻烦之前把他们带回去。

我差不多走到他们身边的时候，他们才注意到我。艾迪突然抬起头，惊讶地问道：“露丝？你在这里做什么？”

“你们是不是疯了？”我冲着他们喊道，惹得旁边的几个人惊讶地看着我们。“你们知道你们惹上了多大的麻烦吗？知道你们让我们惹上了多大的麻烦吗？”

“你到底是怎样找到我们的？”曼森压低声音问道，不安地环顾着四周。

“你们根本就不是合格的犯罪主谋，”我对他们说，“在车站的时候，就已经有人泄露了你们的行踪。还有，我知道你们是想要去进行那毫无意义的血族追捕行动。”

曼森看着我的表情表明他依然不是很开心和我待在一起。然而，却是米亚回答了我的话。

“不是毫无意义的。”

“哦？”我质问道，“那你们杀死了一个血族吗？你们发现了任何一个血族吗？”

“没有。”艾迪承认道。

“很好，”我说，“这一次算你们走运了。”

“你为什么那么反对杀死血族？”米亚怒气冲冲地说，“你参加训练不就是为了这个吗？”

“我参加训练是为了正常的任务，而不是像这样幼稚的愚蠢行为。”

“这不是幼稚，”她叫喊道，“他们杀了我妈妈，而那些护卫却什么也不做，甚至他们的消息都是错误的，隧道里根本就没有血族，很可能整座城市里面都没有。”

她的话引起了克里斯蒂的注意。“你们找到了隧道？”

“是啊，”艾迪说，“不过就像她说的，都是被废弃的隧道。”

“我们走之前应该去看看，”克里斯蒂对我说，“那一定很酷，如果消息有误的话，就没有危险了。”

“不行，”我厉声说道，“我们要回去，现在就动身。”

曼森看起来很累的样子。“我们打算在城里再找一遍，即使是你也不能让我们回去，露丝。”

“我是不能，但是学校的护卫们可以，如果我打电话告诉他们你们在这里。”

不管把这个叫做威胁还是告密，效果都是一样的。他们三个人看着我，好像我刚刚同时揣上了他们的肚子。

“你真的要那样做吗？”曼森问，“你要像那样出卖我们吗？”

我揉揉眼睛，严重地怀疑为什么我会在这里试图发出一个理智的声音。那个从学校逃出去的女孩去哪里了？曼森说得对，我变了。

“这不是出不出卖的问题，而是想要保住你们这些家伙的性命。”

“你以为我们就那么软弱无能吗？”米亚问，“你以为我们马上就会被血族杀掉吗？”

“没错，”我说，“除非你找到方法将水当武器使用。”

她的脸红了起来，没有再说什么。

“我们带了银棒。”艾迪说。

真是令人难以置信！他们一定是偷来的。我哀求地看着曼森。“曼森，拜托了，放弃吧，我们一起回去吧。”

他久久地看着我，最后，叹了口气。“好吧。”

艾迪和米亚看起来惊呆了，看来曼森在他们当中充当着一个领导的角色，没有他，他们就失去了积极主动性。米亚好像最难过，这让我对她感到很愧疚。她几乎没有真正的时间去为她的妈妈感到伤心，她只是直接利用报仇这件事来忘却她的伤痛。我们回去后，她还有很多事情要处理。

克里斯蒂还是很兴奋地想去地下隧道看个究竟。就他把所有的时间都花在了一个阁楼里而言，我本不应该对他的兴奋感到这么惊讶。

“我看过时间表了，”他对我说，“在下一班车来之前，我们还有一点儿时间。”

“我们不能走进血族的藏身处。”我一边辩驳，一边朝着商场的门口走去。

“那里没有血族，”曼森说，“里面全都是清洁之类的东西，没有什么可疑的迹象。我真的觉得护卫获得的信息是错误的。”

“露丝，”克里斯蒂说，“让我们去看看有没有什么有趣的事情吧。”

他们全都看着我，我感觉自己像一个正在杂货店里的妈妈，不肯给自己的孩子买糖果。

“好吧，就这么办吧。不过，只是去看一眼。”

那三个人领着克里斯蒂和我走到商场的另一端，穿过一扇上面写着“非工作人员不得入内”的门。我们躲过几个门卫，然后溜过另一扇门，门后是通往下面的楼梯，我们顺着楼梯走了下去。一瞬间，我就有一种似曾相识的感觉，想起了去参加艾德里安的温泉晚会的时候也是沿着这样的楼梯往下走的。只不过这里的楼梯比较肮脏，而且非常臭。

我们到达了地底下。并不是什么隧道，而是一条狭窄的走廊，结满了污垢的水泥块成排地堆着。墙壁上零星地挂着难看的荧光灯。走廊向我们的左右两边延伸，周围摆放着一箱箱普通的清洁和电器用品。

“看见了吧？”曼森说，“无聊。”

我指着每一个方向。“下面都是什么？”

“什么也没有，”米亚叹着气，“我们会带你去的。”

我们向右边走去，发现那里也一样。当我们走过一面墙的时候，我开始同意他们的评价，也觉得无聊了。那面墙上写着一些黑字，我停了下来，看着那些字。那是一长串字母。

D

B

C

O

T

D

V

L

D

Z

S

I

有一些字母旁边还画着一些线条和 × 标记，但是那些信息大部分都是没有逻辑的。

米亚注意到了我在仔细地观察。“可能是门卫画的，”她说，“或者是一些闲杂人等留下的。”

“可能吧，”我说着，依旧在研究那些字母。其他人不安地动了动，不明白我为什么会对一堆字母那么着迷。我也不明白自己的着迷，但是，我的脑袋里有一些东西拉着我停留在那里。

然后，我弄明白了。

B代表巴蒂卡，Z代表捷克洛斯，I代表伊瓦什科夫……

我紧紧地盯着那些字母。每一个贵族家族名字的首写字母都在里面。有三个以字母D开头的名字，但是根据顺序，实际上你可以依照家族大小的顺序来读这一份名单。从比较小的家族开始，多格米尔、巴蒂卡、肯特，一直到庞大的伊瓦什科夫家族。我不明白字母旁边的破折号和线条是什么意思，但是我很快就注意到了旁边有 × 记号的名字：巴蒂卡和多茨多夫。

我退离墙边。“我们得离开这里，”我说，我被自己的声音吓了一跳，“马上！”

其他人惊讶地看着我。“为什么？”艾迪问，“怎么了？”

“迟点儿我会告诉你的。我们只是必须离开。”

曼森指着我们前进的方向。“从这里出去，可以到达几条街之外了，比较接近车站。”

我盯着前面未知的黑暗。“不，”我说，“我们沿着原来的路走回去。”

往回走的时候，他们全都看着我，好像我疯了，但是没有人再质问我。我们从商场的前面出来的时候，看到太阳还没有沉下去，尽管太阳已经缓缓地朝着地平线落了下去，橘红色的光芒正投射在建筑物上，但我还是松了一口气。在我们真的会遇见血族的危险来临之前，太阳的余辉还足以让我们赶回汽车站。

现在，我知道血族确实在斯波坎市——迪米特里的消息没有错。我不知道那份名单有什么意思，但是，很显然与那两次袭击有关。我必须马上向其他护卫报告，而且在我们安全地回到旅馆之前，我必然不能告诉其他人我的发现。如果曼森知道我发现了什么，他很有可能会回到隧道里去。

在走回车站的路上，我们大多数时间都陷入了沉默中。我想，我的心情吓到其他人了。即使是克里斯蒂，好像也说不出那些冷嘲热讽的话了。我的心里乱糟糟的，我不断地审视自己在这一切事情中的角色，愤怒和愧疚的情绪在心里面不断交替着。

突然，艾迪在我的前面停了下来，弄得我差点儿撞上了他。他环顾着周围。“我们现在在哪里？”

我猛然从自己的思绪中清醒过来，也环视了一下周围。我记不住这些建筑物。“该死的，”我大声喊道，“我们迷路了吗？难道没有人记得我们来时的路吗？”

这个问题很不公平，因为我也没注意，但是我的脾气让我失去了理智。曼森看了我一会儿，然后指着一边。“这边。”

我们转过去，朝着两座楼房之间的一条狭窄小巷走去。我觉得我们又走错路了，但是我确实没有更好的想法。我也不想站在那里争论。

还没走多远，我就听到引擎和轮胎划过的刺耳的声音。米亚正走在路中央，在还没有看清楚到底发生了什么之前，我的保护本能就发生了条件反射作用。我抓住她，把她拉到旁边，面对着楼房的一堵墙。男孩子们也做出了同样的反应。

一辆装有深色玻璃窗的灰色大货车出现在拐角处，正朝着我们的方向开过来。我们紧紧地靠在墙边，等着它开过去。

只是它并没有开过去。

那辆货车紧急刹车，就在我们的面前停了下来，车门被推开了。三个强壮的大汉从车里跳了出来，我又一次警惕起来了。我不知道他们是谁，或者他们想要干什么，但是很明显他们并不友善。这是我所知道的。

其中一个人向克里斯蒂走去，我马上走向前，一拳向他打去。那个家伙几乎没有动摇，但是，我想，他显然完全感受到了那一拳的冲击，而且显得很惊讶。他可能没有想到像我这样矮小的人能够产生这么大的威胁。他不再理睬克里斯蒂，转而向我走过来。我瞥见曼森和艾迪正在与其他两个人对峙。事实上，曼森已经拿出了他偷来的银棒。米亚和克里斯蒂就站在那里，吓呆了。

袭击我们的人大多数的时候都依赖于他们庞大的躯体。他们不像我们，学过攻防技术。另外，他们是人类，而我们拥有拜尔族的力量。可不幸的是，我们处于劣势，我们被围困在墙边。我们没有退路。最关键的是，我们就要失去一些东西了。

比如，米亚。

那个正在和曼森对峙的家伙似乎也意识到了这一点。他绕过了曼森，从而抓住了米亚。

我只看到他的枪膛口前的消焰器紧紧地指着她的脖子。我绕过自己的对手，朝着艾迪大声喊，让他停下来。我们都是经过训练要对这类命令立即做出反应的，他停止了攻击，诧异地看着我。当他看见米亚的时候，脸一下子变苍白了。

不管他们是谁，我只想用拳头继续揍这些家伙，但是我不能冒险让那个人伤害米亚，而且，他也清楚这一点，他甚至不用做出威胁。他是人类，但是他非常清楚我们必须竭尽全力保护莫里族。在很小的时候，学员中流传的一种说法就深深地印在我们的心里：他们是唯一重要的。

每个人都停了下来，来回看着我和那个人。显然，在这里，我们都是双方公认的领导者。“你想怎么样？”我严厉地问道。

那个人更加用力地用枪压紧米亚的脖子，她小声地哭了。虽然她一直说要战斗，但是她比我还要娇小，能力也远远不及我的强。而且，她害怕得不能动弹了。

那个人斜着头指向货车开着的门。“我想要你们进去。不要惹麻烦，如果你不听话，她就会没命。”

我看着米亚，又看了看那辆货车和我其他的朋友，然后又看向那个人。该死的！

第十九章

CHAPTER 19

我讨厌变得无能为力，我讨厌束手就擒。在小巷里发生的一切根本就不算是真正的战斗。如果那是……如果我是被打倒投降的……那么，我或许能够接受。或许吧。但我是不会被打倒的。我几乎还没有动手呢。可是，我却乖乖地走了过去。

他们一让我们坐在货车的车厢里，就用弹性手铐把我们的手绑在身后。那弹性手铐是系在一起的塑料带，绑得紧紧的，就像是金属制品。

之后，一路上我们几乎都沉默地坐在车里。那些人偶尔会彼此咕哝几句话，声音太轻了，不让我们任何一个人听见。克里斯蒂或者米亚可能听得清楚他们的话，但是他们无法向我们三个人传达任何信息。米亚看起来还是和在小巷里的时候一样惊恐，然而，克里斯蒂的恐惧很快就被他典型的傲慢的愤怒代替了，但是，连他也不敢对旁边守着的人轻举妄动。

我很高兴克里斯蒂能够自我控制。如果他不规矩一点儿，我一点儿也不会怀疑那些人会打他，而且，不管是我还是其他学员，都无法制止他们。那才是真正让我着急的事情。保护莫里族的

本能已经深深地印在了我的心里，我甚至不能停下来担心一下自己。克里斯蒂和米亚才是重点，我必须让他们从这场混乱中脱身。

然而，这场混乱是如何开始的？这些人到底是谁？这是一个谜。他们是人类，但是我不相信片刻间一群拜尔族和莫里族就这样无缘无故地被绑架了。我们一定是被盯上了。

绑架我们的人并不打算蒙住我们的眼睛，或者隐藏我们的线路，我觉得这不是一个好的迹象。他们觉得我们不够了解这座城市，不会沿路返回去吗？抑或是，他们认为无关紧要，因为不管他们把我们带到哪里去我们都不会离开？我所能感觉到的就是货车正在离开市中心，驶向比较偏远的郊区。斯波坎市和我想象中的一样沉闷。不像有洁白的雪花飘飞的地方，这里的街道上到处都是泥泞的灰黑色的水坑，草坪上布满了肮脏的土坑。这里常青树的数量比我习惯看到的要少很多，相比之下，那些参差不齐的、光秃秃的阔叶树好像只剩下树干了。这些树只会增加不祥的预感。

感觉好像还不到一个小时，货车就转向一条寂静的死巷，然后驶向一座非常普通，但是很大的房子。其他房子坐落在附近，房子的样式和郊区普通的房子一样，这给了我们希望。或许我们可以向住在附近的人寻求帮助。

车子驶进了车库，车门被拉下后，那些人把我们引进了房子里。房子里面看起来更加有趣，有古玩、爪形沙发、椅子、一个巨大的海水养鱼缸、两把剑交叉着挂在壁炉的上面，还有一幅愚蠢的现代艺术油画，画布上只有几根线条。

以我喜欢具有破坏性的东西的个性，我很想仔细研究一下那两把剑，但是我们的目的地不是主楼层。我们被带到了一个狭窄的楼梯口，往下走到了一个地下室，它和上面的一层楼一样大。

不像主楼层上开阔的空间，地下室被划分成了一系列的厅室和封闭的门，就像一个老鼠的迷宫。绑架我们的人毫不犹豫地领着我们穿过去，进到一间小房间里，那间房是混凝土地面，墙壁是未经粉刷的干板。

里面有几张破旧不堪的木椅，椅背是使用板条做成的，一看就知道是为了方便绑住我们的手。那些人是这样安排我们的位子的，米亚和克里斯蒂坐在房间的一头，剩下我们这些拜尔族坐在另一头。一个家伙——显然是他们的领导——仔细地看着他的一个心腹用新的弹性手铐绑住艾迪的手。

“他们这些人，你们尤其需要看好了，”他一边警告，一边朝着我们点头，“他们会反抗的。”他的眼睛首先看着艾迪的脸，然后是曼森的，最后落在我的脸上。他和我紧紧地对视了一会儿，我皱着眉头愤怒地瞪着他。然后，他又转过去看着他的同伴。“尤其要看紧她。”

他满意地看到我们全都被绑住之后，用粗暴的声音又向其他人发出几个命令，然后离开了房间，把门重重地甩在他的身后。他走上楼梯的时候，脚步声回荡在房子里面。不一会儿，又恢复了安静。

我们坐在那里，面面相觑。几分钟后，米亚小声地哭了起来，然后开始说话了。“你们打算要……”

“闭嘴！”其中一个人咆哮道，然后警告地向米亚靠近一步，她吓得脸色苍白，往后缩去，但是看起来仍然好像有话要说。我看着她的眼睛，向她摇摇头。她没有再开口，眼睛睁得大大的，嘴唇有些颤抖。

没有什么事情比等待以及无法预知将会在你身上发生什么事情更糟糕了。你自己的想象可能比任何一个绑匪都要残酷。自从

看守我们的那些人不再对我们说话，或者不会告诉我们接下来会遭遇什么事情之后，我便幻想着各种各样的恐怖的场景。那些枪是明显的威胁，而我发现自己竟然在思考着如果挨了子弹会是怎样的感受，大概会很痛吧。他们会朝哪里射击呢？射向心脏还是头呢？那样的话，我很快就会死掉了。但是如果射向其他地方呢？比如射在肚子上？那样应该会慢慢痛到死吧。想到会因为流血至死，我不禁浑身颤抖。想到那些血，我又想起了巴蒂卡的房子，或许我们的喉咙会被撕裂。

当然，我不禁好奇我们为什么都还活着。很明显，他们想从我们身上得到一些东西，但那是什么呢？他们没有在我们身上打听消息，而且，他们是人类。人类把我们抓来，想要做什么呢？

通常情况下，我们最害怕的人类就是那些疯狂的杀手，或者是那些想要用我们做实验的人。可是，这些人看起来两种都不是。

那么，他们到底想要什么呢？为什么我们会在这里？一遍又一遍，我想象着更加可怕的命运。我那些朋友脸上的表情说明，我并不是唯一会想象这些未曾有过的痛苦的人。房间里充斥着汗水与害怕的气息。

我失去了时间的概念，当楼梯上响起脚步声的时候，我突然从胡思乱想中惊醒了过来。绑匪的头目走进了房间，其他人站直了身体，紧张笼罩着他们。噢，天啊！我明白，终于来了。我们一直在等待的东西终于来了。

“是的，先生，”我听见绑匪头目这样说道，“他们在里面，正如你想要的那样。”

终于，我明白过来了，那人是绑架我们的幕后主使。我全身都恐慌起来。我必须逃出去。

“让我们出去！”我一边大声喊道，一边紧紧地扯着绑在手上

的弹性手铐，“让我们出去，你这个混蛋……”

我停了下来，心里感到束手无策，我的喉咙变得干燥起来，我的心脏像要停止跳动了。看守的绑匪带了一个男人和一个女人回来，我认不出他们是谁。不，我认出了，他们是……

……血族！

形象地说，是真的、活生生的血族。突然，一切都凑到了一起。不仅仅斯波坎市的报告是真的，我们所害怕的——血族和人类合作——也是真的。这改变了一切。白昼不再安全了，我们谁也不再安全了。更糟糕的是，我知道这些家伙一定就是那些行踪不定的血族，是在人类的帮助下袭击了两个莫里族家庭的血族。那些恐怖的记忆又一次回到了我的脑海里：遍地的尸体和鲜血。胆汁涌到了我的喉咙里，我努力将思绪从过去拉回到目前的处境中，然而，这样并不会比较令人安心。

莫里族有白皙的皮肤，很容易变红和被烧伤。但是这些吸血鬼的皮肤是粉白的，看起来就像是低劣的化妆效果。他们的瞳孔里有一个红色的圈，让人一看就能明白他们是什么样的怪物。

实际上，那个女人让我想起了纳特丽，她就是我那个被她的父亲说服并变成血族的可怜朋友。我花了几分钟才想出她们的相似之处，因为她们看起来完全不一样。这个女人很矮，可能成为血族之前是人类，棕色的头发，经过劣质的挑染。

这时我突然明白，这个血族是新手，差不多就像纳特丽那样。直到我将她和那个血族男人相比较，一切才渐渐明显起来。那个血族女人的脸上还有一点儿生命的迹象，但是他的却是一张充满死亡气息的脸。

他的脸上完全没有一丝温度，或是温和的情绪。他的表情看起来冷酷而又老谋深算，还带着一丝恶毒的乐趣。他和迪米特里

一样高，苗条的身材表明他在变成血族之前是一个莫里族。齐肩的黑发贴着他的脸，在大红色的衬衫下显得很醒目。他的眼睛是黑褐色的，如果没有那个红圈，几乎不可能分辨得出来哪里是瞳孔，哪里是虹膜。

尽管我已经安静下来了，但一个看守还是狠狠地推了我一下。他看向那个血族男人问道："你想要我塞住她的嘴吗？"

突然，我意识到自己正弓着背往椅背上靠去，潜意识里想要尽可能地远离他。他也意识到了，抿着嘴微微一笑。

"不，"他的声音温和而低沉，"我倒想听听她想要说什么。"说完这些之后，他对着我扬起了眉毛。"请继续吧。"

我吞了吞口水。

"没有？没有什么话要补充吗？如果想到了别的东西，也可以随意地大声说。"

"以赛亚，"那个女人大声叫道，"你为什么把他们继续留在这里？为什么不联系其他人？"

"埃琳娜，埃琳娜，"以赛亚低声向她说道，"注意你的举止。我不会错过机会享受自己与两个莫里族还有……"他走到我的椅子后面，捧起了我的头发，这让我不寒而栗。片刻后，他盯着曼森和艾迪的脖子。"三个毫无经验的拜尔族。"他说出这些话的时候，几乎是在快乐地感慨，而我知道他刚刚在找护卫的标记。

以赛亚慢慢地走到米亚和克里斯蒂的身边，一只手叉在腰间，打量着他们两个人。米亚受不了他的注视，瞬间就移开了目光。克里斯蒂的恐惧很明显，但是他试图回敬那个血族的注视。他那样做让我感到骄傲。

"看看这些眼睛，埃琳娜。"他开口的时候，埃琳娜走了过去，站在他的旁边。"淡蓝色，像冰雪，像海蓝宝石。贵族家族以外的人，几乎不可能拥有那种蓝色的眼睛。巴蒂卡家族，欧瑞拉家族，偶尔还有一些捷克洛斯家族。”

“欧瑞拉！”克里斯蒂说道。他竭尽全力想让自己的声音听起来不恐惧。

以赛亚把头向前倾。“真的吗？肯定不是……”他靠近克里斯蒂。“可是，年龄没错……还有那头发……”他笑了。“卢卡斯和莫伊拉的儿子？”

克里斯蒂没有说什么，但是他的脸上露出了非常肯定的表情。

“我认识你父母，很伟大的人，前所未有的。他们的死真令人遗憾。但是我想，他们是咎由自取的。我告诉过他们不应该回去找你。你还那么小，唤醒你太浪费了。他们口口声声说只是想把你留在身边，等你长大一点儿了，再唤醒你。我警告过他们，那会是个灾难，但是……”他优雅地耸耸肩。“唤醒”是他们要转变成血族的时候彼此之间所用的字眼，听起来好像一种宗教仪式。“他们不听，而灾难则以另一种方式降临到了他们身上。”

克里斯蒂的眼睛里燃烧着深深的黑暗的仇恨。以赛亚又笑了。

“经过这么长的时间后，你却自己找到了我，真是令人感动。或许我最终可以实现他们的梦想。”

“以赛亚，找其他人来……”那个叫埃琳娜的女人又说道。从她的嘴里吐出来的每一个字听起来都像在抱怨。

“别再命令我！”以赛亚抓住她的肩膀，猛地把她推开了，只是那一推，就把她推到了房间的另一边，差点儿穿破墙。她只是勉强地伸出手来及时停止了冲击力。相对于拜尔族，甚至是莫里族来说，血族有更好的反应能力。她的狼狈表明以赛亚完全让她措手不及。事实上，他几乎没有碰到她。那一推很轻，但是集中起来的力量还是相当于一辆小汽车的撞击力。

这更加令我相信他完全是另一个级别的。以赛亚以震级程度的力量击败她，她就像一只他可以拍飞的苍蝇。血族的力量随着年龄的增长而增长，还有，通过吸食莫里族的鲜血，甚至在较小的程度上，吸食拜尔族的鲜血，都会使力量增长。我知道，这个家伙不仅老，而且很古老了，同时，在这么多年里，他喝了很多血。埃琳娜的脸上充满了恐惧，我能够明白她的害怕。一直以来，血族总是自相残杀。只要以赛亚愿意，就可以扯掉她的头。

她退缩了，避开他的眼睛。“对……对不起，以赛亚。”

以赛亚拉平他的衬衫，其实他的衬衫并没有变皱。他的声音又变得好像之前他假装的那样，冷酷却又愉快。“很显然你对这里有意见，埃琳娜，我欢迎你用文明礼貌的态度对他们发表意见，你觉得我们应该怎么处理这些无经验的年轻人呢？”

“你应该……也就是，我觉得我们应该现在就杀了他们，尤其是那两个莫里族。”很明显，她在尽量不再抱怨，不再惹恼他。“除非……你没有打算举办另一场晚宴吧，是吗？那根本就是浪费，我们必须分享了，你知道其他人是不会感激的，他们从来都不会。”

“我没有打算邀请他们来举办晚宴，”他傲慢地宣布道。晚宴？“但是我也还没有打算要杀了他们。你还年轻，埃琳娜，你只是想到即时的满足，当你到了我这个年纪，你就不会那么不耐烦了。”

埃琳娜趁他不注意，翻了翻白眼。

他转过身来，扫了一眼我，曼森，还有艾迪。“你们三个，恐怕马上就要死了，躲不了的。我很想说我很抱歉，但是，我没有。世界就是这样。不过，你们可以选择怎么死，那会由你们的表现来决定。”他的眼光逗留在我的身上。我真的不明白为什么这里的每一个人好像都以为我是一个惹麻烦的人。好吧，或许我确实是。“你们当中会有人死得比其他人更加痛苦。”

我不必去看曼森和艾迪，就可以知道他们和我一样恐惧。我甚至很肯定自己听到了艾迪在低泣。

突然，以赛亚像一个军人一样转过身去看着米亚和克里斯蒂。“你们两个，很幸运，有得选择，只有一个会死，另一个将会光荣地获得永生。我甚至会好心地照顾你，直到你长大一点儿。这就是我的仁慈。”

我忍不住笑了出来，而且被自己的笑声呛住了。

以赛亚转过身来盯着我。我安静了下来，等着他怎样把我扔到房间的另一头，就像他对埃琳娜做的那样，但是他除了盯着我看，什么也没有做。这就足够了。我的心跳加快，我感到眼泪在我的眼睛里打转。我的恐惧让我感到羞耻。我想要像迪米特里那样，或者甚至是像我母亲那样。经过漫长而又痛苦的几分钟之后，以赛亚转回去看着那两个莫里族。

“现在，就像我刚才所说的，你们其中一个会被唤醒，然后永远地活着。但不是我唤醒你，你可以自愿选择被谁唤醒。”

“不见得。”克里斯蒂说。他说出这些话的时候，竭尽全力地将他的蔑视展露无遗。但是，房间里的其他人还是很清楚地看得出他是被吓糊涂了。

“啊，我是多么喜欢欧瑞拉家的精神啊！”以赛亚沉思道。他看了看米亚，眼睛里闪着光。米亚不禁害怕地往后退缩。“可是，不要让他抢了你的风头，亲爱的。普通的血脉里也是有力量的。而以下就是我们的决定。”他指着我们这些拜尔族。他的注视让我感到一阵寒气透过全身，我想我可以闻到腐烂的臭味了。“如果你想活下来，所要做的就是杀死他们三个中的一个。”他转回去看着莫里族。“就这样，一点儿也不会不愉快。只要告诉这里的先生们你想要这样做，他们就会放了你，然后你就可以在他们身上吸血，被唤醒，变成我们中的一员。不管谁先做，都可以自由地离开，剩下的那一个就会成为埃琳娜和我的晚餐。”

一时之间，寂静笼罩着整个房间。

“不，”克里斯蒂说，“我绝不会杀死我的朋友。我不在乎你做什么，我宁愿死。”

以赛亚不屑地挥挥手。“当你不饿的时候，很容易逞英雄。等你饿上几天后……肯定他们三个看起来很好，而且他们确实很好。拜尔族是很美味可口的，有些人比较喜欢他们，而不是喜欢莫里族。然而，我自己从来不这样认为，我当然会欣赏多个品种。”

克里斯蒂愤怒地紧皱着眉头。

“不相信我吗？”以赛亚问道，“那么就让我来证明给你看吧。”

他朝着我这边走过来，我知道他要做什么，于是没有经过充分思考便开口道：“利用我吧，喝我的血吧。”

瞬间，以赛亚自以为是的表情开始变得犹豫起来，他的眉毛往上扬。“你自愿？”

“我之前做过，我是说，让莫里族吸我的血。我不介意，我喜欢那样，放过其他人吧。”

“露丝！”曼森大声喊道。

我不理他，乞求地看着以赛亚。我不想让他吸我的血，一想到那样我就感到恶心。但是我以前也被吸过血，在他碰艾迪和曼森之前，我宁愿让他在我身上吸上几品脱的血。

他打量着，我却看不懂他的表情。半秒钟过后，我以为他可能同意了，但是，他却摇了摇头。

“不，不是你，还没有轮到你。”

他走了过去，站在艾迪的面前。我用力地拉扯着手上的弹性手铐，皮肤被割得很痛，可却没有松开。“不，离他远点儿！”

“安静！”以赛亚不耐烦地说，并没有看向我。他把一只手放在艾迪的一边脸上。艾迪在发抖，脸色苍白如纸，我以为他会晕过去。“我可以让他好过点儿，也可以弄痛他。你的沉默会鼓励我选择前者。”

我想要尖叫，想用各种各样的恶毒的话咒骂以赛亚，想要制造各种各样的威胁。但是，我不能。我快速地扫了一眼房间，想要找到出口，就像我曾经无数次做的那样。但是，一个出口也没有，只有空荡荡、赤裸裸的白色墙壁，没有窗户，而那一扇宝贵的门，一直有人守着。我感到绝望，自从被他们拉进货车的那一刻起，我就这样绝望了。我想要大声喊叫，更多的是因为挫败，而不是害怕。如果我连自己的朋友都保护不了，那我将会是一个怎样的护卫？

可我只是安静地待着，以赛亚的脸上闪过满意的表情。荧光灯让他的皮肤呈现出病态的灰白色，让他眼睛下面的黑眼圈变得更加明显。我想用拳头揍他。

“很好。”他对着艾迪微笑，抬起他的脸，好让他直视他的眼睛。“现在，你不会抵抗我，是吗？”

就像我提起过的那样，莉萨很擅长使用强迫能力。但是莉萨却不能像他这样。几秒钟内，艾迪笑了。

“是的，我不会抵抗你。”

“很好，”以赛亚重复道，“你会慷慨地把你的脖子给我，你会吗？”

“当然！”艾迪回答说，然后向后仰起头。

以赛亚的嘴往他的脖子上咬下去，我扭头看别处，试图专注地看着已经磨破的地毯。我不想看到这个。我听到艾迪发出了一声轻柔而又愉快的呻吟。吸血的过程本身相对比较安静，并没有发出什么“啧啧”的声音。

“你瞧。”

听到以赛亚又开口的时候，我看了回去。鲜血从他的嘴唇上滴落下来，他伸出舌头舔过双唇。我看不到艾迪脖子上的伤口，但是我想一定也是鲜血淋淋的，非常恐怖。米亚和克里斯蒂既害怕又着迷地睁大眼睛盯着看。艾迪快乐地凝视着前方，目光麻木而迷离。在安多芬和强迫术的作用下，他显得很亢奋。

以赛亚站直身体，对着两个莫里族微笑，舔掉嘴唇上的最后一滴鲜血。“你们看到了吗？”他对他们说道，然后向门口走去。“就是这么简单。”

第二十章

CHAPTER 20

我们需要一个逃跑计划，迫切需要。不幸的是，我渴求某些事情的唯一想法却不在我的掌握之中，比如，完全没有人看着我们，这样我们就可以偷偷溜走，或者是，守着我们的那些人都很笨，我们可以轻易骗过他们，然后悄悄地溜走。至少，我们应该是被草率地绑着，这样我们就可以挣脱束缚。

然而，所想的情形一个也没有发生。几乎过了 24 小时，我们的处境并没有丝毫的改变。我们依旧是俘虏，依旧被严严实实地绑着。绑架我们的人保持着警惕，几乎和任何一群护卫那样有效率，几乎一样。

离我们最近的自由被严密地监视着，而且令人十分尴尬，那就是上卫生间。那些人不提供食物或水给我们，那对我来说有点儿苛刻，但是人类与吸血鬼的结合使得拜尔族很坚强。即使我很快就达到了一个极限，非常渴望一个芝士汉堡和一些非常油腻的炸薯条，可我还是可以应付这些不适。

对米亚和克里斯蒂来说，他们的处境比较艰难。莫里族如果吸血的话，他们就可以几个星期都不需要食物和水。没有鲜血的

话，只要还有其他的食物，他们也维持几天，不过，很快就会生病，变得很虚弱。莉萨和我独自生活的时候，我们就是那样应付过去的，因为我不能每天都提供鲜血给她。

不给食物、鲜血或者水，莫里族的忍耐力降到了最低点。我是饿了，但是米亚和克里斯蒂却是极其饥饿。他们的脸看起来已经很憔悴了，他们的眼睛里几乎全是焦躁不安。以赛亚随后不断的到来使事情变得更糟了。每一次，他走进来，都会以令人讨厌的嘲讽方式开始瞎扯。然后，在离开之前，他会再一次吸艾迪的血。他第三次来的时候，我几乎可以看见米亚和克里斯蒂在流口水了。在安多芬和缺乏食物的作用下，我很肯定艾迪甚至不知道我们在哪里。

在这种情况下，我无法真正入睡，但是在第二天，我就开始时不时地打盹了。饥饿和疲惫总会让人昏昏欲睡。在某一时刻，我竟然做起梦来，我很惊讶，因为我真的认为我不可能在如此疯狂的情况下陷入沉睡状态之中。

我非常清楚是一个梦，在梦里，我站在沙滩上。我花了几分钟才想起是哪里的沙滩。那是在俄勒冈的海岸上，细软的沙滩，温暖的天气，远方是广阔的太平洋。我和莉萨住在波特兰的时候，到这里旅行过一次。那是阳光灿烂的一天，但是她应付不了那么强烈的阳光。结果我们很快就结束了我们的旅程，可是，我一直希望能够在那里待久一点儿，随心所欲地晒太阳。现在，我拥有了所有我想要的阳光和温暖。

“拜尔小丫头，”我的身后响起了一个声音，“时间差不多了。”

我惊讶地转过身去，看到艾德里安·伊瓦什科夫正在看着我。他穿着一件卡其裤，一件宽松的衬衫，对他来说，那是出人意料的休闲风格，他的脚上没穿鞋。海风吹乱了他棕色的头发，他看着我的时候，手一直插在口袋里，脸上挂着他的标志性的得意的笑。

“还是穿着那么多层防护。”他补充道。

我皱起眉头，一时之间，我还以为他在盯着我的胸部。接着，我意识到他的眼睛落在了我的肚子上。我穿着一件牛仔裤，比基尼上装，那条小小的蓝眼睛坠子又挂在我的肚脐上，那条念珠则戴在我的手腕上。

“你又站在太阳下了，”我说，“所以我想又是你的梦。”

“是我们的梦。”

我的脚趾在沙子里摆动。“两个人怎么可以共同拥有一个梦呢？”

“人们一直都拥有共同的梦，露丝。”

我皱着眉头看着他。“我必须知道你是什么意思。还有，关于黑影笼罩着我，那又是什么意思？”

“说实话，我不知道。每个人的周围都有光，除了你之外。你有阴影，是从莉萨那里得来的。”

我越来越困惑了。“我不明白。”

“现在我不想谈论这个，”他对我说，“我来这里不是为了这个。”

“你来这里是有原因的？”我问道，眼睛游移在蓝灰色的水面上，有一种昏昏欲睡的感觉。“你不只是……这里，到这里来的吗？”

他向前靠过来，抓起我的手，强迫我看着他。他脸上的笑意一扫而光，显得非常严肃。“你在哪里？”

“这里啊，”我困惑地说，“就像你一样。”

艾德里安摇摇头。“不是，我不是这个意思。我是说，在真实的世界里，你在哪里？”

真实的世界？突然间，我们周围的沙滩变得模糊了，就像一部电影的画面变得模糊不清一样。我绞尽脑汁地想真实的世界……

影像不断地出现在我的脑海里：椅子，守卫，弹性手铐……

“在一个地下室里……”我慢慢地说道。突然，我想起了一切，惊慌在一瞬间粉碎了那美妙的一刻。“哦，天啊，艾德里安，你必须去帮助米亚和克里斯蒂。我不能……”

艾德里安紧紧地抓住我的手。“哪里？”世界又开始闪烁起来，而这次没有重新重合在一起。他急切地追问：“你在哪里，露丝？”

世界开始瓦解，艾德里安开始碎裂了。

“一个地下室，在一间房子里，在……”

艾德里安不见了，我醒了过来。开门的声音吓了我一跳，让我回到了现实。

以赛亚和埃琳娜一起走了进来。我看见埃琳娜的时候，不由得冷笑了。以赛亚傲慢而自私，全身都充满了邪恶，但是，他那样是因为他是一个领导者。他有力量和权势支撑他的残酷，即使我非常不喜欢。可是埃琳娜呢？她是一个跟屁虫。她威胁我们，对我们冷嘲热讽，但是大多数时候她能够这样做全是因为她是他的伙伴。她是一个十足的马屁精。

“你们好啊，孩子们，”他说，“今天我们要怎么做呢？”

回答他的是愠怒的目光。

他漫步到米亚和克里斯蒂的身边，双手合拢放在背后。“自从我上次来过之后，心里有任何改变吗？你拖的时间太长了，让埃琳娜很不高兴。她非常饿了，你是知道的，但是，我想，她还没有你们两个那样饿吧。”

克里斯蒂眯起眼睛，咬牙切齿地说：“滚开！”

埃琳娜向前跨了一步，怒骂道：“你居然敢……”

以赛亚挥手把她支开。“别跟他较劲。这只不过意味着我们得多等一会儿罢了，可是啊，真是令人愉快的等待。”

埃琳娜怒气冲冲地看着克里斯蒂。

“说实话，”以赛亚看着克里斯蒂，继续说道，“我决定不了自己更想要哪一样，是杀了你呢，还是让你加入我们？每一种选择都有各自的乐趣。”

“一直听自己说话，你难道不烦吗？”克里斯蒂问道。

以赛亚细想了一下。“不，不会，而且，我对这个也不会厌烦。”

他转过身去，走向艾迪。在他吸了那么多次血之后，可怜的艾迪只能勉强地在椅子上坐直。更糟的是，以赛亚甚至不需要使用强迫术了。艾迪露出一个傻笑，整张脸也因此看起来有了一些生气，他渴望下一次的被吸血。他就像一个给血员那样上瘾了。

愤怒和厌恶蔓延至我的全身。

“该死的！”我叫喊着，“放开他！”

以赛亚回头看着我。“安静点，女孩，我几乎不觉得你和欧瑞拉先生一样有趣。”

“是吗？”我怒吼道，“如果我那么让你生气，那么就用我来证明你那愚蠢的观点吧。过来咬我啊，来挫一下我的锐气啊，让我看看你到底有多厉害。”

“不！”曼森大声叫道，“用我吧。”

以赛亚翻翻白眼。“天啊，多么高尚的一群人！你们都是斯巴达克吗？”

他离开艾迪，一根手指放在曼森的下巴下面，抬起他的头。“但是你，”以赛亚说道，“并不是诚心的，你主动只不过是因为她。”他放开曼森，走到我的面前，用那双非常黑的眼睛俯视着我。“至于你……开始我也不相信你，但是现在，”他跪下来，好让他可以和我平视。我拒绝将目光从他的眼睛上移开，即使我知道那样会让我陷入被施以强迫术的危险之中。“我觉得你确实是说真的。可那也并非完全高尚。你确实想要，你之前的确被吸过血。”他的声音具有魔力，令人昏昏欲睡。他并没有使用强迫术，但是他的周围一定有某种反常的超能力，就像莉萨和艾德里安那样。我全神贯注地听着他的每一句话。“我猜，被吸过很多次吧。”他补充道。

他看向我，温热的气息吹在我的脖子上。在他的背后，我能听到曼森在狂叫，但是我所有的注意力都集中在以赛亚的牙齿有多么靠近我的皮肤这件事情上。在过去的几个月中，我只是被吸过一次血，而那次还是在莉萨出现紧急情况的时候。在那之前，她一个星期至少吸我的血两次，这样持续了两年，而我也只是最近才开始意识到，我已经非常上瘾了。世界上没有任何东西能与莫里族的吸血过程相比，它就好像是幸福的快感洪水般地输送进你的身体里。当然，据大家所说，血族的吸血甚至更具威力……

我吞了吞口水，突然意识到自己呼吸沉重，心跳加快。以赛亚低声笑了出来。

“没错，你正在变成一个卖血妓女。但是你很不幸，因为我不打算让你如愿以偿。”

他慢慢往后退，我只好跌坐在椅子前面。他毫不犹豫地回到艾迪的身边，又开始吸血了。我看不下去了，但这一次却是因为嫉妒，而不是厌恶。我的心里燃烧着渴望，我渴望被吸血，我全身的每一根神经都在渴望。

他吸完后，准备离开房间，然而，他却突然停了下来。“别再拖了，抓住你的机会拯救自己吧。”他警告道，这句话是针对米亚和克里斯蒂说的。然后向我斜着头说道:“甚至有人愿意为你牺牲。”

他离开了。在房间的另一边，克里斯蒂看着我的眼睛。不知怎地，他看起来比几个小时前更加憔悴了。他的眼睛里闪着饥饿的光芒，我知道自己的眼睛里正闪着一个想要去满足他的饥饿的欲望。我想，克里斯蒂同时也意识到了这一点。他露出了一个苦笑。

“你从来没有这么好看过，露丝。”在看守我们的人让他闭嘴之前，他尽力说出了这句话。

这一天，我只瞌睡了一会儿，但是艾德里安没有再回到我的梦中。正当徘徊在意识的边缘的时候，我发现自己溜进了熟悉的地方：莉萨的脑海里。在过去两天里经历过那些不可思议的事情后，回到她的脑海里感觉就像回到家一样。

她正在旅馆的一个宴会厅里，只不过那里空无一人。她坐在远处的地板上，努力不引起别人的注意。她全身充满了紧张与不安。她在等待什么，或者是等什么人。几分钟后，艾德里安溜进来了。

"表妹，"他向她打招呼，并在她的身边坐下，屈起膝盖，不在乎他昂贵的裤子。"很抱歉我迟到了。"

"没关系！"她说。

"直到你看到我才知道我来了，是吗？"

她摇摇头，有点儿失望。我感觉比以往任何时候都要困惑了。

"和我坐在一起……你真的没有注意到什么吗？"

"没有。"

他耸耸肩。"嗯，希望它赶快出现。"

"它是怎样找到你的？"她非常好奇地问。

"你知道什么是灵光吗？"

"它们像围绕在人们身边的一团光，对吗？一些新世纪里的东西吗？"

"差不多像这样。每个人都会散发出一种灵性的能量……几乎每个人都会。"他的犹豫让我怀疑他是不是想到了我，还有据他所说的，我走进的黑影。"根据肤色和外貌，你可以了解一个人的很多事情……如果一个人可以清楚地看见灵光的话。"

"而你可以，"她说，"你从我的灵光里就可以看出我可以驱使灵魂吗？"

"你的灵光大多数是金色的，和我的一样。灵光会根据不同情况而与其他颜色发生转变，但是金色通常很稳定。"

“像我们这样的人，你知道的还有几个？”

“不多。我只是偶尔看得见他们。他们不和别人来往。事实上，你是第一个和我交谈的人。我甚至不知道那叫‘灵术’。真希望我还没有专攻元素的时候就已经知道了。我只是以为自己是某种怪物。”

莉萨举起手臂凝望，希望自己能看到手臂周围闪耀的灵光。然而，什么也没有。她叹了口气，放下了手臂。

就在那时，我明白了。

艾德里安也是灵魂的使用者。那就是为什么他对莉萨那么好奇，为什么他想要和她说话，为什么会问及心灵感应以及她的专攻元素了。同样还可以解释很多其他的事情，比如，每次我在他身边的时候，我好像都躲不掉他的那种魅力。莉萨和我在他房间里的那一天，他使用了强迫术，他就是利用那个迫使迪米特里放过他的。

“所以，他们最后还是让你走了？”艾德里安问她。

“嗯，他们最后相信我真的什么也不知道。”

“很好，”他说。接着，他皱起眉头，我意识到他清醒地想换一个话题。“你确定你不知道？”

“我已经告诉过你了，我不能像那样使用心灵感应。”

“嗯，你必须那样。”

她怒视着他。“什么，你以为我有所隐瞒吗？如果我可以找到她，我一定会的！”

“我知道，但是要完全找到她，你一定要有一个强大的联系，利用那个到她的梦里和她说话。我试过，但是我坚持的时间不够长，不能……”

“你刚才的那些话是什么意思？”莉萨大声喊道，“到她的梦里和她说话？”

现在轮到他困惑了。“是啊，难道你不知道怎么做吗？”

“不知道！你在开玩笑吗？那怎么可能？”

我的梦……

我记起莉萨谈及那些无法解释的莫里族现象，超越治愈能力的灵魂力量可能如何存在，以及目前人们甚至还不知道的事情。这样看来，艾德里安出现在我的梦里并不是巧合。他设法进入我的脑海里，在某种程度上，或许和我能感受到莉萨的想法相似。这个想法让我心神不安。即使是莉萨，也几乎理解不了这样的事情。

他一只手插进头发里，头往后仰，盯着上面的枝形水晶灯，陷入了沉思。“好吧，所以说，你看不到灵光，你不会在人们的梦里和他们说话，那你会做什么？”

“我……我可以治愈人们，动物，还有植物。我可以让死去的东西起死回生。”

“真的吗？”他看起来很惊奇，“好吧，我相信你。还有什么？”

“嗯，我会使用强迫术。”

“我们都会。”

“不是的，我是真的会，并不难，我能让人们做任何我想要的事情，甚至是坏事。”

“我也能。”他眼前一亮，“我很想知道，如果你尝试在我身上使用的话，会发生什么事情……”

她犹豫了一下，心不在焉地用手指穿过有织纹的红色地毯。“……我不能。”

“你刚刚才说你可以。”

“我可以……只是，现在不能。我因为抑郁和其他事情而服用了药物……因此不能使用魔法了。”

他突然伸出手臂。“那我怎么教你走进梦里？我们怎样还能找到露丝？”

“听着，”她生气地说，“我不想服用那些药物，但是我一旦离开药物，就会做出一些非常疯狂的事情，而且是危险的事情。那就是灵术对你产生的副作用。”

“我没有服用任何东西，我很好。”他说。

是的，他没有，我意识到了，莉萨也意识到了。

“迪米特里在你的房间里的那一天，你变得非常奇怪。”她指出，“你开始语无伦次，而且你根本没有任何理由。”

“哦，那个啊？是啊……我偶尔会那样，但是说真的，不常发生，那样的话，一个月一次。”他听起来很真诚。

莉萨盯着他，突然，她重新评价起一切事情。如果他可以这样做，那将会怎样？假如他不需要服药物就可以驱使灵术，而且没有任何有害的副作用，又将会怎样？那些都是她一直期待的，况且，她甚至不确定那些药物是否还起作用……

他笑了，猜到她在想什么了。

“你怎么说，表妹？”他问。他不需要使用强迫术，他的提议本身就极具诱惑。“如果你能接触魔法的话，我就可以教你我所知道的一切。将你体内的药物彻底清除掉需要一些时间，但是一旦没了那些药物……”

第二十一章

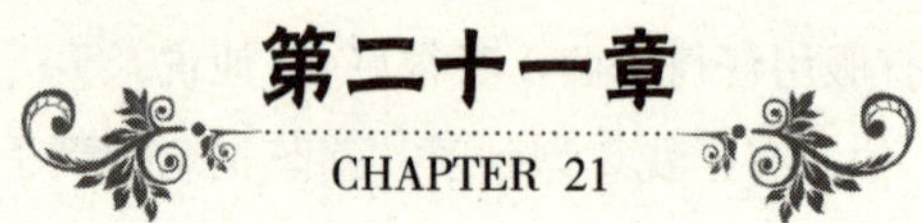

CHAPTER 21

这样并不是我现在需要的。我本来可以忍受艾德里安做的其他事情：挑逗她，让她吸他的可笑的香烟，不管是什么事。但是我不能忍受这件事——让莉萨停药正是我想要避免的。

我极其不情愿地退出她的脑海，回到自己身处的恐怖的处境中。我想要看艾德里安和莉萨之间会如何发展，但是看着他们并没有好处。好吧，现在我真的需要一个计划。我必须有所行动，我必须带大家离开这里。可是，我环顾周围，发现自己并没有比之前更有希望逃生。在接下来的几个小时里，我不断地思考，不断地推测。

今天有三个人看守我们，他们看起来有点儿无聊，但还不足以让他们放松警惕。旁边，艾迪已经失去了知觉，曼森茫然地看着地板。房间的另一头，克里斯蒂特别愤怒地凝视着，至于米亚，我想，她正在睡觉。我痛苦地感觉到喉咙已经非常干了，想起曾经如何对她说水的魔法一点儿用处也没有的时候，我几乎笑了出来。在战斗中可能没有多大用处，但是，我会给她任何东西去召唤一些……

魔法！

为什么之前我没有想到这个呢？我们并非完全孤立无援。

在我的脑海中，一个计划慢慢地形成了。那个计划很可能是疯狂的，但也是我们最好的计划。我的心怦怦作响，满怀期待。在看守的人察觉出我的顿悟之前，我马上让自己的神情保持镇静。在房间的另一边，克里斯蒂正在看着我。他已经看到了我脸上闪过的短暂兴奋，明白我想到了些什么。他好奇地看着我，和我一样准备行动了。

天啊，我们要怎样才能渡过这个难关呢？我需要他的帮助，可是我没有办法让他知道我脑中的计划。事实上，我甚至不确定他是不是真的能帮我，他已经非常虚弱了。

我紧紧地盯着他的眼睛，希望他明白将会有事情发生。他的脸上露出了困惑的表情，但同时也有坚定。在确定没有一个看守直接看着我之后，我稍稍挪了一下身体，轻轻地拉了一下手腕。我尽量往背后看去，接着我又撞见了克里斯蒂的目光。他皱着眉，而我又重复了刚才的动作。

“喂，”我大声地说。米亚和曼森惊讶地抬起头来。“你们这些家伙真的想要饿死我们吗？难道不能给点儿东西吗？至少给点儿水吧。”

“闭嘴！”其中一个看守说。每当我们有人开口说话的时候，得到的都是这个相当标准的答案。

“拜托了。”我用最犯贱的声音说道，“甚至一点儿喝的东西都不行吗？我的喉咙在发热，几乎要着火了。”我说最后几个字的时候，眼睛朝克里斯蒂看去，然后又转回看着刚才说话的看守。

不出所料，他从座位上站了起来，向我走来。“不要让我重复刚才的话！”他吼道。我不知道他会不会动粗，但是我现在没有兴趣继续了，况且，我已经达到我的目的了。如果克里斯蒂不能

领会我的暗示，那我就没有其他的办法了。

那个看守回到他的位子上，一会儿过后，他没有再看着我。我又看向克里斯蒂，又轻轻地拉了一下手腕。快点，快点，我想着。把一切联系起来，克里斯蒂。

突然，他的眉毛一跳，惊愕地盯着我。他显然已经想到了些什么。我只是希望他想到的正是我所想的。他的惊愕变成了疑问，好像在问我是不是认真的。我用力地点点头。他皱着眉头沉思了片刻，然后深深地吸了一口气。

“好吧。”他说。

“闭嘴！”其中一个看守不假思索地吼道，他的声音听起来充满了厌烦。

“不，”克里斯蒂说，“我准备好了，准备好要吸血了。”

瞬间，房间里的每个人似乎都定格在空间里，包括我。这不是我真正所想的。

看守的头目站了起来。“别跟我们耍花样。”

“我没有，”克里斯蒂说。他的表情焦躁、绝望，我觉得那不完全是装出来的。“我已经受够了，我想离开这里，我不想死。我要吸血……我想要她。”他朝我点点头。米亚惊慌地尖叫起来。曼森不知喊了克里斯蒂一声什么，而那样会让他延迟回到学校。

这完全不是我所想的。

另外两个看守疑惑地看着他们的头目。“我们应该找以赛亚来吗？”其中一个问道。

“我可不认为他还在这里，”那个头目说。他观察了克里斯蒂几秒钟，然后做了一个决定。“如果这是一个玩笑，无论如何我都不想去打扰他。让他去，我们就看看。”

其中一个人拿来一把锋利的钳子，他走到克里斯蒂的背后，弯下腰。我听到塑料带断开的声音，弹性手铐松开了。那个看守

抓住克里斯蒂的手臂，猛地把他拉起来，拉到我的面前。

“克里斯蒂，”曼森大声叫喊着，声音里充满了愤怒。他挣扎着想要挣脱手上的束缚，这使得他的椅子有些摇晃。“你疯了吗？不要让他们这样做！”

“你们必须死，但是我不用，”克里斯蒂不耐烦地说，甩开遮住眼睛的黑发，“除此之外，没有别的选择。”

我现在真的不知道到底怎么回事了，但是有一点儿我非常肯定，那就是如果我就要死了，我应该表露出更多的情绪。两个看守左右两边夹着克里斯蒂，警惕地看着他向我靠过来。

“克里斯蒂，”我小声地说道，惊讶地发现原来装害怕是那么容易，“不要这样。”

他完美地露出一个苦笑。“你和我之间从来都不喜欢对方，露丝。如果我必须要杀掉某个人，最有可能的就是你。”他的话很冷酷，很明确，而且，让人深信。“此外，我想你也想要这样吧。”

“不是这样的。拜托，不要……”

一个看守推了一下克里斯蒂。“赶快搞定，否则，滚回你的椅子上。”

克里斯蒂的脸上依旧挂着苦笑，他耸耸肩，说道：“对不起了，露丝。不管怎样你都要死，死之前为什么不做一件好事呢？”他的脸朝着我的脖子靠过来。“这可能会痛。”他补充道。

事实上，我怀疑真的会痛，如果他真的咬下去的话。因为他没有……对吗？我不安地动了动身体。据说，如果你的血液被全部吸光，在此过程中，安多芬也会流入你的体内，从而缓解了大部分的痛苦，就好像快要睡着了一样。当然，那全是人们的推测。那些被吸血鬼吸干血而死掉的人并没有真正地回来报告他们的经历。

克里斯蒂的鼻子轻轻地擦过我的脖子，他的脸钻进我的头发

里，这样就可以部分地遮掩住他。他的嘴唇拂过我的皮肤，他的动作很温柔，让我想起来他和莉萨接吻的时候。一会儿过后，他的尖牙碰到了我的皮肤。

然后，我感到痛，是真的痛。

但是，那痛并不是因为他在吸血。他的牙齿只是压在我的皮肤上面，并没有咬下去。他的舌头在我的脖子上来回地舔，但是没有吸血。如果有什么区别的话，那看起来更像是一种怪异的、变态的吻。

那股疼痛来自我的手腕，一阵灼痛。克里斯蒂正用他的魔法将热量输进我的弹性手铐上，正如我想要他做的那样。他明白我的信息。他在继续勉强地“吸血”，塑料变得越来越烫，任何人只要靠近一点儿看，就可以看出他是假装的，但是我的大部分头发遮住了看守们的视线。

我知道塑料很难熔化，然而，直到现在，我才真正明白那对我来说意味着什么。要做出任何损害，所需要的温度太高了，就像把我的双手扔进火山岩浆里面一样。弹性手铐灼烧了我的皮肤，很烫，而且很可怕。我不停地扭动，希望能减轻疼痛，可是却不能。然而，我移动的时候注意到手铐松了一点儿。我只需要坚持一会儿。我拼命地将注意力放在克里斯蒂的“吸血”上，试图让自己分心。可是只凑效了5秒钟。他没有给我很多安多芬，当然不足以抵抗越来越多的可怕的痛。我低声抽泣着，很可能让我看起来更令人信服。

“我简直不敢相信，”其中一个看守小声地说道，“他真的这样做了。”在他们的身后，我想我听到了米亚的哭声。

手铐熔化得越来越快了。我的一生中从来没有感到这么痛过，而且我现在已经承受太多的疼痛了，极有可能会很快昏倒。

“喂，”那个看守突然说，“那是什么味道？”

那是塑料熔化的味道，又或许是我的肉烧焦的味道。说实话，是什么都无所谓了，因为我再次移动手腕的时候，黏黏的、滚烫的手铐断开了。

我有 10 秒钟来惊喜，可我利用了这 10 秒钟。我从椅子上跳起来，将克里斯蒂推到后面去。他的左右都有看守，其中一个的手上还拿着钳子。我一把抢过那个家伙的钳子，然后朝他的脸部砸过去。他发出“啊”、“啊”的尖叫声，但是我没有等着看发生了什么事情。我关起心窗不去惊讶，而且我不能浪费时间。我马上扔掉钳子，空手揍了另一个家伙一拳。一般情况下，我的腿比拳头更有力量，但是，我还是给了他重重一击，使他吓了一跳，不断地往后踉跄。

这时候，看守的头目也加入了战斗，他还有一把枪，而且拔了出来。“别动！”他用枪对着我，大声喊道。

我惊呆了。被我用拳头揍过的那个看守走了过来，抓住我的手臂，那个被我用钳子砸伤的家伙躺在旁边的地板上呻吟。那个头目依旧用枪瞄准我，他开始说了些什么，接着惊慌地尖叫起来。那把枪微微泛着橙色的光，从他的手上掉了下来。他握枪的手被烫得红肿。我意识到克里斯蒂把枪管加热了。是啊，从一开始我们就应该使用魔法。如果我们能从这里出去，我一定去参加塔莎的课程。莫里族反对使用魔法的习惯早已牢牢地被灌输进我们的脑袋里，以至于我们没有早点儿想到要试一下。真是有够愚蠢的！

我推开抓住我的那个家伙。我猜他一定想不到我这样一个小女孩竟然这样能打，加上他还在为发生在另一个家伙身上的事情以及那把枪而发愣。我设法争取更多的空间踢中他的肚子，如果是在我的战斗课上，那一踢一定会得一个 A。他闷哼一声，那一脚将他踢飞撞到墙上。刹那间，我立即走到他的面前，一把抓住他的头发，狠狠地扯着他的头撞在地板上，把他撞昏过去，但是没有杀死他。

我马上又站了起来，很奇怪那个头目竟然没有跟在我后面。他不应该需要那么久才能从枪发热的震惊中清醒过来。然而，当我转过去的时候，发现房间里很安静。那个头目躺在地上，已经失去了知觉，重新获得自由的曼森坐在他的身上。旁边，克里斯蒂一手持着钳子，另一只手握着枪。枪管应该还是滚烫的，但是克里斯蒂的能量一定使他对热有免疫了。他用枪指着我刚才砸伤的家伙，那人没有晕过去，只是在流血，就像我刚才那样，他也在枪管下面惊呆了。

“天啊，”我小声地说道，终于缓过神来了。我蹒跚地走向克里斯蒂，伸出手去。“把那给我吧，以免你伤到别人。”

我以为他会讲一些尖酸刻薄的话，但是，他只是把枪递给我，手还在颤抖。我把枪插进皮带里，又看着他，他的脸已经非常苍白了，看起来好像随时都会倒下。对于一个饿了两天的人来说，他确实使用了太多的魔法。

“曼森，带上那些手铐。”我说。曼森并没有转过身背对着我们，而是往后倒退了几步，退到绑匪们放弹性手铐的箱子边。他拉出三根塑料带，还有一些别的东西。他迷惑地看着我，拿出一卷管道胶带。

“非常好！”我说。

我们把绑匪绑在椅子上，有一个还是清醒的，但是我们也把他打晕了，然后把管道胶带全都塞进他们的嘴里。一会他们就会醒过来，但是我不想让他们弄出任何声音。

解开米亚和艾迪后，我们五个缩在一起，计划我们的下一步行动。克里斯蒂和艾迪几乎站不稳了，但是克里斯蒂至少对他周围的环境还有意识。米亚的脸上有泪水，但是我想她还能够听从我们的指示。这让我和曼森成了五个人中最实用的人了。

“那个家伙的手表显示现在是早上，”他说，“我们所要做的就是离开这里，只要不再有人类出现，至少他们不能靠近我们了。”

“他们说以赛亚已经离开了，”米亚细声说道，“我们应该正好能够离开了，对吗？”

“几个小时内他们还没有离开，”我说，“他们可能错了，我们不能做任何愚蠢的事情。”

曼森小心翼翼地开了门，盯着空荡荡的走廊看。“你觉得外面会有路通到这里来吗？”

“如果有的话，会让我们活得更容易些，”我喃喃低语。我往后看着其他两个人。“你们待在这里，我们去地下室的其他地方看看。”

“如果有人来了怎么办？”米亚大声说道。

“他们不会来了。”我向她保证。事实上，我很肯定地下室里已经没有其他人了，如果有，刚才那场喧闹的纷乱一定会将他们引来。如果有人想要从楼梯上下来，我们一定会先听到的。

然而，我和曼森在地下室里四处搜寻的时候，仍然很谨慎地挪动，看着彼此的背后，检查各个角落。我记得这里完全是我们最初被抓来的那个老鼠迷宫，弯弯曲曲的走廊以及大量的房间。我们一间接一间地将门打开，每一间房间都是空的，除了偶尔会有一两张椅子外。想到这些房间很有可能被用来当作监狱，就像我们之前所在的那一间一样，我不禁打了个寒颤。

“该死的，这个地方连一个窗户都没有，”当我们结束了侦查的时候，我低声说道，“我们必须到楼上去看看。”

我们往回走，去我们之前待的那间房间，然而，在我们到达之前，曼森拉住了我的手。“露丝……”

我停了下来，看着他。“怎么了？”

我从来没见过他这么严肃的表情，他看着我，蓝色的眼睛里充满了后悔。“我真的把事情搞砸了。”

我想起了导致这个场面的所有事件。“曼森，是我们把事情搞砸了。”

他叹了口气。“我希望……我希望这件事结束后，我们可以坐下来，好好谈谈，把事情弄清楚。我是不应该生你的气的。”

我想告诉他那不会发生了，还想告诉他，当他不见了的时候，我实际上正在找他，打算告诉他我们之间的事情不会变得更好。然而，现在不管是时间，还是地点都不适合提出分手，于是我撒谎了。

我握着他的手。“我也希望。”

他笑了，然后我们回去找其他的人。

“好了，”我对他们说，“接下来我们要这样做。”

我们迅速制订了一个计划，然后悄悄地走上了楼梯。我在前面带路，米亚跟在后面，她努力地扶着一脸不情愿的克里斯蒂，曼森殿后，几乎是拖着艾迪。

“我应该在前面的。”当我们站在楼梯的顶部的时候，曼森喃喃地说道。

“不！”我反驳说，然后把手放在了门把手上。

“是啊，但是如果发生了什么事情……”

“曼森，”我打断他。我严厉地盯着曼森，突然间，我的脑海里闪过我母亲在多茨多夫袭击发生的那一天的身影，即使在发生了那么恐怖的事情之后，她依然冷静而且掌控全局。他们需要一个领导者，就像现在我们这群人也需要一样，我尝试尽最大的努力表现得像她那样。“如果发生了什么事情，你带着他们离开这里，快跑，而且要跑得远远的。如果没有一群护卫跟着，千万不要回来。”

“你会第一个受到攻击的！我该怎么做？”他生气地低声说，“丢下你吗？”

“没错。如果你能带他们离开，就忘了我吧。”

“露丝，我不会……”

“曼森，”我又一次想到我母亲，于是尽量像她那样争取力量和权力领导其他人，“你能不能做到？”

我们沉重地看着对方好一阵儿，其他两人则屏住呼吸。

“我能。”他生硬地说。我点点头，转过身去。

我拉开地下室的门，门发出嘎吱的响声，那声音让我不寒而栗，几乎都不敢呼吸了。我仍然站在楼梯顶部的正前方，等着，听着。房子和里面的装饰跟我们被带进来的时候没什么不一样。深色的窗帘遮盖了所有的窗户，但是我可以看见亮光从窗户的边沿投射进来。就在那一刻，阳光的味道前所未有的香甜。走进阳光里就意味着自由。

没有任何声音，没有任何动作，我环顾周围，努力回想前门在哪里。我想起前门在房子的另一边，从事物的宏观角度看，距离其实并不远，但是在当时来说，却是一个大鸿沟。

“和我去查探一下，”我小声对曼森说，希望让他对殿后一事感觉好点。

他让艾迪靠着米亚，走向前和我一起快速地检查了一遍主要的居住区。什么也没有。从这里通向前门的通道上什么也没有。我松了口气。曼森重新抓住艾迪，我们向前走去，每个人都很紧张不安。天啊，我意识到我们就要走出去了，真的要走出去了，我简直不敢相信我们竟然这么幸运。我们曾离灾难如此近，但是我们刚刚熬过来了。这是一个让你珍爱生命、想要重新生活的时刻，是让你发誓绝不会再浪费生命的第二次机会，是让你领悟……

然而，我几乎是在听到他们移动的同时看到他们走到我们面前的。好像有一个魔法师将以赛亚和埃琳娜从稀薄的空气中变出来一样。只是，我知道这一次与魔法无关。只是血族的行动太快了。他们一定在主楼层的其他房间里，而我们却认为那里是空的，当时我们并不想花额外的时间去查看。我在心里对自己没有彻底检查整个楼层而生气不已。在记忆的某处，我听见自己在斯坦的课上嘲讽我的母亲：在我看来，好像是你们把事情弄糟了。为什么一开始你们没有在一定的范围内确保没有血族呢？这样好像可以为你省下不少麻烦。

真是报应！

“孩子们，孩子们，”以赛亚低声哼道，“游戏不是这样玩的，你们违反规则了。”他的唇边露出一个残酷的微笑。他觉得我们很有趣，根本不构成任何威胁。说实话，他是对的。

“曼森，尽量跑得又快又远！”我小声说道，眼睛一刻也没有从血族的身上离开过。

“我的……我的……如果眼光可以杀人的话……”以赛亚的眉毛往上扬起，好像突然想到了什么。“你以为你一个人能对付我们两个吗？”他低声地笑了出来，埃琳娜也跟着笑了。我紧紧地咬着牙齿。

不，我认为自己不可以对付他们两个。事实上，我很肯定自己会死掉。但是，我也非常肯定自己能够拖住他们一段时间。

我朝着以赛亚向前跨了一步，却拔出枪指着埃琳娜。你可以朝着人类扑过去，却不能对血族这样。几乎是在我移动脚步的时候，他们就看到我朝他们走去了。不过，他们没有料到我手上会有枪。最后，以赛亚不费吹灰之力就挡住了我的攻击，不过，在他抓住我的手臂控制我之前，我还是设法对埃琳娜开了一枪。巨大的枪声在我的耳边响起，埃琳娜痛苦而又惊讶地尖叫起来。我瞄准的是她的肚子，却打中了她的大腿。其实都不要紧，不管是打在大腿上，还是打在肚子上，都杀不了她，但是打在肚子上会对她造成更大的伤害。

以赛亚狠狠地拽住我的手腕，我以为他会折断我的骨头。我扔掉枪。枪掉在了地上，反弹起来，滑到了门边。埃琳娜愤怒地尖叫着，走过来抓我。以赛亚叫她控制自己，把我推开不让她碰到。自始至终，我都在竭尽全力挥动着拳头，与其逃跑，还不如让自己变成一个极大的干扰。

然后，我听到了最动听的声音。

前门被打开了。

曼森充分利用了我拖延的这段时间。他把艾迪交给米亚，迅速绕过我和被我缠住的血族，跑去将门打开了。以赛亚以光一样的速度转过身去，但当阳光照在他身上的时候，他还是尖叫了起来。可是，尽管他感到痛苦，但他的反应速度还是很快。他猛然闪进了客厅里，躲开阳光，还拖上了埃琳娜和我。只不过他拖着她的手，却拽着我的脖子。

“带他们离开！”我大声喊道。

“以赛亚……”埃琳娜开口喊道，推开了他的手。

以赛亚把我摔到地上，然后背过身去，目不转睛地盯着逃掉的受害者。由于他的手已经放开了我的脖子，于是我困难地喘着气，从纠缠在一起的头发缝隙间往门口看去。我刚好看到曼森拖着艾迪跨过门槛，安全地走到了阳光下。米亚和克里斯蒂已经离开了。我如释重负，差点儿哭了。

以赛亚转身，狂怒地看着我。身材高大的他站在那里凝视着我，他的眼睛很黑，很恐怖。他一脸吓人的表情几乎变得让人无法理解，甚至不能简单地用“吓人”来形容了。

他揪着我的头发把我拉起来，痛得我直叫。他低下头，把脸压在我的脸上。

“女孩，你想要被吸血吗？”他质问道，“你想要变成一个卖

血妓女吗？很好，我们可以安排一下，不折不扣的安排。而那不会好过，不会有麻木的感觉，会非常痛。你要知道，强迫术有两种影响，我确保你会相信，你将要遭受你一生中最大的痛苦。你会尖叫，你会哭喊，你会求我住手，让你去死……"

"以赛亚，"埃琳娜愤怒地大喊，"直接杀了她。如果之前你按照我说的去做，就不会发生这样的事情。"

他依然抓着我，眼睛却看着她。"别打断我。"

"你越来越乱来了，而且越来越浪费。"她继续说道。没错，她真的很爱抱怨。我从来没有想过一个血族会那样，几乎是可笑的。

"也不要顶嘴！"他说。

"我饿了，我只是说你应该……"

"放开她，否则我就杀了你。"

一个新的、阴沉的、充满愤怒的声音让我们全都转过头去。曼森站在门口，沐浴在阳光中，手里拿着我丢下的枪。以赛亚打量了他一会儿。

"当然，"以赛亚最后说。他的声音听起来很厌烦。"试试看。"

曼森没有犹豫。他开枪了，他不断地开枪，直到将所有的子弹都打进了以赛亚的胸口。每一颗子弹都让以赛亚稍微往后退缩了一点儿，但是除此之外，他依然站着，紧紧地抓住我。我意识到，这就是作为一个年老的、强大的血族所表现出来的力量。子弹打在大腿上会伤害到像埃琳娜那样年轻的吸血鬼，但是，对以赛亚来说，胸口被子弹多次打中只会让他感到厌烦。

"出去！"我尖叫起来。他还在阳光下，还很安全。

但是他不听我说，朝着我们跑过来，离开能保护他的阳光。我用力挣扎，希望能将以赛亚放在曼森身上的注意力引开，可是我没能成功。曼森走到一半距离的时候，以赛亚将我塞给了埃琳娜。他立即上前抓住了曼森，完全是之前抓我的样子。

不过不同的是，以赛亚没有控制曼森的手，没有揪着他的头发将他拉起来，也没有杂乱无章地说一番长篇的关于痛苦死去的言论。以赛亚只是伸出两只手抓住曼森的头，迅速一扭，就制止了曼森的攻击。一阵令人作呕的骨头断裂的声音飘荡在空气中。曼森的眼睛突然瞪大，然后就变得空洞无神了。

以赛亚不耐烦地叹了口气，然后松开手，将曼森瘫软的尸体扔给了还在抓着我的埃琳娜。尸体落在我们的面前。顿时，眩晕和恶心的感觉把我包围了，我的视线也变得游离起来。

“那个，”以赛亚对埃琳娜说，“看能不能缓解你的饥饿，留一些给我。”

第二十二章

CHAPTER 22

巨大的恐怖与震惊将我吞噬了，以至于在那个时刻，我以为我的灵魂就要枯萎了，以为世界就要到尽头了，还以为……因为显然……显然这样之后世界不可能不到尽头。没有人在经历过这些之后还能活下去。我想对着宇宙尖叫出我的痛苦。我想哭，直到把我融化掉。我想躺在曼森的身边，和他一起死去。

埃琳娜放开了我，显然她觉得我身处在她和以赛亚之间不会构成什么危险。她转向曼森的尸体。

我不再恐惧和忧伤，准备行动起来。

“不——要——碰——他——”我甚至认不出自己的声音了。

她翻了翻白眼。“哎呀，你真是烦。我开始明白以赛亚的意思了，在你死之前确实需要让你吃点儿苦头。”她转了过去，跪在地上，翻过曼森的背部。

“不要碰他！”我尖叫道。我无力地推着她，她反过来推了我一下，我差点儿摔倒。我仅仅能站稳脚，还好没有倒下。

以赛亚愉快地、有兴致地在一旁观看着，然后他的目光落在了地板上。莉萨送给我的念珠从我的口袋里掉了出来。他捡起念珠。

血族能够碰触圣物——他们害怕十字架的故事不是真的。他们只是不能进入圣地。他把念珠翻过来，手指抚摸着刻在上面的龙。

“啊，多格米尔家族，”他沉思道，“我已经忘记他们了。很容易就会忘记的。他们还有多少人活着，一个？还是两个？几乎不值得记住。”他那双恐怖的红眼睛看着我。“你认识他们吗？总有一天我会去看看他们的。不会很难的，到时……”

突然，我听到了一阵爆炸声。鱼缸突然破裂，里面的水喷涌而出，粉碎了玻璃。玻璃碎片朝我飞过来，但是我几乎没有注意到。喷洒开来的水汇集在空中，倾向一方，形成了一个水球。水球开始滚动，朝着以赛亚飞过去。我盯着水球的时候，感觉自己的下巴快要掉下来了。

他也在看着水球，看起来比较困惑，而不是害怕，直到水球罩在他的脸上，开始让他窒息。

就像那些子弹，窒息并不能将他杀死，但却能让他非常不舒服。

他的手朝着他的脸挥过去，拼命想要“撬开”水球。可是没有用，他的手指只是穿过了水球。埃琳娜忘记了曼森，跳了起来。

“那是什么？”她尖叫道。她摇晃他，同样不能把他从水球中解救出来。“怎么回事？”

再一次，我没有多想，而是直接行动起来。我从破碎的鱼缸里抓起一大把玻璃碎片，锯齿形的玻璃碎片很锋利，有些甚至扎进了我的手掌里。

我迅速向前跑去，瞄准了以赛亚的心脏，将玻璃碎片插进了他的胸膛，我通过辛苦的训练才发现心脏的位置。以赛亚从水球中发出了一声沉闷的叫喊，然后就倒在了地上。他因为疼痛而昏厥过去了，眼珠陷入了眼眶里。

埃琳娜睁大眼睛盯着他，和我看到以赛亚杀死曼森的时候一样震惊。当然，以赛亚还没有死，但是他暂时被击倒了。埃琳娜

的脸上很明显地露出了不可思议的表情。

在那个时刻，明智的做法应该是向门口跑去，跑到安全的太阳底下。然而，我却朝着相反的方向跑去，跑到壁炉前。我抓起一把古剑，转身朝埃琳娜走去。我不用走多远，因为她已经从震惊中恢复了过来，正走向我。

她愤怒地咆哮着，想要抓住我。我从来没有训练过用剑，但是我学习过使用临时找到的武器作战。我用剑隔开我们的距离，我的动作很笨拙，但是暂时还能起作用。

白色的尖牙在她的嘴里闪光。“我要让你……”

“受苦，付出代价，后悔我曾经出生过吗？”我提示她。

我想起来和我母亲的那场战斗，我是如何自始至终都处于防御状态的。这个时候，防御已经行不通了，我必须发起攻击。我用剑向前刺去，想要击中埃琳娜。可是不管用，她预测得到我的每一个动作。

突然，在她的后面，以赛亚呻吟了一声，他开始恢复知觉了。她往后看去，微小的动作让我得以将剑猛地刺过她的脖子。剑划破了她的衬衫，擦伤了她的皮肤，仅此而已。然而，她还是往后缩了一下，惊慌地向下看去。我想，插在以赛亚胸口的玻璃碎片还鲜明地印在她的脑海里。

那正是我想要的。

我鼓起全部的力量，慢慢往后退，然后猛地向她砍过去。

剑刃狠狠地击中了她脖子的一边，砍得很深。她发出了一声恐怖的令人作呕的尖叫，让我全身起了鸡皮疙瘩。她试图向我走来。我往后退了一步，又砍了一剑。她的双手捂住喉咙，双膝一软，跪了下去。我不断地用剑砍过去，每一次都深深地插进了她的脖子里。砍下一个人的脑袋比我想象中的要难得多。也可能那把古老的、驽钝的剑的问题。

最后我终于清楚地意识到她不动了。她的头躺在那里，和她的身体分离开来，她那双僵死的眼睛瞪着我，好像她根本不相信所发生的事情。我也和她一样不相信。

有人在尖叫，恍惚之间，我以为还是埃琳娜。于是，我举目仰望，看向房间的另一头。米亚站在门口，直直地瞪着眼睛，皮肤泛青，好像她随时会呕吐出来。在我的脑海深处，我明白过来是她使鱼缸破裂的。很显然，水的魔法并不是毫无用处。

以赛亚还有一点儿颤抖，他试图站起来。但是在他设法站起来之前，我已经坐到他身上了。我用剑猛地向他砍下去，每砍一次都是以他的鲜血和痛楚来发泄我的仇恨。我感觉我就像一个老练的剑手。以赛亚最终倒在了地上。在我的脑海里，不断地闪现他扭断曼森的脖子的情形，我竭尽全力地砍啊，砍啊，好像用力砍下去就可以抹掉那段记忆。

“露丝！露丝！”

仇恨的阴霾笼罩着我，我勉强听出了米亚的声音。

“露丝，他已经死了！”

我慢慢地、颤抖地停了下来，低头看着他的尸体，头已经不在上面了。米亚说的没错，他死了，真的死了。

我环视着整个房间，到处都是血，但是我真的不觉得恐怖。我的世界渐渐安静下来，慢下来，我的脑海中只有一个想法：杀死血族，保护曼森。除此以外，我再也不能处理任何事情了。

“露丝，”米亚小声地叫我。她在发抖，声音里充满了害怕。她害怕的是我，而不是血族。“露丝，我们必须离开，走吧。”

我不再看她，转而望向以赛亚的残骸。过了一会儿，我爬到曼森的尸体旁，手里还握着那把剑。

“不，”我沙哑地说道。“我不会离开他的，可能还会有其他的血族来……”

我的眼睛通红，好像我绝望得想哭。老实说，我不敢肯定。我的心里依然燃烧着杀戮的欲望，我唯一的情感就只有暴力和愤怒了。

“露丝，我们会回来找他的。如果还有其他的血族回来，那我们就必须离开。”

“不，”我重复道，甚至不去看她，“我不会离开他的，我不会放着他不管。”我用那只空闲的手抚摸着曼森的头发。

“露丝……”

我猛地抬头。“走啊！”我朝她尖叫，“走啊，不要管我们。”

她向前走了几步，我举起手上的剑。她站住了。

“出去，”我重复道，“去找人来。”

慢慢地，米亚走到了门口。她最后绝望地看了我一眼，然后向外面跑去了。

整个世界一下子安静了，我稍稍放松握着剑的手，但是不愿放开。我俯下身体，把头靠在曼森的胸前。我忘记了一切，忘记了我周围的世界，忘记了时间。也许几秒钟过去了，也许几个小时过去了，我不知道。除了知道我不能留下曼森不管之外，其他的事情我都不知道了。我生存在一种无能为力的状态中，只是勉强地感觉到恐惧和悲伤。我简直不能相信曼森已经死了。我刚刚召唤了死亡，只要我拒绝承认，我就可以假装什么也没有发生。

终于，我听到了脚步声和说话声，我抬起头，看见人们从门口涌了进来，很多人。我真的认不出任何人，我也不需要认出来。他们都是威胁，是我必须让曼森远离才能保护他安全的威胁。他们中有一些人靠近我，我跳了起来，举起剑，护着他的尸体。

“别过来，”我警告他们，“离他远一点儿。”

他们继续靠过来。

“别过来！”我大声喊道。其他人都停了下来，除了一个人。

“露丝，”一个温柔的声音说道，“扔掉那把剑。”

我的手在发抖，我咽了一下口水。“不要靠近我们。”

“露丝。”

那个声音又响起来了。我的心里一定认识那个声音。我迟疑了一下，终于让自己重新恢复了对周围环境的知觉，让所有的细节回到了意识里。我让自己的眼睛集中在站在面前的那个人的脸上，迪米特里用褐色的眼睛温柔而又坚定地看着我。

“没事了，”他说，“一切都会好起来的。你可以放开那把剑了。”

我坚持紧握着剑柄，手越发抖得厉害。“我不能。”令人心痛的话脱口而出，“我不能扔下他不管，我必须保护他。”

“你已经保护他了。”迪米特里说。

剑从我的手中掉了下去，掉在了木质地板上，发出了一声巨响。我也跟着瘫倒在地上，我想要大声哭喊，但却一点儿也哭不出来。

迪米特里伸出手搂着我，把我扶了起来。各种各样的声音充斥在我们周围，一个接一个，我认出来了，他们都是我认识且信任的人。他搀着我走向门口，但是我还是不愿意离开。我不能离开。我的手紧紧地抓住他的衬衫，把他的衬衫都弄皱了。他的一只手依然搂着我，他将贴在我脸上的头发向后捋了捋。我把头靠在他身上，他继续抚摸着我的头发，并用俄语喃喃地说着什么。我完全听不懂他的话，但是温柔的声音却让我平静了下来。

房子里到处是护卫，正在一点一点地检查。一些人向我们走来，在尸体旁边跪下，我拒绝去看那些尸体。

“是她做的吗？两个都是？”

“那把剑已经钝了好几年了！”

一个可笑的声音让我感到喉咙发紧。迪米特里安慰地搂紧我的肩膀。

“带她离开这里，巴利科夫。”我听到他身后的一个女人这样说，

我感觉她的声音很熟悉。

迪米特里再次搂紧我的肩膀。“来吧，露萨，我们该走了。”

这一次，我走了。他带着我走出了房子，我每次痛苦地跨出一步，他都紧紧地搂着我。我的心里依然不愿去理清所发生的一切。我只能遵照着周围人的简单指示，其余的什么也做不了。

最后，我终于登上了学院派来的一架飞机。飞机起飞的时候，引擎在我们的周围轰鸣。迪米特里喃喃地说着很快就回来的话，然后把我留在了座位上。我直直地盯着前方，仔细地研究着我前面的座位。

有人在我身边坐下，将一件毛毯披在了我的肩上。直到这时，我才发现自己抖得厉害，于是拉紧了毛毯。

“我冷，”我说，“我怎么这么冷？”

“你还处于极度震惊的状态中。”米亚回答我。

我转过去看着她，注视着她金色的卷发和蓝色的大眼睛。看到她，我的记忆解封了，全部翻滚着回到我的脑海里。我紧紧地闭上眼睛。

“哦，天啊！”我吸了一口气。我睁开眼睛，重新看着她。“你救了我，你打破鱼缸的时候救了我。你不应该那样做的，你不应该回到那里去的。”

她耸耸肩。“你也不应该去拿那把剑。”

她说的没错！“谢谢你，”我对她说，“你所做的……我从来没有想到，非常出色！”

“我不知道，”她沉思了一下，然后露出了一个苦笑，“水不算是一种武器，还记得吗？”

我笑了出来，尽管我真的不觉得自己说过的话好笑。我想我再也不会这么说了。

“水是一种了不起的武器，”我最后说，“我们回去后，必须以

多种方法训练使用它。”

她的脸上露出了喜色，眼睛里闪耀着凶狠的光芒。“我很乐意那样，远远超过一切。”

“对于你妈妈……我感到很难过。”

米亚只是点点头。“你很幸运还拥有妈妈。你不知道那是多么幸运的事情。”

我转过头去，再次盯着座位看。我被自己接下来说出的话吓了一跳。“我真希望她在这里。”

“她在啊，”米亚说，听起来她很惊讶，“她和大家在一起搜索房子。你难道没有看见她吗？”

我摇摇头。

我们陷入了沉默。米亚站起来，离开了。一分钟后，又有一个人在我身边坐下了。我不用看也知道她是谁。不要问我为什么，没有理由，我就是知道。

“露丝，”我母亲叫道。我有生以来第一次听到她那么不自信，或许是害怕。“米亚说你想见我。”我没有答话，也不看她。“你……你需要什么？”

我不知道自己需要什么，不知道怎么办。眼睛里的灼痛变得无法忍受，在我意识到之前，我已经哭出来了。我痛苦地大哭。我忍了好久的眼泪终于顺着脸颊流淌下来了。我拒绝让自己感受的恐惧和悲伤终于爆发了，在我的胸口燃烧。我几乎不能呼吸了。

我母亲伸出双手搂住我，我把脸埋在她的胸前，哭得更厉害了。

“我知道，”她搂紧我，轻轻地说，“我明白。”

第二十三章

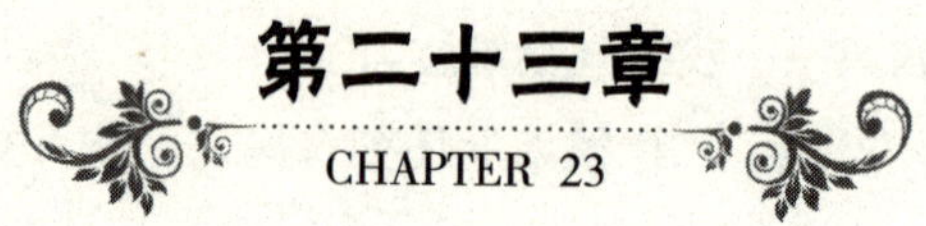

CHAPTER 23

在我接受闪电徽章典礼的那一天，天气变暖了。事实上，天已经暖和到校园里的很多积雪都开始融化了，雪水汇成银白色的细流，从学院石楼的旁边流过。但是冬天还远远没有结束，所以，我知道几天后一切又会结成冰。然而，现在感觉好像整个世界都在哭泣。

在斯波坎市的那次事件中，我只有轻微的青肿和割伤，最严重的是在熔化弹性手铐时候的烧伤。而且还要面对自己引起的死亡和我看到的死亡，我的日子过得很艰难。我只想蜷缩在某个地方，不和任何人说话，或许除了莉萨之外。但是，我回到学院的第四天，我母亲找到我，告诉我是时候接受我的徽章了。

我花了一些时间才明白她在讲什么。然后，我突然想到，砍掉两个血族的头，我可以获得两枚闪电徽章。我的第一对徽章。想到这个，我惊呆了。我的一生以护卫作为未来的职业，曾经我很期待那些徽章，我把它们看作荣誉的徽章。可是现在，它们只会让我想起想要忘记的事情。

受封典礼在护卫大楼的一间用来开会和举办宴会的大房间里

举行。里面一点儿也不像滑雪旅馆里豪华的餐厅，它看起来高效实用，就像护卫一样。地毯的颜色是灰色中带点儿蓝色，是廉价的密实编织地毯。白色的墙上挂着用相框装裱的黑白照，都是这些年来圣弗拉米尔学院的照片。没有其他的装饰或荣耀了，然而，那一刻的庄严和气势还是很明显的。校园里所有的护卫都出席了，除了学员。他们聚集在大楼的主要会议室里，三五成群地聚在一起，但是没有高谈阔论。典礼开始的时候，他们自觉地排成整齐的行列，然后都看着我。

我坐在角落的一张凳子上，身体弯向前方，头发散落在我的脸上。一个叫做莱昂内尔的护卫站在我的后面，拿着一根文身用的针对着我的脖子后面。自从我来到学院，一直都知道他，但是我从来不知道他负责文闪电徽章。

在开始之前，他和我母亲还有艾尔贝塔小声地交谈了一会儿。

"她不会得到承诺印记，"他说，"她还没毕业。"

"这种事情常常发生，"艾尔贝塔说，"她确实杀了那些血族。先文上闪电徽章吧，以后她会得到承诺印记的。"

就我曾经经受过的痛楚而言，我没有想到文身会那么痛。但是，在莱昂内尔文徽章的时候，我依然咬着嘴唇，保持着沉默。整个过程好像要永远继续下去。他完成了之后，拿出一面镜子，我动了一下，可以看到脖子的后面。那里有两个小小的黑色标记，并排在我发红的、敏感的皮肤上。它在俄语里是"闪电"的意思，那就是锯齿形状的象征意义。两个徽章，一个是因为以赛亚，一个是因为埃琳娜。

我只看了它们一眼，他就用绷带包扎起来了，交代我在愈合期间需要注意的事情。我漏掉了大部分的嘱咐，但是我想以后可以再问。我依然还处在它们带给我的震惊中。

之后，所有到场的护卫一个接一个地走到我面前。他们每个

人不是拥抱我，就是在我的脸颊上亲一下，以表达他们的友爱，还说了一些善意的话。

“欢迎到我们的队伍中来，”艾尔贝塔说。她紧紧地拥抱着我的时候，饱经风霜的脸上很温柔。轮到迪米特里的时候，他并没有说什么，和往常一样，他的眼睛表达了一切。他的脸上充满了骄傲和温柔，我于是把眼泪吞了回去。他轻轻地摸着我的脸，对我点点头，然后走开了。

当轮到斯坦——那个我从第一天开始就经常和他对着干的导师——的时候，他拥抱我，然后说道:“现在你是我们中的一员了。我一直都知道你会是最优秀的。”我快要激动得昏过去了。

接着，我母亲走到我跟前，我再也忍不住了，眼泪沿着脸颊流了下来。她擦掉我的眼泪，然后抚摸着我的脖子后面。“永远都不要忘记！”她对我说。

我很高兴没有人说“祝贺你”，死亡不是什么值得兴奋的事情。

在那结束之后，饮料和食物被摆了上来。我走到自助餐桌前，用盘子为自己夹了一份迷你羊乳蛋饼和一份芒果芝士蛋糕。我吃的时候，并没有真正在品尝食物；我回答别人的问题的时候，一半的时间并不知道自己在说什么。就好像我是机器人露丝，只不过按照别人的期许做做样子罢了。我脖子后面的皮肤因为徽章的缘故，还有刺痛的感觉，在我的脑海里，我不断地看见曼森蓝色的眼睛，还有以赛亚红色的眼睛。

我为没有好好享受自己的大日子而感到愧疚，当人们开始散去的时候，我终于松了一口气。在与其他人道别的时候，我母亲朝我走过来。自从我在飞机上在她面前崩溃的那一次之后，我们并没有说过多少话。关于那件事，我依然觉得有点儿滑稽，也觉得有点儿尴尬。她从来不提起，但是，我们之间的关系有了一些微妙的变化。我们并没有成为朋友，但是，我们再也不是敌人了。

“塞茨尔斯基先生很快就要离开了，我会和他一起走。”她对我说。我们站在大楼的门口旁边，不远处就是我们在学院里第一次见面时我朝着她大声吼叫的地方。

“我知道。”我说。毫无疑问她会离开，那本来就是既定的事实。护卫跟随莫里族，他们重于一切。

她看了我一会儿，褐色的眼睛里充满了关切。这么长时间以来，我第一次觉得我们真正心有灵犀地看着彼此，而不是她看不起我。也是时候将自己看作只有她一半的水平了。

“在那种情况下，你做得很好。”她最后说道。

这只是半个称赞，但是我不值得更多。我现在明白了导致“以赛亚房子事件”的那些错误判断。有一些是我的错，有一些不是。我真希望能够改变我的一些行动，但是我知道她说的没错。面对那场混乱，我最后已经尽全力了。

“杀死血族并没有我想象中的那么富有魅力。”我对她说。

她露出一个悲伤的微笑。“是啊，从来都不是。”

然后，我想到了她脖子背后所有的徽章，她杀掉血族的所有数量。我不禁战栗起来。

“噢，嘿，”我急切地想要转换话题，于是把手伸进口袋里，拿出她送给我的蓝色眼睛小坠子。“这是你送我的。是邪……眼吗？”我结结巴巴地说出那个词。她看上去很惊讶。

“嗯，你是怎么知道的？”

我不想解释我和艾德里安的那些梦。“有人告诉我的。是一个护身符，对吗？”

她的脸上露出了一些悲伤，接着她呼出了一口气，然后点点头。“是的。它来自中东一个古老的迷信。一些人相信，想伤害你的那些人会诅咒你或者给你‘恶毒的眼光’。邪眼是为了抵抗恶毒的眼光的，通常情况下，会为携带者带来保护。”

我抚摸着玻璃片。“中东……那么，是不是，嗯，类似于土耳其那样的地方？”

我母亲的嘴角动了一下。“完全和土耳其一样的地方。”她犹豫了一下。“这是……一份礼物。我很久以前收到的礼物……”她的眼神开始迷离，她掉进了回忆里。“我在你这个年纪的时候，受到很多……关注。刚开始，那些关注好像都是奉承，但是最后却不是了。有时候很难分得清楚，什么是对你的真正喜欢，什么是别人想利用你。但是，当你感受到那些真实的东西的时候……嗯，你会知道的。”

我终于明白她为什么那么过度保护我的名声了。她年轻的时候曾经让她自己的名声陷入了危险之中，或许更多的是遭受了伤害。

我也知道了她为什么把邪眼送给我，这是我的父亲送给她的。我觉得她不想再多谈那件事，所以就没有问。我知道或许，只是或许，他们的关系归根结底不是一场交易，无关乎基因，那就足够了。

我们告别后，我回到了班里。每个人都知道我早上去了哪里，我的学员同伴们都想看看我的闪电徽章。我没有怪他们。如果我们的角色颠倒过来，我也会这样骚扰他们的。

“拜托了，露丝。”肖恩•雷伊斯请求道。我们刚结束早上的训练，正准备离开，他一直拍打我的马尾辫，我要记住明天把头发放下来。几个人跟着我们，随声附和他的要求。

“是啊，来吧，让我们看看你以剑术获得了什么。”

他们的眼睛里闪耀着渴望和兴奋。我成了英雄，他们的同学杀死了那一群飘忽不定的、让我们恐惧地度过了整个假期的血族的首领。但是，我接触到了某个人的目光，他站在人群后面，他的眼睛里既没有渴望也没有兴奋。是艾迪，他看到我的目光，对

我露出了一个悲伤的微笑。他明白。

“对不起，各位，”我说，转回去看着其他人，“绷带还不能拆开，医生的嘱咐。”

这引来了大家的不满，不过很快，他们转而问我到底是怎样杀死血族的。砍头是杀死一个吸血鬼的最难也是最罕见的一种方法，而且携带一把剑一点儿也不方便。我竭尽所能地告诉我的朋友所发生的事，确保只讲事实，不去美化杀戮。

离放学还有一段时间，莉萨陪我走回我的宿舍。自从在斯波坎市发生那些事以来，她都没有什么机会和我说话。我要面对很多的审问，接着是曼森的葬礼。莉萨也在为贵族成员离开学校而忙着，所以她并不比我有更多的空闲时间。

在她身边让我感觉好多了。虽然我随时可以进入她的脑海里，但是，事实上，这和一个关心你的、活生生的人在身体上待在一起是完全不同的一回事。

当我们走到我宿舍的门口的时候，我看到门边放着一束小苍兰。我叹了口气，拿起芬芳的花束，甚至没有去看附在上面的卡片。

“这些是什么？”我开门的时候，莉萨问我。

“艾德里安送来的。”我告诉她。我们走了进去，我指着桌子，上面摆放着另外的几束花。我把花放在其他花束的旁边。“他离开校园后我会很开心的，我觉得再也受不了这个了。”

她惊讶地看着我。“哦。嗯，你不知道？”

我感应到一些刺痛的征兆，我预感自己不会喜欢接下来的消息。

“知道什么？”

“呃，他暂时不会离开。他会在这里待上一段时间。”

“他必须离开。他在上大学，或者是管教所。我不知道，但是他在做一些事。”我争论道。据我所知，他回到这里的唯一理由是

参加曼森的葬礼，但我还是不确定他为什么会那样做，因为他几乎不认识曼森。或许艾德里安只是做做样子，又或许是继续跟踪莉萨和我。

“他打算休学一个学期。”

我瞪大眼睛。

看到我震惊的样子，她笑着点点头。“他打算留下来和我，还有……卡尔马克小姐一起研究。一直以来，他甚至不知道什么是灵术。他只知道，他没有专攻的元素，但他拥有一些不可思议的能力。他通常都将这些能力隐藏起来，除了偶尔遇见另一个灵魂使用者外。但是他们知道的并不比他多。”

“我早就应该想到，”我沉思地说，“在他身边总会有一种奇怪的感觉……我总是想和他说话，你知道吗？他就是有这种……魅力，就像你一样。我想，全都和灵魂、强迫术诸如此类的东西有关。那种魅力让我喜欢他……即使我没有。”

“你没有吗？”她开玩笑地说。

“没有，”我坚决地回答，“我也不喜欢那些梦。”

她的绿色眼睛惊讶地睁得大大的。“那可太棒了，”她说，“你一直都可以知道我发生了什么事，但是，我从来无法反过来与你交流。我很高兴你们逃出来了，当你做……但是我多希望能够弄明白梦境的事，帮忙找到你。”

“不用担心我，”我说，“我很高兴艾德里安没有让你停止吃药。”

在斯波坎市的时候我得知了这件事。艾德里安最初建议莉萨停止吃药，这样她就可以更了解灵术，显然，她拒绝了。然而，她后来向我承认，如果我和克里斯蒂失踪的时间再长一点儿的话，她可能就会崩溃了。

“你最近感觉怎样？还是觉得药物已经不起作用了吗？”我问

道，想起了她对药物作用的担心。

“嗯……难以解释。我还是感觉更加接近魔法了，好像药物的抑制力不再那么强了。但是我没有感觉到其他精神上的副作用……没有沮丧，没有别的什么消极情绪。”

“哇，那太好了！”

她的脸上露出了一个美丽的笑容。“我知道。那让我觉得我还有希望，总有一天能学会使用魔法。”

看到她那么开心，我也笑了。我不喜欢看到那些忧郁的情绪回到她身上，很高兴它们都消失了。我不明白是怎样消失的，又是为什么消失的，但是，只要她感觉好就好……

每个人的周围都有光，除了你之外。你有阴影，是从莉萨那里得来的。

艾德里安的话猛然出现在我的脑海里。我不安地回想着最近几个星期的行为。极易爆发的愤怒，对我来说几乎不可能的叛逆。还有我自己的缠绕不清的、邪恶的情绪在我的胸口搅动……

不，我肯定，没有任何的相似点，莉萨阴郁的情绪是由于魔法的缘故，而我的则是因为压力。况且，我现在感觉很好。

发现她在看着我，我努力回想刚才我们的谈话进行到哪里了。“或许你最后会找到方法让它起作用。我是说，如果艾德里安可以找到一种方法既驱使灵魂，又不需要服药……”

她突然大笑起来。“你不知道，是吗？”

“什么？”

“艾德里安自己治疗自己。”

“他可以吗？但是他不是说……”我叹了一口气，“他当然可以。吸烟，还有喝酒。天知道还有没有别的。”

她点点头。“没错，他的身体几乎总会知道一些事情。”

“但是大概不会在夜间……这就是为什么他能进入我的梦境里

的原因了。”

“天啊，我希望我也能。”她叹气道。

“或许有一天你也会学会的。只是在你学会之后，不要变成一个酒鬼。”

“我不会的，”她向我保证，“但是我会去学。其他的灵魂使用者没有一个做得到，露丝，当然，除了圣弗拉米尔学院的以外。我要学会像他那样，我打算学会使用这种能力，但是不会让自己受到伤害。”

我笑了，握着她的手。我完全相信她。“我知道。”

几乎整个晚上我们都在聊天。到了我和迪米特里的惯常训练的时间后，我和她分开了。一路上，我都在思考着一些困扰我的事情。尽管成群的参加袭击的血族还有很多，但是护卫相信以赛亚就是他们的首领。那并不意味着未来没有其他的威胁，但是他们觉得他的追随者短期内不会重新组合在一起。

然而，我不禁想起了在斯波坎市的隧道里看到的那一份名单，它按照规模的大小列着贵族家族的名字。以赛亚也提到了多格米尔家族。他知道多格米尔家族的人几乎全死了，他听起来很渴望成为那个灭绝这个家族的人。当然，他现在已经死了……但是，还会不会有其他的血族有这样的想法呢？

我甩一甩头。我现在不能为此忧心，不能在今天。我还必须从其他的一切事情中恢复过来。然而，很快，很快我就必须面对那个难题了。

我甚至不知道我们的训练是否还会继续，但不管怎样，我还是走到了更衣室。换好训练服后，我走到体育馆里，看到迪米特里正在材料室里看一本他喜欢的西方小说。他抬头看着我走了进去。最近这几天我几乎见不到他，我以为他在忙着陪塔莎。

“我想你可能会来的。”他说。他夹了一张书签在书中。

“到时间训练了。”

他摇摇头。“不，今天不训练，你还需要时间恢复。”

“我已经得到了一张健康证书。我准备好了。”我尽量鼓起露丝·哈瑟微专有的虚张声势的勇气说道。

迪米特里一点儿也不相信我的话。他指着他旁边的一张椅子说：“坐下，露丝。”

我只犹豫了那么一会儿，便顺从地坐下了。他把自己的椅子搬到我的旁边，这样我们正好可以面对面地坐着。当我望着他漂亮的黑眼睛时，我的心怦怦直跳。

“没有人会那么轻易忘记他们第一次杀人的，即使是血族……严格来说，还是夺走了一条生命。那是很难忍受的。在你经历过这些事情之后……”他叹了口气，接着伸出手，握住了我。他的手指和我记忆中的完全一样，修长，有力量，因为常年的训练而长满老茧。“当我看见你的脸，当我们在那座房子里发现你的时候……你简直不能想象我的感受。”

我吞了吞口水。“你感觉……怎样？”

“非常绝望，非常伤心。你还活着，但是你看起来……我以为你不会恢复过来了。想到你那么年轻就要经历这样的事情，我的心都碎了。”他握紧了我的手，“现在我知道，你会恢复过来的，我很高兴。但是现在你还没有完全康复。失去你关心的人从来都很难让人接受。”

我垂下眼睛，看着地板。“是我的错。”我细声地说。

“嗯？”

“曼森的死。”

我不用看迪米特里的脸也能知道上面充满了怜悯。“哦，露萨。不，你的确做了一些糟糕的决定……当你知道他离开的时候，你应该告诉其他人。但是你不用自责，不是你杀了他。”

我抬起头的时候，眼泪在眼眶里打转。“是我杀死他的。他会去那里的全部理由……都是我的错。我们吵架了，然后我又告诉他关于斯波坎市的事，虽然你叫我不要……”

我两边的眼角各落下了一滴泪。真的，我必须学会止住眼泪。就像我母亲那样，迪米特里轻轻地擦掉了我脸上的眼泪。

“你不能为此而责怪自己，”他对我说，“你可以后悔你的决定，希望你当初做的事不是那样的，但是最后，曼森也做了自己的决定。他选择了那样做。不管你最初的角色是什么，那都是他自己最终的选择。”当曼森回来找我的时候，我就知道，是他对我的感情在作祟。迪米特里一直害怕的就是这个，他害怕如果我们确定了任何关系，就会让我们，以及我们保护的任何一个莫里族陷入危险之中。

“我只是希望我能够……我不知道，就是做些事……”

我忍住眼泪，从迪米特里的掌心抽出手，在可能会说出一些愚蠢的话之前站了起来。

“我该走了，”我声音沙哑地说，“你想要重新开始训练的时候就通知我吧。谢谢你……和我谈话。”

我开始转过身，接着突然听到他说：“不。”

我看回去。“什么？”

他看着我的眼睛，我们之间突然流动着一些温暖的、美好的、强大的东西。

“不，”他重复道，“我对她说‘不’了，对塔莎。”

“我……”在我的下巴掉到地上之前，我闭上了嘴巴，“但是……为什么？那是一生中只能遇到一次的机会。你可以有个孩子。而她……她以前……你知道的，那么喜欢你……”

他的脸上露出了一丝微笑。“是啊，以前喜欢，现在也喜欢。所以我才要拒绝。我不能回报……我不能给她想要的，不能在……”

他向我走过来，“不能在我的心留在别处的时候。”

我几乎又要开始哭了。“但是你看起来那么喜欢她，而且你总是没完没了地说我的行为不够成熟。”

“你的确行为不够成熟，”他说，“那是因为你年轻。但是你明白很多事，露萨，那些事甚至是那些比你大得多的人都不明白的。那天……”我马上知道他指的是哪一天，是我们抵在墙上的那一天。“你说的没错，关于我是如何努力保持自控的事。从来没有人看得出来，所以我很害怕。你吓到我了。”

“为什么？难道你不想让任何人知道吗？”

他耸耸肩。“他们知不知道并不重要，重要的是有人……有你那么了解我。当一个人能看进你的灵魂的时候，并不好受，那样会逼着你敞开心扉，很容易受伤。和一个比较普通的朋友待在一起就容易多了。”

“就像塔莎。”

“塔莎·欧瑞拉是一个很有魅力的女人，漂亮，勇敢，但是她没有……”

“她没有得到你的心。”我帮他把话说完。

他点点头。“我知道。但是我还是想要那段关系。我知道那会很容易，知道她会带我离开你。我以为她会让我忘记你。”

在曼森身上，我也想到了同样的事情。“但是她不能。”

“是啊。所以……那是个问题。”

“因为我们在一起是不对的。”

“是啊。”

“因为年龄差距。”

“是啊。”

“但是比较重要的是因为我们都会成为莉萨的护卫，我们必须把精力放在她身上，而不是我们彼此。”

“是啊。”

我想了一会儿，然后看着他的眼睛，最后说道：“在我看来，我们还不是莉萨的护卫。”

我已经准备好应付他接下来的反应。我知道他又会开始给我讲禅理，内心的力量和毅力，还有，关于我们今天做出的选择会怎样影响未来，或者其他一些没有意义的话。

然而，他却吻了我。

当他伸出手捧住我的脸的时候，时间停止了。他低下头，嘴唇擦过我的双唇。刚开始的时候几乎不算是一个吻，但是很快就变成了一个令人陶醉的深情的吻。他最后停了下来，吻着我的额头。他的唇抵着我的额头好几秒钟，双手紧紧地抱着我。

我真希望那个吻永远不要结束。他拉开我，手指抚摸着我的头发，一直摸到我的脸颊。然后，他朝着门口走去。

“下次见，露萨。”

“在我们下次训练的时候吗？”我问，“我们又开始训练了，对吗？我是说，你还有很多东西要教我。”

他站在门口，看着我，笑了。“是啊，很多东西。”

作者的话：

同往常一样，如果没有我的朋友和亲人们的帮忙与支持，这本书就写不成了。我特别需要感谢我的即时通讯咨询团队：凯特琳、大卫、杰伊和卡特。你们在多少个深夜，长时间在线记录，我甚至都数不清了。没有你们，我不可能完成这本书，也不可能度过疯狂的一年。

我还要感谢我的代理人吉姆·麦卡锡，他尽一切可能在最后的期限里帮助我完成了必需的工作。我很高兴你在背后支持我。最后，非常感谢 Razorbill 的杰西卡·罗森伯格和本·施兰克，感谢你们一如既往的支持和辛苦的工作。